हिन्द पॉकेट बुक्स

माटी कहे कुम्हार सूं

ओशो, जिन्हें भगवान श्री रजनीश, ओशो रजनीश, या केवल रजनीश के नाम से भी जाना जाता है, एक भारतीय विचारक, धर्मगुरु और रजनीश आंदोलन के प्रणेता-नेता थे। उनका असली नाम चंद्र मोहन जैन था, लेकिन लोगों ने उन्हें 'ओशो' बना दिया। यह शब्द लैटिन भाषा के 'ओशनिक' शब्द से लिया गया है जिसका अर्थ है, सागर में विलीन हो जाना।

अपने संपूर्ण जीवनकाल में आचार्य रजनीश को एक रहस्यदर्शी, गुरु और आध्यात्मिक शिक्षक के रूप में देखा गया। वे धार्मिक रूढ़िवादिता के बहुत कठोर आलोचक थे। 1960 के दशक में उन्होंने पूरे भारत में एक सार्वजनिक वक्ता के रूप में यात्रा की और वे समाजवाद, महात्मा गाँधी और हिंदू धार्मिक रूढ़िवाद के प्रखर आलोचक रहे। उन्होंने मानव कामुकता के प्रति ज्यादा खुले रवैये की वकालत की, जिसके कारण वे भारत तथा पश्चिमी देशों में भी आलोचना के पात्र रहे, हालाँकि बाद में उनका यह दृष्टिकोण अधिक स्वीकार्य हो गया।

माटी कहे कुम्हार सूं

ओशो द्वारा दिए गए सात अमृत प्रवचनों का संकलन

ओशो

हिन्द पॉकेट बुक्स

पेंगुइन रैंडम हाउस इम्प्रिंट

हिन्द पॉकेट बुक्स

यूएसए | कनाडा | यूके | आयरलैंड | ऑस्ट्रेलिया | सिंगापुर
न्यू ज़ीलैंड | भारत | दक्षिण अफ्रीका | चीन

हिन्द पॉकेट बुक्स, पेंगुइन रैंडम हाउस ग्रुप ऑफ़ कम्पनीज़ का हिस्सा है,
जिसका पता global.penguinrandomhouse.com पर मिलेगा

पेंगुइन रैंडम हाउस इंडिया प्रा. लि.,
चौथी मंजिल, कैपिटल टावर -1, एम जी रोड,
गुड़गांव 122 002, हरियाणा, भारत

पेंगुइन
रैंडम हाउस
इंडिया

प्रथम संस्करण हिन्द पॉकेट बुक्स द्वारा 2011 में प्रकाशित
यह हिन्दी संस्करण हिन्द पॉकेट बुक्स में पेंगुइन रैंडम हाउस द्वारा 2023 में प्रकाशित

10 9 8 7 6 5 4 3 2

ISBN 9788121620765

मुद्रकः रेप्रो इंडिया लिमिटेड

www.penguin.co.in

MIX
Paper from
responsible sources
FSC® C047271
FSC www.fsc.org

This is a legitimate digitally printed version of the book and therefore might not have certain extra finishing on the cover.

माटी कहै कुम्हार सूं

न सुनने पर दोष माटी का नहीं!

पुस्तक के शीर्षक का पहला शब्द 'माटी' ही बहुत कुछ सोचने-समझने पर मजबूर कर रहा है। माटी, जो हम सबको जोड़े हुए है।

माटी, भारत की माटी जिसने हर युग में गहन प्रतिभाएं विश्व को दीं, पर समय रहते जिनका मूल्यांकन नहीं हो पाया।

माटी, कौन सी माटी का बना है इस पुस्तक का प्रणेता, हर विषय पर इतने अधिकारपूर्वक, नए जरिए से, अपनी सटीक बात कहने का भगीरथ प्रयास जिसने निरंतर जारी रखा है, अपने तर्क को स्पष्ट करते सैकड़ों दृष्टांत हमेशा जिसकी जुबान पर हैं, शब्द मानो खुद ब खुद पंक्तिबद्ध होकर उसकी वाणी बन जाते हैं।

माटी कहा गया है शरीर को भी। माटी की चीज है, माटी में मिल जाएगी। लेकिन कब? अंत समय में। और तब तक हम सवालों की डोर में उलझे रहेंगे।

सवाल उठते हैं जीवन को लेकर, परमात्मा को लेकर, उत्सुकता, आतुरता और परंपराओं को लेकर। जवाब मिलते हैं अलग-अलग माध्यमों से। अधूरे, अस्पष्ट और अप्रासंगिक। और हम भ्रमित हो जाते हैं।

प्रस्तुत पुस्तक में संकलित ओशो के प्रवचन इन्हीं सवालों का पुख्ता जवाब हैं। और सबसे बड़ी बात कि ये जवाब, ये विचार आप पर धर्मगुरु, ठेकेदार या समाज-सुधारक बनकर नहीं लादे गए हैं, एक मित्र की हैसियत से सुझाए गए हैं, जो आपके जीवन में सहज रूप से प्रवेश कर जाते हैं। जैसा कि ओशो ने स्वयं कहा है – "मैं तुम्हें आचरण नहीं देता, सत्संग देता हूं बस ! अपने साथ होने का आमंत्रण देता हूं बस !"

सौभाग्यशाली हैं हम सब जो इस पुस्तक के माध्यम से ज्ञान गंगा में गोते लगाने हेतु आमंत्रित हैं। हमारा अज्ञान भले ही आज इस बात को सीना ठोंककर कहने की हिम्मत न कर पाए, कल विश्व के सारे ज्ञानी इसी बात पर एकमत मिलेंगे, इसी माटी पर, क्योंकि कुम्हारों की आवाजाही तो लगी रहती है, लेकिन माटी तो शाश्वत थी, है और रहेगी ही।

सुभाष काबरा

श्री सुभाष काबरा हिंदी के सुप्रसिद्ध हास्य-व्यंग्य कवि एवं सफल मंच-संचालक हैं। आपके प्रकाशित काव्य-संग्रहों में गजल-संग्रह 'कबूतरखाने के लोग' विशेष उल्लेखनीय है। श्री काबरा को 1989 का मिथिला भारती पुरस्कार भी प्राप्त हुआ है। सम्प्रति श्री सुभाष काबरा आकाशवाणी और दूरदर्शन पर प्रसारित और प्रगट होते रहते हैं। इसके अतिरिक्त आप विभिन्न विशिष्ट पत्र-पत्रिकाओं के प्रतिष्ठित लेखक भी हैं

अनुक्रम

परमात्मा सरल है

मेरे प्रिय आत्मन्,

एक आश्चर्यजनक दुर्भाग्य मनुष्य-जाति के ऊपर रोज-रोज अपनी काली छाया बढ़ाता गया है। अब तो शायद उस दुर्भाग्य का हमें पता भी नहीं चलता है। जैसे कोई जन्म से ही बीमार पैदा हो, उसे स्वास्थ्य का कभी कोई पता भी नहीं चलता है। जैसे जन्म से ही अंधा पैदा हो, तो जगत में कहीं प्रकाश भी है, इसका उसे कोई पता नहीं चलता है। ऐसे ही हम एक अद्भुत अनुभव से जन्म के साथ ही जैसे वंचित हो गये हैं। धीरे-धीरे मनुष्य-जाति को यह खयाल भी भूलता गया है कि वैसा कोई अनुभव है भी। उस अनुभव को इंगित करनेवाले सब शब्द झूठे और थोथे मालूम पड़ने लगे हैं।

'ईश्वर' से ज्यादा आज कोई शब्द थोथा और जड़ है? 'धर्म' से ज्यादा थोथा और व्यर्थ आज कोई शब्द है? मंदिरों से ज्यादा अनावश्यक, प्रार्थनाओं से ज्यादा व्यर्थ आज कोई और भाव दशा है? मनुष्य के जीवन से सारा संबंध जैसे परमात्मा का समाप्त हो गया है!

इस दुर्भाग्य के कारण मनुष्य इस भांति जी रहा है, इस चिंता में, दुख में, पीड़ा में, परेशानी में, उसका भी हमें कोई अनुभव नहीं हो रहा है। और जब भी यह बात उठती है कि ईश्वर से मनुष्य का संबंध क्यों टूट गया है...? पशु-पक्षी ही ज्यादा आनंदित मालूम होते हैं। पौधों पर खिल रहे फूल भी आदमी की आंखों से ज्यादा प्रफुल्लित मालूम होते हैं।

आकाश में उगे हुए चांद-तारे भी, समुद्र की लहरें भी, हवाओं के झोंके भी आदमी से ज्यादा आह्लादित मालूम होते हैं।

आदमी को क्या हो गया है? अकेला आदमी भर इस जगत में रुग्ण, बीमार मालूम पड़ता है। लेकिन अगर हम पूछें कि ऐसा क्यों हो गया है कि ईश्वर से संबंध क्यों टूट गया है? तो जिन्हें हम धार्मिक कहते हैं, वे कहेंगे नास्तिकों के कारण, वैज्ञानिकों के कारण, भौतिकवाद के कारण, पश्चिम की शिक्षा के कारण ईश्वर से मनुष्य का संबंध टूट गया है। ये बातें एकदम ही झूठी हैं।

किसी नास्तिक की कोई सामर्थ्य नहीं कि मनुष्य का संबंध परमात्मा से तोड़ सके। और किसी भौतिकवादी की यह सामर्थ्य नहीं कि मनुष्य के जीवन से अध्यात्म को अलग कर दे। किसी पश्चिम की कोई शक्ति नहीं कि उस दीये को बुझा सके, जिसे हम धर्म कहते हैं। यह वैसा ही है जैसे मेरे घर में अंधेरा हो और आप मुझसे पूछें आकर कि दीये को क्या हुआ? और मैं कहता हूं, दीया तो मैंने जलाया, लेकिन अंधेरा आ गया और उसने दीये को बुझा दिया!' तो आप हंसेंगे और कहेंगे कि 'अंधेरे की क्या शक्ति है कि प्रकाश को बुझा दे!'

अंधेरे ने आज तक कभी किसी प्रकाश को नहीं बुझाया। मिट्टी के एक छोटे से दीये में भी उतनी ताकत है कि सारे जगत का अंधकार मिलकर भी उसे नहीं बुझा सकता।

हां, दीया बुझ जाता है तो अंधेरा जरूर आ जाता है। अंधेरे के आने से दीया नहीं बुझता, दीया बुझ जाता है, तो अंधेरा आ जाता है।

नास्तिकता के कारण धर्म का दीया नहीं बुझा, धर्म का दीया बुझ गया इसलिए नास्तिकता आ गयी है। भौतिकवाद के कारण अध्यात्म नहीं बुझ गया है, अध्यात्म बुझा है, इसलिए भौतिकवाद है। जब कोई यह कहता है कि नास्तिकता, भौतिकवाद ये धर्म को मिटा रहे हैं, तो पता

नहीं है उसे कि वह धर्म को बिना समझे नास्तिकता को मजबूत कह रहा है। उसे पता नहीं कि वह धर्म के पक्ष में नहीं बोल रहा है, वह धर्म के विपक्ष में बोल रहा है। वह यह स्वीकार कर रहा है कि अंधेरे की ताकतें ज्यादा बड़ी हैं, उजाले की ताकतों से। और अगर अंधेरे की ताकत बड़ी है और प्रकाश को बुझा सकती है, तो स्मरण रखना, फिर प्रकाश के जलने की दुनिया में कभी कोई संभावना नहीं है। क्योंकि अंधेरा हमेशा-हमेशा बुझा देगा; आप जलाइए और अंधेरा बुझा देगा।

अगर नास्तिकता धर्म को मिटा सकती है, तो धर्म के जन्म की अब कोई संभावना नहीं है। लेकिन मैं कहता हूं, यह बात ही गलत है। यह दलील ही गलत है, यह तर्क ही झूठा है। यह तर्क वैसा ही है जैसे भारत के लोग और तर्क भी देते हैं इसी सरणि में। भारत के लोगों से पूछें, हम अपने से पूछें   हम कमजोर क्यों हो गये हैं? हम सारी जमीन पर दीन-हीन क्यों हो गये? हम फौरन कहेंगे, मुसलमान आये, उन्होंने हमें हराया और कमजोर किया। अंग्रेज आये, उन्होंने हमें गुलाम बनाया और कमजोर किया। एक हजार साल की गुलामी की वजह से हम दीन-हीन हो गये हैं।

यह तर्क भी उतना ही झूठा है। कोई गुलामी से कमजोर नहीं होता है। जो कमजोर होता है, वह गुलाम जरूर हो जाता है। गुलामी से कोई कमजोर होता है? कमजोरी से जरूर गुलामी आ सकती है। गुलामी से कोई दीन-हीन होता है? दीन-हीन गुलाम हो सकता है। लेकिन इन दलीलों में होशियारी है, कनिंगनेस है, चालबाजी है। इन दलीलों से हम अपने को बचा लेते हैं, जिम्मा दूसरे पर थोपते हैं।

दुनियाभर के धर्म-गुरु और तथाकथित धार्मिक लोग जब भी नास्तिकों पर, अधार्मिकों पर, भौतिकवादियों पर यह जिम्मा थोप देते हैं कि तुम्हारे कारण जीवन नष्ट हो रहा है, प्रकाश बुझ रहा है, तब वे एक तरकीब आपके सामने ला रहे हैं, वे आपकी नजरें इस बात से हटाना

चाहते हैं कि उनके कारण, धार्मिकों के कारण, धर्म-गुरुओं के कारण, धर्म-पंथों के कारण, ईसाइयों के कारण, हिंदुओं के कारण, मुसलमानों और जैनों और बौद्धों के कारण धर्म का दीया बुझा है। इस तथ्य को झुठला देने के लिए दूसरों पर दोष दिये जाते हैं। और नास्तिकों का कहीं कोई संगठन नहीं है, जो विरोध करे। नास्तिकों का कहीं कोई शास्त्र नहीं, नास्तिकों का कहीं कोई मंदिर नहीं, जो विरोध करे। भौतिकवादियों का कहीं कोई संप्रदाय नहीं जो विरोध करे। तो यह बात चुपचाप स्वीकृत हो जाती है। एकतरफा गवाही पर बात मान ली जाती है!

मैं आपसे आज की पहली चर्चा में यह कहता हूं कि ईश्वर का संबंध मनुष्य से तोड़ लेने में जितना हाथ धर्म-गुरुओं, धर्म-पुरोहितों, मंदिरों और मस्जिदों, हिंदु, मुसलमानों, ईसाइयों और जैनों का है, उतना किसी और का नहीं है। और अगर इस पृथ्वी को फिर से प्रभु से जुड़ना है, तो कुछ चीजों से हाथ जोड़ लेने पड़ेंगे। संप्रदायों से हाथ जोड़ लेने पड़ेंगे, अगर धर्म का जन्म देखना चाहते हैं। और धर्म-गुरु को विदा कर देना होगा, अगर प्रभु के दर्शन की तरफ आंखें उठाना चाहते हैं।

यह क्यों कहता हूं? यह मैं इसलिए कहता हूं कि जब भी कोई प्रेम का व्यवसाय करेगा...।

प्रेम का व्यवसाय, पहली बात तो हो नहीं सकता है। प्रेम का कोई धंधा हो नहीं सकता है। किसी दुकान पर प्रेम खरीदने से नहीं मिल सकता है। लेकिन अगर कोई प्रेम की दुकान खोल ले और प्रेम बेचता हो, तो आप समझ लेना कि धोखा दिया जा रहा है। और अगर उस दुकान पर खरीदे गये प्रेम को आप प्रेम समझ लें, तो यह भी समझ लेना कि जो प्रेम आपको उपलब्ध हो सकता था, कभी उपलब्ध न होगा।

अगर प्रेम का व्यवसाय नहीं हो सकता तो प्रार्थना का व्यवसाय कैसे हो सकता है? प्रार्थना तो प्रेम का ही विराट रूप है। अगर प्रेम नहीं मिल

सकता बाजार में और दुकानों पर, तो परमात्मा कैसे मिल सकता है?

लेकिन परमात्मा को बेचनेवाली दुकानें हैं, जिनको हम धर्म कहते हैं। परमात्मा को बेचनेवाली दुकानें हैं, जिनको हम मंदिर-मस्जिद, शिवालय और गुरुद्वारे कहते हैं। परमात्मा को बेचनेवाले दुकानदार हैं, जिनको हम धर्म-गुरु, पुरोहित, पादरी कहते हैं और इन्हें सम्मान देते हैं। इन सारे लोगों ने आदमी और प्रभु के बीच एक दीवाल खड़ी कर दी है, जिससे प्रभु से मिलन कठिन हो गया है।

ये दीवालें इन्होंने कैसे खड़ी कर दी हैं? ये दीवालें बहुत होशियारी से खड़ी की गयी हैं। इस दीवाल की पहली ईंट तो यह है कि दुनिया के सारे धर्म-गुरु चिल्ला-चिल्लाकर थके नहीं हैं कि परमात्मा को पाना बहुत कठिन है। सारी दुनिया में तीन हजार वर्ष से यह प्रचार किया जा रहा है कि परमात्मा को पाना अति दुर्लभ है, बहुत कठिन है। क्या आपको पता है, इस बात ने ही आदमी और परमात्मा के बीच सबसे मजबूत पत्थर रख दिया है।

नहीं शायद आपको खयाल में न हो। जिस बात को हजारों साल तक दोहराया जाये कि कठिन है, वह इसी कारण कठिन हो जाती है। कठिनाई का प्रचार मनुष्य के मन को पकड़ लेता है और उसे लगने लगता है कि मैं कैसे पा सकूंगा इतनी कठिन बात। यह मेरी सामर्थ्य के बाहर है, यह मेरी शक्ति के बाहर है, यह मेरी सीमा के बाहर है। मैं एक छोटा-सा आदमी हूं, मैं कैसे पा सकूंगा। और जिसे हम पा ही नहीं सकते जन्मों-जन्मों की कोशिश के बाद भी, उसे अगर हमने पाने का प्रयास छोड़ दिया हो, तो कोई गलती की है!

एक मनोवैज्ञानिक रूस में एक छोटा-सा प्रयोग कर रहा था। वह इस बात का पता लगाना चाहता था कि क्या कोई बात 'कठिन और कठिन और कठिन' दोहराये जाने से कठिन हो जाती है? विश्वविद्यालय की एक

गणित की कक्षा तीस विद्यार्थियों पर उसने एक प्रयोग किया। पंद्रह विद्यार्थियों को एक कमरे में ले गया, पंद्रह को दूसरे कमरे में ले गया। एक ही कक्षा के विद्यार्थी, एक ही बुद्धि के, एक ही बुद्धिमत्ता के। पहले पंद्रह विद्यार्थियों के सामने एक तख्ते पर उसने गणित का एक सवाल लिखा और लिखकर कहा कि यह सवाल मैं आशा नहीं करता हूं कि तुममें से कोई भी हल कर सकेगा। यह बहुत कठिन है। यह इतना कठिन है कि जमीन पर मुश्किल से दस-पांच गणितज्ञ हैं, जो इसे हल कर सकते हैं। तुम्हारी कोई सामर्थ्य नहीं। लेकिन तुम पूछोगे कि फिर तुम्हें हल करने को दिया क्यों जा रहा है? यह इसलिए दिया जा रहा है कि हम इस बात का पता लगाना चाहते हैं कि क्या विश्वविद्यालय के इस कक्षा के वर्ग के विद्यार्थी इस सवाल को हल करने की दिशा में एकाध-दो कदम भी ठीक उठा सकते हैं या नहीं। पूरे क्लास के तो ठीक होने की कोई संभावना ही नहीं। लेकिन अगर एकाध-दो कदम भी ठीक उठा लो, ठीक दिशा में, तो बड़े गौरव की बात होगी। देखो, कोशिश करो, शायद एकाध व्यक्ति ठीक दिशा में एकाध-दो कदम उठा सके। सवाल बहुत कठिन है। आशा कोई भी नहीं है। तुमसे बड़ी कक्षा के विद्यार्थी भी असफल हो गये हैं, लेकिन शायद!

उन विद्यार्थियों ने जब यह बात सुनी, तो उनके हाथ ढीले पड़ गये। उनके प्राणों में जो ऊर्जा उठती सवाल को हल करने के लिए, वह सो गयी। जो शक्ति जगती और चुनौती को स्वीकार करती, उसने पहले ही स्वीकार कर लिया कि हल नहीं हो सकता। जो बात हल नहीं हो सकती, फिर प्राण उससे संघर्ष लेना बंद कर देते हैं।

वे सवाल को मुर्दा, उदास, सुस्त हाथों से हल करने में लग गये। पहले ही निश्चय है कि सवाल हल नहीं होगा। पहले से ही परिणाम जाहिर है कि असफलता होनी है।

और जब पहले ही असफलता पैदा हो, तो क्या सफलता की दिशा

में आपके कदमों में प्राण हो सकते हैं, गति हो सकती है, शक्ति हो सकती है? वे सवाल को हल करने में लग गये हैं, जानते हुए कि सवाल हल नहीं होगा।

और वह मनोवैज्ञानिक दूसरे पंद्रह विद्यार्थियों के पास गया। तख्ते पर उसने वही सवाल लिख दिया है और उन विद्यार्थियों से कहा कि सवाल बहुत सरल है। यह इतना सरल है कि तुमसे नीचे की कक्षाओं के विद्यार्थी इसे पूरा हल कर लिये हैं। लेकिन तुम पूछोगे कि फिर हमें यह सवाल क्यों दिया जा रहा है, जब इतना सरल है? उसने कहा कि मैं कोई शोध-कार्य कर रहा हूं और पता लगाना चाहता हूं कि क्या इस ऊंची कक्षा में एकाध भी ऐसा विद्यार्थी आ गया है, जो इस सवाल को हल न कर सके? हम उस विद्यार्थी का पता लगा रहे हैं कि क्या हमारी कक्षाओं को पार करके ऐसे विद्यार्थी भी आ जाते हैं, जो इतना सरल सवाल हल न कर सकें? कोई भी नहीं असफल होगा। तुमसे नीची कक्षाओं के विद्यार्थी भी सफल हो गये हैं। पूरा सवाल हल कर लिया है। सवाल बहुत सरल है।

वे पंद्रह विद्यार्थी भी सवाल हल करने में लग गये। लेकिन उनकी हालत बहुत जुदा और भिन्न है। वे जानते हैं कि सवाल हल होगा। वे जानते हैं कि सवाल हल होना ही है। वे जानते हैं कि नीचे की कक्षाओं में सवाल हल हो गया, तो हम हार जायेंगे! इतना सरल सवाल है। उनके प्राण की ऊर्जा जग गयी है और वे आनंद से, प्रफुल्लता से सवाल हल करने में लग गये। सवाल वही है। और घंटेभर बाद जब उनका सवाल पूरा हो चुका, तो पहली कक्षा में, जहां कहा गया था, सवाल कठिन है, केवल तीन विद्यार्थी सवाल हल कर पाये। बाकी बारह विद्यार्थी असफल हो गये। और दूसरी कक्षा में एक विद्यार्थी असफल हुआ, चौदह विद्यार्थी सफल हो गये।

सवाल वही था, विद्यार्थी एक ही वर्ग के हैं। क्या हो गया? एक

भाव-दशा निर्मित हो गयी कि कठिन है। एक भाव दशा निर्मित हो गयी कि सरल है। और जिस भाव-दशा को लेकर हम पहला कदम रखते हैं, उसी भाव-दशा पर अंतिम कदम पूरा हो जाता है।

पांच हजार वर्षों का इतिहास ईश्वर को कठिन, कठिन दोहरा रहा है। यह बात इतनी कठिन हो गयी कि मनुष्य ने उस दिशा में देखना भी बंद कर दिया है। वह हमारे सामर्थ्य के बाहर है। वह हमारी आकांक्षा नहीं बन सकता है। जो हमारी शक्ति के बाहर है, वह हमारी अभीप्सा नहीं बन सकता। ठीक है कि कभी मंदिर में हम फूल चढ़ा दें; ठीक है कभी क़िसी व्रत-त्यौहार पर उसका स्मरण कर लें। लेकिन हमारी सामर्थ्य के बाहर है, हमसे बहुत दूर है।

जापान में कोई तीन सौ वर्ष पहले एक छोटे-से राज्य पर पड़ोस के बड़े राजा ने हमला बोल दिया। हमलावर राजा बड़ा है। आक्रामक बहुत शक्तिशाली है। कोई दस गुनी ताकत है उसके पास, और राज्य छोटा है जिस पर हमला हुआ है, बहुत गरीब है। न सैनिक हैं, न युद्ध का सामान है, न सामग्री है। सेनापति घबड़ाकर बोला कि मेरी सामर्थ्य के बाहर है कि मैं युद्ध पर कैसे जाऊं, यह जानते हुए कि अपने सैनिकों की हत्या करानी है। और हार निश्चित है। मैं इनकार करता हूं, मुझे क्षमा कर दें। मैं इस युद्ध में नहीं जा सकूंगा। कोई मौका ही नहीं है जीतने का। दस गुने सिपाही हैं उसके पास। दस गुनी युद्ध की सामग्री है। आधुनिक उपाय हैं और हमारे पास कुछ भी नहीं है। हार निश्चित है, इसलिए हार ही जाना उचित है। व्यर्थ लोगों को कटवाने से क्या प्रयोजन है?

राजा भी घबड़ाया। वह भी जानता था कि बात सच है। सेनापति को कायर कहना उचित नहीं है। उसने और युद्ध लड़े हैं। आज पहली दफा इनकार कर रहा है और इनकार करने में कायरता नहीं काम कर रही है; सीधी बात है। साफ गणित जैसी बात है; दो और दो चार जैसी बात है। हार निश्चित है। लेकिन राजा का मन नहीं मानता कि बिना हारे और

हार जायें। वह रातभर बेचैन रहा है। सुबह उसने अपने वजीर को पूछा है, क्या कर रहे हैं, 'दुश्मन रोज आगे बढ़ते आ रहे हैं?'

उस वजीर ने कहा, 'मैं एक फकीर को जानता हूं। जब भी मेरे जीवन में कोई उलझन आयी है, मैं उसी के पास गया हूं। आज तक बिना सुझाव के वापस नहीं लौटा। सुबह है, आप चले चलें। पूछ लें उससे।'

वे फकीर के दरवाजे पर पहुंच गये हैं। सेनापति भी साथ है। फकीर हंसने लगा। उसने कहा, 'छोड़ो, उस सेनापति को छोड़ो। क्योंकि जो जाने के पहले कहता है कि हार जाना निश्चित है, उसके जीत की तो कोई संभावना नहीं रह गयी। मैं चला जाता हूं सेनापति की जगह सेनाओं को लेकर।'

राजा और भी डरा। सेनापति अनुभवी है। अनेक युद्धों में लड़ा और जीता है। यह फकीर, जो तलवार पकड़ना भी नहीं जानता है! लेकिन फकीर ने कहा, 'बेफिक्र रहो, आठ-दस दिन के भीतर जीतकर वापस लौट आयेंगे।' फकीर सेनाओं को लेकर रवाना हो पड़ा। सेनायें घबरा रही हैं, उनके हाथ-पैर कंप रहे हैं सैनिकों के। जब सेनापति ने इनकार कर दिया, तो एक अजनबी, अनुभवी नहीं है जो, ऐसा फकीर!

लेकिन फकीर गीत गाते हुए चला जा रहा है। फिर वे उस नदी के पास पहुंच गये जिसके उस तरफ दुश्मन का डेरा था। फकीर ने सैनिकों को एक मंदिर के पास रोका और कहा कि 'रुको। दो क्षण को जरा मैं जाकर मंदिर के देवता को पूछ लूं कि हम जीतेंगे या हारेंगे? मेरी हमेशा यह आदत रही है। जब कभी मुश्किल में पड़ा हूं, इसी मंदिर के देवता से पूछ लेता हूं।'

सैनिकों ने कहा, 'लेकिन देवता कैसे कहेगा हम कैसे समझेंगे कि कहा देवता ने?' उसने कहा, 'रास्ता है।'

मंदिर को घेरकर सैनिक खड़े हो गये हैं। फकीर ने अपने खीसे से

एक चमकता हुआ सिक्का निकाला। और कहा कि 'हे प्रभु! अगर हम जीकर लौटते हैं, तो सिक्का सीधा गिरे। अगर हम हारकर लौटते हैं, तो सिक्का उलटा गिरे।'

सिक्के को ऊपर फेंका है, हवा में, आकाश में। सूरज की रोशनी में सोने का सिक्का चमक रहा है और सारे सैनिकों के प्राण अवरुद्ध हो गये हैं, श्वास बंद हो गयी अब। ठगे हुए देख रहे हैं कि क्या होता है! रुपया नीचे गिरा है। सिक्का सीधा गिरा है। फकीर ने कहा कि 'देखते हो! जीत निश्चित है।' सिक्का खीसे में रख लिया है और सैनिक एक नये उत्साह से, एक नये जीवन से युद्ध में कूद पड़े हैं। दस दिन बाद वे जीतकर वापस लौट आये हैं।

मंदिर के पास आकर सैनिकों ने उस फकीर को कहा कि 'शायद आप भूल गये! मंदिर के देवता को धन्यवाद तो दे लें!' वह फकीर हंसने लगा। बोला, 'रहने दो। कोई खास जरुरत नहीं है।' पर सैनिकों ने कहा, 'कैसी आप बात करते हैं! कम से कम अनुग्रह तो मान लें! जिसने जीत का संदेश दिया...!' उस फकीर ने कहा, 'छोड़ो, उस देवता का इसमें कोई संबंध नहीं। धन्यवाद देना हो तो मुझे दे दो।' उन सैनिकों ने कहा, 'तुम्हें!' उस फकीर ने खीसे से सिक्का निकाला और कहा, 'इस सिक्के को देखो।' वह दोनों तरफ सीधा था। वह सिक्का उलटा था ही नहीं। उसमें दोनों तरफ ही सीधा था। उस फकीर ने कहा, 'धन्यवाद देना हो, तो मुझे दे दो। देवता का इसमें कोई हाथ नहीं है।'

कैसे जीतकर लौट आये वे सिपाही? क्या हो गया उनके प्राणों को? क्या आप सोचते हैं कि इस फकीर के बिना वे जीतकर लौट सकते थे? क्या आप सोचते हैं, अपने सेनापति के साथ वे जीतकर लौट सकते थे? क्या आप सोचते हैं, एक सिक्के के बिना वे जीतकर लौट सकते थे? क्या आप सोचते हैं, बिना एक आशा के और इस विश्वास के कि जीत निश्चित है, जीत हो सकती थी?

लेकिन ईश्वर के संबंध में यही हो गया है। उस फकीर का सिक्का दोनों तरफ सीधा था, हमारा सिक्का दोनों तरफ उलटा हो गया है। फेंकते हैं, हमेशा हार! दोनों तरफ उलटा है! और मैं आपसे कहता हूं, यह दोनों ओर से उलटा सिक्का है, यह धर्मगुरुओं ने मेहनत से किया है। क्यो? आप कहेंगे, 'धर्मगुरुओं का इसमें क्या प्रयोजन हो सकता है? उन्हें क्या हित? उन्हें क्या लाभ हो सकता है कि आदमी और ईश्वर में दूरी हो जाये?'

अगर आपको थोड़े भी व्यवसाय के नियम याद हैं, तो आप को समझ में आ जायेगा। अगर परमात्मा, आदमी को पाना बहुत सरल है, तो धर्मगुरु की कोई भी जरूरत बीच में नहीं रह जाती। अगर परमात्मा को पाना अति सरल है, तो बीच के दलाल की कोई गुंजाइश, कोई जरूरत नहीं रह जाती परमात्मा को पाना जितना कठिन है, उतना ही बीच का मीडिएटर, बीच का दलाल, बीच का व्यवसायी उपयोगी और जरूरी हो जाता है। परमात्मा को पाना कठिन है, तो फिर बीच में गुरु जरूरी है। क्योंकि उस कठिन को पाने के लिए गुरु के बिना ज्ञान कौन बतायेगा, रास्ता कौन बतायेगा? जो कठिन है, उसको पाने का रास्ता भी दुर्गम है, पहाड़ पर चढ़ने जैसा है, तलवार की धार पर चलने जैसा है। तो उसे बताने के लिए कोई रास्ता चाहिए, कोई हाथ पकड़कर ले जाने के लिए चाहिए।

ईश्वर को कठिन बताकर धर्मगुरु ने अपनी जरूरत निश्चित कर ली है। और ईश्चर जितना कठिन हो गया है, धर्मगुरु का व्यवसाय उतना ही बढ़ता चला गया, बड़ा होता चला गया।

आज जमीन पर करोड़-करोड़ धर्म गुरु आदमी के इसी शोषण पर जी रहे हैं। सिर्फ कैथोलिक पुरोहितों की संख्या बारह लाख है। और दुनिया में तीन सौ धर्म हैं। यह एक धर्म के पुरोहित हैं, बारह लाख! दुनिया में तीन सौ धर्म हैं, तीन सौ पंथ हैं। इन सबके अपने गुरु हैं, अपने संन्यासी

हैं, अपने पुरोहित हैं, अपने पंडित हैं और वे सब एक बात पर जीते हैं कि भगवान से मिलाने की तरकीब आपके लिए बताते हैं। हालांकि इन करोड़-करोड़ धर्मगुरुओं के कारण मनुष्य-जाति परमात्मा से जुड़ नहीं पा रही है।

कठिन बताने में हित है। इसलिए जो चीज जितनी कठिन है, उसकी कीमत उतनी बढ़ जाती है। बाजार में जो चीज मिलनी मुश्किल हो जाये, उसकी कीमत बढ़ जाती है। जो चीज मिलनी सरल हो जाये, उसकी कीमत कम हो जाती है। जो चीज बिलकुल सरल मिलती है, हम खयाल ही भूल जाते हैं कि किसी कीमत की है। हवा की कोई कीमत है? हमें खयाल ही नहीं। पानी की कोई कीमत नहीं है, लेकिन रेगिस्तान में, मरुस्थल में पानी की कीमत मालूम पड़ने लगती है। और चांद पर जब यात्री यात्रा कर रहे हों, तब हवा की कीमत मालूम होगी।

जो भी चीज जितनी सरल और सहज उपलब्ध होती है, उसकी फिर कोई कीमत नहीं रह जाती है, उसका व्यवसाय नहीं किया जा सकता है। धर्मगुरु व्यवसाय कर रहा है ईश्वर का, बेच रहा है ईश्वर को। स्वाभाविक, सीधे, इकोनामिक्स के, अर्थशास्त्र के सीधे नियम हैं कि कठिन है, न्यून है, बहुत मुश्किल है। जितना मुश्किल है। जितना मुश्किल हो, उसके अपने आप दाम बढ़ जाते हैं।

एक राजा एक रात भटक गया है, एक जंगल में। सुबह ही सुबह एक गांव में पहुंचा है, थका-मांदा रातभर का। एक झोपड़े के सामने रुका है। और उसने कहा कि 'मुझे बहुत भूख लगी है। कुछ मिल जाये।' झोपड़े में कुछ नहीं है, कोई दो-तीन अंडे पड़े हैं। झोपड़े के मालिक ने वे दे दिये हैं। राजा ने नाश्ता कर लिया है। फिर उससे कहा, 'धन्यवाद। कितने पैसे हुए?' उस बूढ़े ने कहा, 'ज्यादा नहीं, सिर्फ सौ रुपये।' राजा ने कहा, 'सौ रुपये! दो-तीन अंडों के! मैंने बहुत कीमती चीजें खरीदी हैं। आज तक कल्पना में नहीं था कि अंडे इतने महंगे हो सकते हैं। आर एग्स

सो रेयर हियर? क्या इधर बहुत मुश्किल है अंडे का मिलना? इतना मुश्किल है?' वह बूढ़ा हंसने लगा। उसने कहा कि 'नहीं। एग्स आर नाट रेयर, सर, बट किंग्स आर। इधर अंडे तो रोज मिलते हैं बहुत, लेकिन राजा बहुत मुश्किल से मिलते हैं।' उस राजा ने सौ रुपये दे दिये।

न्यूनता, किसी भी चीज की, उसके कीमत का मापदंड बन जाती है। ईश्वर बहुत मुश्किल है! वह बहुत मुश्किल है। कभी-कभी किसी को उपलब्ध होता है। सब तो उससे वंचित रह जाते हैं, तो फिर उसका मूल्य लिया जा सकता है। यूरोप में, मध्य युग में ईसाई पोप, लोगों से लाखों रुपये लेता रहा है स्वर्ग पहुंचाने के। चिट्ठी लिखकर देता रहा ईश्वर के नाम। कब्र में चिट्ठी रख दी जाती थी। पता नहीं, वह चिट्ठी कभी पहुंची कि नहीं और उसका क्या हुआ! न आदमी लौटता है...। लेकिन वे कब्रें खोदी जायें, तो वे चिट्ठियां अभी भी उन कब्रों में रखी हुई मिल जायेंगी। पोप ज्यादा होशियार है, लाख रुपये लेता है। इधर हमारे गांव के ब्राह्मण-पंडित उतने होशियार नहीं। एक मरी-सी गाय लेकर भी निपटारा कर देते हैं! लेकिन नीयत वही है। बेचा जा रहा है स्वर्ग, बेचा जा रहा है मोक्ष, बेचा जा रहा है धर्म, बेचा जा रहा है परमात्मा!

तो इसका कठिन होना बहुत जरूरी है। इसलिए तीन-चार हजार वर्षों से उसकी कठिनाई की रट लगायी जा रही है और उसका परिणाम यह हुआ है कि आदमी ने इतने दिनों में स्वीकार कर लिया है कि कठिन है। इस कठिनाई के निश्चित हो जाने के दो घातक परिणाम हुए। पहला घातक परिणाम तो यह हुआ कि सीधे और सरल लोगों ने उस तरफ जाना बंद कर दिया विनम्र लोगों ने उस तरफ आंख उठानी बंद कर दी। उन्होंने मान लिया कि यह हमारी क्षमता नहीं है। यह हमारी पात्रता नहीं है।

विनम्र और सीधे-सादे लोग ही पात्र हैं प्रभु को पाने के। लेकिन इस गलत शिक्षण का परिणाम यह हुआ है कि विनम्र और सीधे-सादे लोगों ने उस तरफ आंख उठानी बंद कर दी। और दूसरा घातक परिणाम यह

हुआ कि इगोइस्ट और अहंकारी लोगों ने उस तरफ यात्रा करनी शुरू कर दी।

अहंकार का एक आनंद है कि जो कठिन है, उसको पाया जाये। एवरेस्ट पर चढ़ा जाये! यहां जूनागढ़ की पहाड़ी पर चढ़ने में क्या रखा हुआ है! गौरीशंकर पर चढ़ना है। क्यों, क्या काम है गौरीशंकर पर? क्या जरुरत है गौरीशंकर पर चढ़ने की आपको? नहीं, लेकिन मैं का लाभ है। हिलेरी मैं हूं, तेनजिंग मैं हूं। मैं वहां झंडा गाड़ता हूं। मेरे कदम पहली बार वहां पड़ते हैं, जहां किसी मनुष्य के कभी नहीं पड़े!

आदमी में जो अहंकारी है सबसे ज्यादा, वह कठिन की तलाश में रहता है कि जो कठिन हो, वह मैं करुं। सरल की अपील उसके मन पर नहीं होती। तो दुनियाभर के अहंकारी ईश्वर को पाने की दिशा में लग जाते हैं। यही तो वजह है कि संन्यासियों से ज्यादा अहंकारी आदमी पाना कठिन है, मुश्किल है। राजनीतिज्ञ में भी विनम्रता हो सकती है, लेकिन संन्यासी में असंभव है।

क्यों? कोई संन्यास की भूल है? नहीं। लेकिन अहंकारी उत्सुक होते हैं, परमात्मा कठिन है इसलिए उसको पाने के लिए। उनका अहंकार बिना परमात्मा को मुट्ठी में लिए नहीं मानने को राजी है। धन से उनकी तृप्ति नहीं हो सकती। दिल्ली के पद से उनकी तृप्ति नहीं हो सकती। उन्हें अगर कोई भी तृप्ति दे सकता है, तो वह यह कि परमात्मा ही उनकी मुट्ठी में हो तो।

यह जो अहंकार की अंतिम प्यास है, ईश्वर कठिन है, तो अहंकार उस तरफ दौड़ने लगा। और आश्चर्य यह है कि अहंकार और परमात्मा का मिलन कभी भी नहीं हो सकता है। विनम्रता तो परमात्मा को पा सकती है, अहंकार कभी भी नहीं। लेकिन विनम्र तो थक गये और हार गये और चित्त हो गये, और अहंकारी त्वरित वेग से परमात्मा की तरफ,

अपने-आप अहंकार के घोड़ों पर सवार होकर दौड़ने लगे। तो दुनिया में एक दुर्घटना घट गयी कि अहंकारी धार्मिक हुए चले जा रहे हैं और विनम्र सीधे-सादे लोग चुपचाप मंदिरों के बाहर खड़े हैं। उन्होंने आशा छोड़ दी। और जिन्हें नहीं मिल सकता था, वे उसके सामने अग्रसर हो गये हैं।

धर्म की हत्या का मूल कारण, ईश्वर की कठिनाई का उपदेश है। यह पहला सूत्र मैं आज आपसे कहना चाहता हूं। और अगर आपको कभी भी जीवन में ईश्वर को आने देना हो, तो इस बात को बहुत ठीक से अपने मन में बिठा लेना कि ईश्वर को पाने से ज्यादा सरल और कोई बात नहीं है। ईश्वर अत्यधिक सरल है, सरलतम है, अंतिम रूप से सरल है। उससे ज्यादा सरल और कोई बात नहीं है। क्यों? क्यों मैं कह रहा हूं कि ईश्वर को पाने से ज्यादा सरल कोई बात नहीं है?

इसलिए मैं कह रहा हूं   मछली अगर पूछने लगे कि 'सागर कहां है? मैं उसे पाना चाहती हूं।' तो हम मछली को क्या कहेंगे?

हम कहेंगे, 'सागर कहां है, यह पूछने का सवाल नहीं है। तुम हो, और तुम बिना सागर के नहीं हो सकती हो। तुम्हारा होना हमेशा सागर में होना है। तुम जहां हो, वहीं सागर है। तुम सागर से निर्मित होती हो। सागर भी तुम हो और सागर में ही विलीन हो जाती हो।'

मछली के लिए सागर जितना सरल है, मनुष्य के लिए परमात्मा भी उतना ही सरल है। क्योंकि परमात्मा का क्या अर्थ होता है? परमात्मा का अर्थ होता है   जीवन धारा। परमात्मा का अर्थ होता है, वह जो जीवंत है। जो प्राण, जो चेतना, वह जो सबमें व्याप्त है   वही। उसके बिना तो हम एक क्षण नहीं हो सकते। हम परमात्मा में ही जीते हैं, उसी के सागर में लहर की तरह पैदा होते और विलीन हो जाते हैं। तो जिससे हम निर्मित होते हैं, जिसमें हम जीते हैं, जिसमें हम मिटते हैं, उसे पाना कठिन हो सकता है? उसे खोना कठिन हो सकता है, पाना कैसे कठिन हो सकता

है? मछली सागर को खोना चाहे, तो कठिनाई शुरू होगी। मछली सागर को खोना चाहे, तो कठिनाई शुरू होगी। पाने के लिए कौन-सी कठिनाई होगी? पाया ही हुआ है।

मैं आपसे कहना चाहता हूं: ईश्वर को खोना कठिन है, पाना नहीं। और जो इतनी कठिनाई में पड़ गयी है मनुष्य-जाति, वह इसलिए कि हम ईश्वर को खोने की कोशिश कर रहे हैं। यह जो मनुष्य इतना उजड़ा, विजड़ित, इतना विपन्न, इतना हीन, इतना चिंतित, इतना दुखभरा दिखायी पड़ता है, यह किसलिए? यह इसलिए कि हम ईश्वर को खोने की कोशिश कर रहे हैं।

मछली सागर को खोने की कोशिश कर रही है, सागर से दूर हटने की कोशिश कर रही है, तो विपन्न होती जा रही है। उसके प्राण तड़फड़ा रहे हैं, वह तड़प रही है किनारे पर, धूप में उसके प्राण कंप रहे हैं, वह मरने के करीब खड़ी हो गयी।

आदमी भी करीब-करीब उस हालत में है। यह ईश्वर को खोने की कठिनाई है, जो हम भोग रहे हैं। लेकिन ईश्वर को पाना तो बहुत ही सरल है। इसलिए सरल है कि हम उसको पाये ही हुए हैं। उसे हमने एक क्षण को खोया नहीं, हम एक क्षण को उससे अलग नहीं हुए हैं। हम एक क्षण को भी उसके बिना जी नहीं सकते, श्वास नहीं ले सकते। लेकिन कल्पना में और विचार में हम उससे अलग हो गये हैं, खयाल में हम उससे अलग हो गये हैं। वैसे ही जैसे एक आदमी आज जूनागढ़ में सो जाये रात। रात सपना देखे कि जूनागढ़ में नहीं है, कलकत्ते में है। देख सकता है सपना कलकत्ते में होने का। हालांकि सपना देखने से कलकत्ता पहुंच नहीं जाता। लेकिन सपना देख सकता है कि कलकत्ते में है। सुबह उठकर पूछने लगे कि मैं कलकत्ते से वापस कैसे आया? तो लोग हंसेंगे, कहेंगे कि तुम यहीं सोये रहे हो रात भर, कलकत्ते तुम गये ही नहीं। लेकिन वह कहेगा, मैं कलकत्ते में था! मौजूद था कलकत्ते में! मैं लौटा कैसे?

जिस दिन आदमी ईश्वर को वापस उपलब्ध करता है ऐसी ही हंसी आती है उसे, कि जिसे कभी खोया नहीं था, उसे खोया कैसे था! जिससे कभी दूर नहीं गये थे, उससे दूर कैसे चले गये थे! कल्पना में, सपने में, सोने में, नींद में।

आदमी मूलतः ईश्वर से एक क्षण को दूर नहीं हो सकता। क्योंकि जिससे दूर हुआ जा सकता है, वह ईश्वर ही न रहा। उससे हम दूर हो सकते हैं, जो हमारे प्राणों से अलग हो, भिन्न हो, पृथक हो। आप अपने घर को छोड़कर भाग सकते हैं, पत्नी को छोड़कर भाग सकते हैं, बच्चे को छोड़कर भाग सकते हैं, गांव को छोड़कर भाग सकते हैं, अपने को छोड़कर कैसे भाग सकते हैं? और कैसे भाग सकते हैं? और कहां भागेंगे? जहां जायेंगे कि साथ मौजूद हो गये हैं। अपने को छोड़कर कोई भी नहीं भाग सकते।

परमात्मा हमारा स्वभाव है। उसे छोड़कर हम नहीं भाग सकते। छोड़ने की कोशिश कठिनाई पैदा कर देती है। तो मैं आपसे कहना चाहता हूं : ईश्वर सरल है। अत्यंत सरल है। खोना कठिन है उसे, पाना बिलकुल सरल है। यह पहला सूत्र है। जिस हृदय में गहराई से बैठ जाता है, 'ईश्वर को पाना सरल है, उसकी आधी मंजिल पूरी हो गयी बिना चले। उसकी आधी मंजिल पूरी हो गयी बिना चले आधी यात्रा हो गयी। प्राण उसके तैयार हो गये यात्रा पर जाने के लिए। उसके चित्त ने तैयारी कर ली यात्रा तो बहुत सरल है। एक बार हृदय की पूरी तैयारी चाहिए।

तो इन तीन दिनों उस हृदय की पूरी तैयारी के संबंध में मुझे जो सूत्र आपसे कहने हैं, उसमें पहला सूत्र यह कि प्रभु को पाना अत्यंत सरल है, इससे ज्यादा सरल और कुछ भी नहीं है। जैसे बीज के लिए सबसे सरल बात क्या है? बीज के लिए सबसे सरल बात क्या है?

बीज के लिए सबसे सरल बात यह है कि वह अंकुर बन जाये।

इससे ज्यादा सरल बात और कोई भी नहीं है। बीज के लिए कठिनाई होती होगी, तो यही होती होगी कि अगर वह बीज ही रह जाये और उसमें अंकुर न फूट सकें और पत्तियां न निकल सकें और फूल न खिल सकें। यह बीज की कठिनाई होगी कि बीज न टूट पाये, न बन पाये पौधा, जो बनने को पैदा हुआ था।

आदमी के लिए सबसे सरल क्या है? यही कि वह प्रभु हो जाये। वह उसके भीतर छिपी हुई संभावना है, उसका बीज है। आदमी में भी बीज है और परमात्मा उसका प्रगट रूप है। जो उसमें छिपा है, वह प्रगट हो जाये, फूल बन जाये, अंकुर निकल आये, पौधा बड़ा हो जाये। लेकिन हम सब बीज ही रह जाते हैं, इसलिए हमारे जीवन में एक कठिनाई है।

मैं आपसे कहना चाहता हूं कि बहुत सरल है। आप कहेंगे, इतना कह लेने से और मान लेने से भी कुछ सरल नहीं हो जा रहा है। कुछ भी सरल नहीं हुआ जा रहा है! नहीं, सरल हो जाता है। इस भूमिका पर से आगे कुछ काम किया जा सकता है। इस भूमिका पर आगे फिर कदम रखे जा सकते हैं। इसलिए इस पहली चर्चा में भूमिका के संबंध में ही आपसे कह रहा हूं। अब तक उसकी कठिनाई को बढ़ाने के लिए बहुत-बहुत प्रकार के रास्ते अपनाये गये हैं।

एक रास्ता यह अपनाया गया है कि उसको पाना हो, तो किसी संगठन के हिस्से होना चाहिए, किसी संप्रदाय का सदस्य होना चाहिए। किसी भीड़ के साथ खड़े होना चाहिए चाहे वह हिंदुओं की भीड़ हो, चाहे मुसलमानों की, चाहे ईसाइयों की, चाहे जैनों की। एक-एक आदमी की किसी भीड़ के साथ खड़ा होना चाहिए, तब वह प्रभु को पा सकता है!

यह बात बिलकुल झूठ और असत्य है। भीड़ से प्रभु का क्या संबंध है? प्रभु से संबंध हमेशा व्यक्ति का होता है, अकेली निजता में

होता है। अकेलेपन में होता है, एकांत में होता है। भीड़ से क्या लेना-देना है? भीड़ कभी प्रभु के साक्षात्कार को उपलब्ध हुई है? प्रभु का साक्षात्कार कोई युद्ध तो नहीं है कि वहां सेना बनाकर पहुंच जायें, भीड़ लेकर पहुंच जायें। वहां तो अकेले आदमी को जाना होता है, अकेले को लेकर। क्राइस्ट को कब मिलता है परमात्मा? अकेले में, एकांत में। मुहम्मद को कब मिलता है? अकेले में, एकांत में। महावीर को कब मिलता है? अकेले में, एकांत में। बुद्ध को कब मिलता है? अकेले में, एकांत में। आज तक भीड़ ने कभी परमात्मा का साक्षात्कार किया है। आज तक दुनिया की कोई भी भीड़ कभी परमात्मा के सामने उपस्थित हो सकी है? उसके सामने तो एनकाउंटर जो है, साक्षात्कार जो है, हमेशा व्यक्तिगत है, एक व्यक्ति का।

लेकिन हमें यह सिखाया गया है कि बिना हिंदू हुए कोई धार्मिक नहीं हो सकता। बिना मुसलमान हुए कोई धार्मिक नहीं हो सकता। और मैं आपको कहता हूं, जब तक कोई हिंदू है, जब तक कोई मुसलमान है, तब तक उसके धार्मिक होने की कोई संभावना नहीं है। यही तो वजह है कि धर्मों के नाम पर इतना अधर्म हो सका।

आपको पता है, अधार्मिक लोगों ने किन मंदिरों को जलाया है? किन मस्जिदों में आग लगायी है? अधार्मिक लोगों ने किन बच्चों की हत्यायें की और किन स्त्रियों की इज्जत लूटी? अधार्मिक लोगों ने क्या किया है उन पर? अगर किसी दिन अधार्मिक लोगों के सब पाप इकट्ठे किये गये और तथाकथित धार्मिकों के, तो आप दंग रह जायेंगे। धार्मिकों के पल्ले पाप का पलड़ा इतना भारी है कि हम कल्पना भी नहीं कर सकते!

यह कैसे हो सका? धार्मिक आदमी आग कैसे लगा सका, खून कैसे कर सका? वह धार्मिक ही नहीं था। धर्म के नाम पर एक गलत बात ही उसको सिखायी गयी। असली धर्म   जब मैं कह रहा हूं, प्रभु की सरलता का धर्म   व्यक्ति को अकेलापन सिखायेगा। नकली धर्म, झूठा

धर्म, ईश्वर की कठिनता का धर्म, व्यक्ति को भीड़ का हिस्सा होना सिखायेगा। और जो आदमी भीड़ का जितना हिस्सा हो जायेगा, उतना ही ईश्वर को पाना कठिन हो जायेगा, क्योंकि भीड़ कभी ईश्वर तक जाती ही नहीं, कभी गयी भी नहीं है, कभी जा भी नहीं सकती। सुनी है कोई घटना कि दस-पच्चीस लोग सीधे परमात्मा के दर्शन को उपलब्ध हो गये हैं? एक अकेला आदमी, अपने एकांत में, टोटल लोनलीनेस में उपलब्ध होता है, उस स्थिति को जाता है।

ईश्वर को कठिन बनाने के लिए जो तरकीबें काम में लायी गयीं, उनमें पहली तरकीब यह है कि धर्म को भीड़ के साथ जोड़ दिया गया, जो कि गलत बात है। धर्म निजी और व्यक्तिगत है, इंडीविजुअजल है। उसका आर्गनाइजेशन से, संप्रदाय से, पंथ से कोई दूर का भी संबंध नहीं है। इसीलिए दुनिया में हिंदू हैं, मुसलमान हैं, ईसाई हैं, जैन हैं, बौद्ध हैं, पारसी हैं, और न मालूम कितने लोग हैं, कितनी बीमारियां हैं, कितने नाम हैं। लेकिन धार्मिक आदमी कहीं भी नहीं है।

तो अगर परमात्मा की तरफ सरलता का अनुभव करना है, तो पहली बात यह है, इस बात को समझ लेना ठीक से कि वह अकेले का साक्षात है।

वहां आपका निजी मित्र भी आपके साथ नहीं जा सकता है। वहां आपकी पत्नी भी नहीं जा सकती है, आपका बेटा भी नहीं जा सकता है, आपके पड़ोसी भी नहीं जा सकते हैं। जब भी आप जायेंगे, तो आप अकेले। जब भी आप खड़े होंगे, तो अकेले। जीवन के सारे गहरे अनुभव अकेले आदमी के अनुभव हैं, भीड़ से उनका कोई संबंध नहीं है।

अभी हम यहां इतने लोग बैठे हैं, अगर हमें हत्या करनी हो, तो अकेले आदमी को हत्या करने में बड़ी कठिनाई होती है, भीड़ को बहुत आसानी होती है। इतने लोग यहां बैठे हैं, हमें कहीं आग लगानी हो, तो

अकेले आदमी को आग लगानी बहुत मुश्किल होती है। भीड़ को बहुत आसान होती है। क्यों? बुरा काम भीड़ के लिए हमेशा आसान होता है, क्योंकि भीड़ में एक-एक आदमी को अपनी कोई रिसपांसिबिलिटी, अपना कोई उत्तरदायित्व नहीं रह जाता। हम इतने लोग जाकर एक मकान में आग लगा दें। कोई मुझसे नहीं कह सकता कि तुमने मकान में आग लगायी है। आप में से कोई से, कोई नहीं कह सकता। आप कहेंगे, भीड़ ने आग लगायी है। मैं तो साथ था सिर्फ। आपके भीतर, अंतःकरण को कोई चोट नहीं लगती। आप सिर्फ एक बड़ी भीड़ के हिस्से हैं! लेकिन अगर आप अकेले खड़े हो जायें, उसी मकान के सामने, जिसमें आपने भीड़ के साथ जाकर आग लगायी थी और अकेले आग लगाने की कोशिश करें, आपके सारे प्राण इनकार करेंगे, आप पच्चीस बार सोचेंगे कि मैं क्या कर रहा हूं। यह करना ठीक है या नहीं?

पाप के लिए भीड़ बड़ी जरूरी है, लेकिन पुण्य के लिए बिलकुल गैर जरूरी है। अगर आपको प्रेम करना है, तो आप संगठन करते हैं? पहले भीड़ इकट्ठी करते हैं कि हम प्रेम करने जा रहे हैं। आइये, भीड़ इकट्ठी करें, फिर हम प्रेम करें! प्रेम करें! प्रेम अकेला आदमी करता है। आपको एक काव्य निर्मित करना है, तो आप भीड़ इकट्ठी करते हैं कि चलो हम कविता करें? काव्य अकेले का अनुभव है। जीवन के जो भी श्रेष्ठ अनुभव हैं, वे अकेले के अनुभव हैं। जीवन के जो भी निकृष्ट अनुभव हैं, वे भीड़ के अनुभव हैं। क्राउड, भीड़ दुनिया में बड़ी खतरनाक घटना है। लेकिन धर्म भीड़ के साथ जुड़ गया है, इसलिए परमात्मा तक पहुंचना कठिन हो गया है। धार्मिक व्यक्ति को, जिसे प्रभु की सरलता की दिशा में जाना है, उसे यह बात स्मरण रख लेनी चाहिए कि यह अकेले की यात्रा है।

एक फकीर था, इकहार्ट। वह कहा करता था, फ्लाइट आफ दि अलोन, टु दि अलोन अकेले की उड़ान, अकेले की तरफ। यहां कभी कोई किसी का साथी नहीं। इकहार्ट जंगल में बैठा था, एक झाड़ के

नीचे। अकेले की उड़ान कर रहा होगा। अकेले में उड़ रहा होगा, अकेले की तरफ; कि कुछ मित्र शहर से गये थे जंगल, शिकार खेलने वे वहां पहुंच गये। उन्होंने देखा कि बेचारा इकहार्ट! जो हमेशा भीड़ में रहते हैं। वे अकेले में रहनेवाले आदमी को समझते हैं, बेचारा! असलियत उलटी है। जो अकेले में जीना जान जाता है, वह भीड़ को सोचता है, बेचारे! लेकिन उन मित्रों ने सोचा, बेचारा इकहार्ट अकेला रहता है, ऊब गया होगा, घबड़ा गया होगा!

जो लोग भीड़ में रहते हैं, वे सोचते हैं, अकेले में ऊब पैदा होती है। उन्हें पता ही नहीं है कि अकेले में आनंद पैदा होता है। भीड़ हमेशा उबानेवाली है। लेकिन, अनुभव न होने से खयाल में नहीं आता। वे इकहार्ट के पास गये। सोचा चलकर कंपनी दे दें उसे, थोड़ा साथ दे दें।

वह आंख बंद किये बैठा है, वह न मालूम किस लोक में उड़ गये हैं उसके प्राण। उन्होंने उसे हिलाया और उसने आंख खोली और उन्होंने कहा, 'अरे, इकहार्ट! अकेले बैठे-बैठे ऊब गये होओगे। हमने सोचा, चलो साथ दें!'

इकहार्ट खूब हंसने लगा। उसने कहा, 'यह तो बहुत मजाक हो गयी! मैं अकेला था, तो अकेला नहीं था। उससे मेरा मिलन हो रहा था और तुमने आकर मेरी आंख क्या खोल दी, मुझे फिर अकेला कर दिया।' इकहार्ट ने कहा कि 'मैं अकेला था, तब अकेला नहीं था, उससे मेरा मिलन हो रहा था। और तुमने साथ क्या दिया, मुझे फिर अकेला कर दिया। तुम अपने रास्ते पर जाओ!'

एक बाहर का मिलन भी है, और एक भीतर का भी। बाहर का सब मिलन भीड़ से मिलन है। भीतर का सब मिलन परमात्मा से है। ईश्वर कठिन हो गया, क्योंकि हमने भीड़ से धर्म को जोड़ दिया है। धर्म एसेंशियली, मूलतः वैयक्तिक है, भीड़ से उसका कोई नाता नहीं है। कोई

भी, दूर का भी नाता नहीं। इसलिए अगर आपको धार्मिक होना हो, तो यह अकेले की बात है। इसमें आपको हिंदू, मुसलमान होने की कोई भी जरूरत नहीं है, कोई भी सवाल नहीं है।

जिस दिन पृथ्वी पर धर्म होगा उस दिन धार्मिक लोग होंगे, अधार्मिक लोग होंगे; लेकिन हिंदू, मुसलमान नहीं हो सकते। इसकी कोई भी जरूरत नहीं है। ये बिलकुल अनावश्यक हैं। ये बाधा बने हुए हैं।

दूसरी बात। जिन लोगों ने कठिन किया धर्म को, उन्होंने परमात्मा की तरफ से आंख हटाकर सब्स्टिट्यूट पर लगा दी, कुछ पूरक चीजों पर लगा दी। और सबसे बड़ी होशियारी की बात यह होती है कि अगर किसी चीज से आंख हटानी हो, तो किसी दूसरी चीज पर खड़ी कर दो। मुल्क अगर मर रहा हो भूखा, गरीबी बढ़ रही हो, संख्या बढ़ रही हो और दो-चार-दस साल में ऐसी महामारी आने को हो कि मुल्क को बचाना मुश्किल हो जाये, और इस तरफ से आंख फेरनी हो, तो गो-हत्या आंदोलन चला दो, कि गऊ बचनी चाहिए! डायवर्शन हुआ दिमाग का लोगों का। उनके खयाल से मिट गयी असली समस्या और एक सूडो प्राब्लम, एक झूठी समस्या सामने खड़ी हो गयी कि गऊ मारनी चाहिए कि नहीं मारनी चाहिए, जबकि आदमी मरने के करीब पहुंच रहा हो! तब एक नयी समस्या की तरफ लोगों की नजर ले जाओ।

हमेशा दुनिया के शोषक यह कोशिश करते रहे हैं कि जिंदगी के असली मसले से हटा लो लोगों की आंखें। ईश्वर से आंख हटाने के लिए क्या तरकीब काम में लायी गयी? मंदिर खड़े किये गये, मस्जिदें खड़ी की गयीं। कहे कि ये भगवान के घर हैं, इनमें आओ। मस्जिद भगवान का घर? मंदिर भगवान का घर? आदमी के बनाये हुए मकान भी भगवान के घर हो सकते हैं? तब तो आदमी भगवान से भी बड़ा हो गया। और पत्थर की मूर्तियां रख दी गयी हैं और वह भगवान है! आदमी की बनायी गयी मूर्तियां भगवान हो सकती हैं? तो छोड़ दो पुरानी बात कहानी कि

वह स्रष्टा है, कहो कि हम स्रष्टा हैं और हमने भगवान को बनाया!

असली जीवन जहां था वहां से आंख हटाकर, नकली सवालों पर खड़ी कर दी गयी हैं, कि यहां भगवान है। इन पर लड़ो, इनकी पूजा करो।

एक नीग्रो एक रात चर्च के दरवाजे को खटखटा रहा है। अंधेरी रात है, और वह काला आदमी रात में खड़ा है और दरवाजा ठोंक रहा है। फिर द्वार पादरी ने खोला। देखा कि काला आदमी खड़ा है, और वह चर्च तो सफेद लोगों का मंदिर था। वह चर्च तो सफेद चमड़ीवालों का था।

अब बड़े मजे की बात है, मंदिर में भी चमड़ी पहचानी जाती है कि कौन-सी है। हिंदू की है कि मुसलमान की है! शूद्र की है कि ब्राह्मण की!

वह नीग्रो था और वह अंग्रेजों का मंदिर था। पादरी क्रोध से जल चुका होगा कि इस मूढ़ ने आधी रात नींद खराब की। वह हाथ मंदिर के दोनों दरवाजों पर रोककर खड़ा हो गया और कहा, 'कैसे आये हो, क्या चाहते हो?' उस काले आदमी ने कहा, 'और कुछ भी नहीं, आप रास्ते से हट जायें और मुझे मंदिर में जाने दें। मैं प्रभु के दर्शन करना चाहता हूं।' उस पादरी ने कहा, 'इतना आसान नहीं है प्रभु का दर्शन। जाओ पहले हृदय को शांत करो, मन को पवित्र करो, प्राणों को प्रार्थना से भरो। तब, प्रभु के दर्शन होते हैं।' और द्वार उसने बंद कर लिये। नीग्रो उतरकर चला गया। उस पादरी ने सोचा, न यह शर्त कभी पूरी कर सकेगा कि हृदय पवित्र करके आ जाये, मन शांत कर ले। न दुबारा आयेगा चर्च, न चर्च अपवित्र होगा इसके अपवित्र चरणों से!

और बड़े मजे की बात है कि पवित्र भगवान का मंदिर, अपवित्र आदमी के घुसने से अपवित्र हो जाता है! होना तो उलटा चाहिए था कि अपवित्र आदमी मंदिर में घुस जाये तो पवित्र हो जाये। लेकिन होता यह है कि खुद भगवान ही अपवित्र हो जाते हैं! यह अपवित्र आदमी बहुत मजबूत है, भगवान बहुत कमजोर, इमपोटेंट मालूम होते हैं। कोई बल

नहीं मालूम होता है उसमें। एक अपवित्र आदमी चला गया और भगवान अपवित्र हो गये, मंदिर अपवित्र हो गया! ऐसे कमजोर मंदिरों से धर्म कैसे आ सकेगा?

ऐसे मंदिर चाहिए, जहां अपवित्र घुसे और पवित्र होकर वापस लौट आये। उसको ही हम मंदिर कह सकते हैं। इसको कैसे मंदिर कह सकते हैं? लेकिन आदमी की बनायी हुई कोई चीज ऐसा मंदिर नहीं हो सकती। क्यों नहीं हो सकती? क्योंकि आदमी जो भी बनाएगा, वह आदमी से छोटा होगा। आदमी से बड़ा नहीं हो सकता। आदमी की बनायी कोई चीज आदमी से बड़ी नहीं हो सकती। असली में सृष्टि कभी भी न स्रष्टा से बड़ी हुई है, न बड़ी हो सकती है।

वह नीग्रो वापस लौट गया। पादरी निश्िंचत से गया। फिर वर्ष बीत गये। दो-चार बार खयाल भी आया कि वह आया नहीं! लेकिन वह नहीं आया, तो उसने सोचा कि ठीक है, मेरा तर्क काम कर गया। लेकिन एक साल बीता था कि वह आदमी आ गया। वर्ष का पहला दिन है, पहली तारीख है, वह आदमी सुबह-सुबह चला आ रहा है। पुरोहित ने देखा और वह घबड़ा गया है। घबड़ाने का यह भी कारण है किं वह चर्च की तरफ आ ही नहीं रहा है। उसके आने से लग रहा है कि शर्त पूरी हो गयी। उसकी आंखें ऐसी शांत मालूम पड़ रही हैं, जैसे कोई झील हो। उसके चेहरे पर ऐसी रोशनी, ऐसी दीप्ति, ऐसी किरणें मालूम हो रही हैं, जैसे कोई ज्योति हो। उसके चलने में ऐसा लग रहा है जैसे कोई आदमी नहीं, कोई देवता चलता हो।

वह पुरोहित घबड़ा आया। शायद शर्त पूरी हो गयी! वह भागा कि दरवाजा बंद करे। लेकिन दरवाजा बंद करना व्यर्थ था। उस आदमी ने तो चर्च की तरफ आंख उठाकर भी नहीं देखा। वह आगे बढ़ गया। तो वह पुरोहित हैरान हो गया। शर्त भी पूरी हो गयी मालूम होती है। फिर आये क्यों नहीं तुम! वह गया, दौड़ा, जाकर उस आदमी को रोका और

कहा, 'मेरे दोस्त, आये नहीं?'

वह नीग्रो खूब हंसने लगा। उसने कहा, बड़ी मजाक हो गयी। मैं तो जाने को था, और एक वर्ष इसी मंदिर में आने की कामना में सब कुछ छोड़कर उसका ही स्मरण किया, उसके लिए ही रोया, उसके लिए ही जगा और सोया। सपने में वह था, जागने में वह था। मन को पवित्र करने की सब कोशिश की। और कल धीरे-धीरे ऐसा लगा था कि आ गयी है वह घड़ी। मन शांत हो गया है, शायद अब जा सकूंगा। रात जब सोया था, तो मन बिलकुल निर्विकार था और मैं खुश था कि सुबह उठते ही वर्ष के पहले दिन मंदिर में प्रवेश कर जाऊंगा। लेकिन रात सब गड़बड़ हो गया।

भगवान मुझे रात दिखायी पड़े सपने में और कहने लगे, 'चाहता क्या है? किसलिए प्रार्थना कर रहा है? किसलिए साधना कर रहा है? किसलिए आंसू बहा रहा है? तू चाहता क्या है? बोल दे, पूरा कर दूं।'

तो मैंने उनसे कहा, 'कुछ और नहीं चाहता। वह जो गांव का मंदिर है, उसमें प्रवेश चाहता हूं।' भगवान एकदम उदास हो गये और कहने लगे, 'इस बात को छोड़कर तू और कुछ भी वरदान मांग ले।' मैं बहुत कहने लगा, 'इतनी छोटी बात आप पूरी नहीं करेंगे!' वे कहने लगे, 'इसको छोड़ दे, कुछ और मांग ले।' मैंने बार-बार कहा, तो कहने लगे कि 'नहीं मानता तो मैं बताये देता हूं। दस साल से मैं खुद ही कोशिश कर रहा हूं उस मंदिर में घुसने की। वह पादरी मुझको नहीं घुसने देता है, तो तुझे कैसे घुसने देगा? यह मेरे वश के बाहर है। मैं तुझे उस मंदिर में नहीं ले जा सकता हूं।' तो उस आदमी ने कहा, 'इसलिए मैं नहीं आया। जहां भगवान को ही प्रवेश नहीं, वहां मुझे क्या प्रवेश हो सकता है!'

यह पता नहीं कहानी कहां तक सच है और कहां तक झूठ, लेकिन

इतिहास यही कहता है कि यह कहानी सच होनी चाहिए। इतिहास तो यही कहता है कि आज तक मंदिर में भगवान को प्रवेश नहीं मिल सका, न मिल सकेगा।

हम तो भगवान में प्रविष्ट हो सकते हैं। हम तो उस तक जा सकते हैं। बूंद सागर में जाकर गिर सकती है, लेकिन सागर बूंद तक कैसे आये? सागर कैसे बूंद को खोजे, कैसे बूंद तक आये? हम अपनी बूंद लिए बैठे हैं और चिल्ला रहे हैं कि सागर बूंद में आ जाये। एक ही रास्ता है कि बूंद सागर में चली जाये।

आदमी परमात्मा में प्रवेश पा सकता है। बूंद सागर में मिल सकती है। लेकिन आदमी अपनी मूर्तियां, अपनी मस्जिद, अपना मंदिर बनाकर बैठा है और कह रहा है, 'भगवान यहां आ!' बूंद, और सागर को बुला रही है! तो असफल हो गये हैं। भगवान नहीं आया, तो हमें लग रहा है कि बहुत कठिनाई हो गयी है। भगवान पाना बहुत कठिन है।

भगवान को पाना कठिन नहीं है। मूढ़तापूर्ण काम कर रहे हैं, इसलिए बात कठिन हो गयी है। बूंद में सागर को बुला रहे हैं और चिल्ला रहे हैं और कह रहे हैं, 'भगवान को पाना बहुत कठिन है।' भगवान को पाना उतना सरल है कि बूंद सागर में गिर जाये। आदमी की बनायी हुई चीजों में भगवान को लाना कठिन है, असंभव है। क्योंकि आदमी जो बनायेगा, वह इतना छोटा होगा कि उस विराट को, उस अनंत को उसमें कैसे लाया जा सकता है!

कोई मंदिर इतना बड़ा नहीं है, कोई मस्जिद इतनी बड़ी नहीं है, कोई शास्त्र इतना बड़ा नहीं है, कोई संप्रदाय इतना बड़ा नहीं है कि अनंत को, अनादि को समा ले अपने में। लेकिन हम सबका दावा यही है कि हमारी किताब में भगवान है, हमारे मंदिर में भगवान है, हमारी मूर्ति में भगवान है! उन दावेदारों ने धर्म की हत्या कर दी है। कोई दावा नहीं हो सकता।

अगर वह है तो सब जगह है, और अगर नहीं है तो कहीं भी नहीं है। अगर वह है, तो फूल में है, पत्ते में है, पत्थर में है, शराबघर में है, मंदिर में है, वैश्यालय में है सब जगह है, अगर वह है।

और जब भी कोई देखनेवाली आंख पैदा होती है, तो सब जगह दिखायी पड़ जाता है। और अगर वह नहीं है, तो फिर आपके मंदिर में भी नहीं है, और आपकी मस्जिद में भी नहीं है और आपकी मूर्ति में भी नहीं है, और कहीं भी नहीं है। क्योंकि जिस आदमी को वृक्ष में नहीं दिखता, तारों में नहीं दिखता, आकाश में नहीं दिखता, फूलों में नहीं दिखता, लोगों की आंखों में नहीं दिखता, वह आदमी मंदिर की तरफ चला जा रहा है! और भगवान चारों तरफ चला जा रहा है। वह कह रहा है, मैं भगवान के मंदिर जा रहा हूं! और भगवान चारों तरफ है। और जिसको यहां कहीं भी नहीं दिखता है, उसको मंदिर में दिख सकेगा? असंभव है।

और जिसको दिखायी पड़ जायेगा यहां, उसको कहीं मंदिर में जाने की कोई जगह रह गयी, गुंजाइश रह गयी! वह तो फिर जहां है, वहीं मंदिर है।

धार्मिक आदमी वह नहीं है, जो मंदिर जाता है। धार्मिक आदमी वह है, जो जहां होता है, वहीं मंदिर होता है।

धार्मिक आदमी जहां जीता है, वहीं मंदिर है। उठता है तो मंदिर, चलता है तो मंदिर में, जीता है तो मंदिर में ही, मरता है तो मंदिर में ही, क्योंकि वह सब तरफ है। सभी कुछ मंदिर है। सारा संसार उसका मंदिर है। लेकिन नहीं, धर्मगुरुओं ने छोटे-छोटे मंदिर बना रखे हैं, एक प्रतीक, सब्सिटट्यूट, और उन्होंने उस तरफ हमारी आंखें लगा दीं कि यहां खोजो, यहां खोजो। अब हम रेत से तेल निकाल रहे हैं हजारों साल से! रेत से तेल निकलता नहीं। अब हम कहने लगे, 'नहीं, तेल मिलना ही

असंभव है!' वह तिल से बहुत जल्दी से निकल जाता है और रेत से कभी नहीं निकलता है। लेकिन हम नहीं समझ पा रहे हैं कि कठिनाई उसके निकलने की नहीं है; कठिनाई हम रेत को लिए बैठे हैं, इसकी है।

मंदिरों और मस्जिदों को लिए जब तक आदमी बैठा है, तब तक परमात्मा पाना असंभव है। वह है जीवन में, वह है सब में, वह है समष्टि में। उस तक कैसे जाया जा सकता है, इन आनेवाली चर्चाओं में उसी दिशा में आपसे कुछ बातें करूंगा। कोई नहीं जानता, बात सुनते-सुनते भी कुछ हो सकता है। कोई नहीं जानता है, सत्य की एक किरण भी ख्याल में आ जाये तो जिंदगी का अंधेरा मिट जाता है। कोई नहीं जानता है, कि किस क्षण में कौन-सी झलक प्राणों को पकड़ ले। और इन तीन दिनों में वह जो मैं कहूंगा, अगर उसे पूरा ठीक-ठीक समझना हो, तो एक दूसरी बात जो मैं अभी आपको कहता हूं, उसे थोड़ा समझना जरूरी होगा।

जैसे, मैंने कहा, कोई नहीं जानता किस क्षण में वह पकड़े और बुला ले, उसका आमंत्रण आ जाये और आप खिंचे चले जायें, और आपका प्राण उठ जाये और मिल जाये, और सम्मिलित हो जाये। लेकिन उसके लिए रिसेप्टिविटी, उसके लिए ग्राहकता भीतर चाहिए, कि हमारी तैयारी है। बाहर सूरज निकला हुआ है, हम अपने दरवाजे बंद किये घर के भीतर बैठे हुए हैं। वह सूरज इतनी हिमाकत नहीं करेगा! इतना अशिष्ट नहीं है कि आकर दरवाजा पीटने लगे और कहे, 'दरवाजा खोलो, मुझे भीतर आने दो!' सूरज बाहर ही खड़ा रहेगा। सूरज की किरणें दरवाजे पर ही पड़ती रहेंगी। प्रतीक्षा करता रहेगा कि खोलोगे कभी द्वार और हम भीतर आ जायेंगे। नहीं खोलोगे, तो बाहर रुके रहेंगे। ऐसा अशिष्ट अतिथि नहीं है कि दरवाजा पीटने लगे और कहे कि दरवाजा खोलो, हम आ गये हैं, हम ठहरेंगे घर में!

हम दरवाजा बंद किये बैठे हैं, तो सूरज बाहर रुका रहता है प्रतीक्षा करता है, प्रतीक्षा करता है, प्रतीक्षा करता है, हम द्वार खोलते हैं

उसकी किरणें भीतर आती हैं अंधेरा विलीन हो जाता है ठीक ऐसे ही हमारे मन के द्वार खुले हों तो परमात्मा हमेशा द्वार पर खड़ा है। लेकिन अशिष्ट नहीं है कि दरवाजा पीटने लगे। जबरदस्ती आपके घर में मेहमान नहीं बनेगा। लेकिन द्वार खुले हों, तो किरणें भीतर आ जाती हैं, रोशनी आ जाती है अंधेरा मिट जाता है।

द्वार खुले हों, मन के ओपनिंग इस द्वार खुले होने को मैं ध्यान कहता हूं। ध्यान से मेरा अर्थ है, मेडिटेशन से द्वार का खुला होना, मन का खुला होना। कभी वह आये, तो बंद दरवाजे न मिलें, कहीं वह लौट न जाये!

तो इन तीन दिनों में हम कुछ बात करेंगे, कुछ समझने की कोशिश करेंगे और साथ ही मन के द्वार खोलने की कोशिश करेंगे कि कहीं वह आये, तो घर से वापस न लौट जाये। इसे मैं ध्यान कहता हूं।

ध्यान की छोटी-सी प्रक्रिया अभी आपको समझाऊंगा। दस मिनट के लिए हम यहां ध्यान में बैठेंगे और फिर विदा होंगे। बड़ी सरल जैसा कि मेरा कहना है कि प्रभु को पाना बहुत ही सरल है, एकदम सरल है। लेकिन उन्हीं के लिए, जो सरल होने को तैयार हैं, इसी वक्त हो सकती है बात। कल पर ठहरने की कोई जरूरत नहीं है सरल हो सकते हैं जो...।

कैसे सरल हो सकते हैं? अभी हम एक छोटा-सा प्रयोग करेंगे सरल होने का, द्वार खोलने का, मन को शांत छोड़ देने का, मौन छोड़ देने का। कुछ भी नहीं करना है। रात बोल रही है, झींगुर बोल रहे हैं, कोई पक्षी आवाज करेगा, हवा बहेगी, कोई वृक्ष हिलेगा, तो मौन, चुपचाप बैठकर सिर्फ सुनना है। यह चारों तरफ विराट की ध्वनि हो रही है। यह जो अनहद नाद हो रहा है चारों तरफ, इसे चुपचाप सुनना है। इसी सुनने से, इसी लिसनिंग से शायद इसी झींगुर की आवाज में, उसकी आवाज की

झलक मिलनी शुरू हो जाये। सिर्फ सुनना है, और कुछ भी नहीं करना है। आप हैरान हो जायेंगे, शायद आपको खयाल में भी नहीं होगा कि मात्र सुनने से मन इतना शांत हो जाता है, जिसकी आप कल्पना नहीं कर सकते हैं!

तो अब हम यह प्रयोग करेंगे कि हम दस मिनट के लिए आंख बंद करके बैठेंगे मौन प्रकाश बुझा दिया जायेगा। घनघोर अंधेरे में आप अकेले रह जायेंगे। भीड़ मिट जायेगी। फिर कोई नहीं है, आप अकेले हैं। और फिर यह रात का सन्नाटा है, और ये रात की आवाजें हैं, इनको चुपचाप सुनते जाना है, चुपचाप सुनते जाना है। मन को बिलकुल खुला छोड़ देना है कि झींगुर की आवाज गूंजें मन में; गूंजें निकल जाये। जैसे किसी खाली मकान में आवाज गूंजती है, निकल जाती है। मकान फिर खाली का खाली रह जाता है। फिर कोई आवाज आती है, गूंजती है, निकल जाती है, मकान फिर खाली का खाली रह जाता है। तो इस रात की आवाज को चुपचाप सुनना है।

इस सुनने में कई बातें हो सकती हैं, वह मैं आपको कह दूं; और हों तो उन्हें हो जाने दें। जैसे ही मन शांत होता है, कई चीजें होनी शुरू होती हैं। मन जैसे ही शांत होगा, मन के न मालूम कितने दबे भाव बहने शुरू हो जाते हैं। उनको रोकते हैं, तो मन फिर बंद हो जाता है। यह हो सकता है, यह राज होता है। आप जैसे ही शांत होंगे, वैसे ही यह हो सकता है कि आंसू आंख से बहने शुरू हो जायें, तो उन्हें जबरदस्ती रोकें न। कोई भाव मन में पकड़ेगा, ओवरफ्लो होगा, आंसू से भर जायेगी। कुछ भी हो सकती है भाव-दशा। हर व्यक्ति की अलग-अलग हो सकती है। तो क्या भाव-दशा होगी, उसे रेसिस्ट नहीं करना है, जरा भी रोना नहीं है। जो भी हो, हो जाने दें।

हम सब फासले पर बैठेंगे, क्योंकि कुछ लोग हो सकता है कि इतने शांत हो जायें और उनका मन गिर जाने का हो, लेट जाने का हो, तो लेट

जाने दें। भीतर से जैसा लगे, वैसा ही हो जाने देना है। बहुत से लोग गिर जायेंगे, तो अपने को रोक नहीं लेना है जबरदस्ती। अगर गिरने लगे शरीर, तो उसे छोड़ देना मुर्दे की तरह। तो वह गिर जाये, तो गिर जाये। आगे गिर जाये, पीछे गिर जाये, जहां जाना हो चला जाये। जो भी होता हो, उसे होने देना है चुपचाप।

दस मिनट के लिए एक ही काम करते रहना है कि चुपचाप सुनते रहना है। फिर जो भी हो, उसे हो जाने देना है। उसे बिलकुल नहीं रोकना है। तो आप बच्चे की जैसी सरलता उपलब्ध होंगे। आप रो नहीं रहे हैं, आप होने दे रहे हैं।

दो बातें : एक तो झाड़ में लगा हुआ पत्ता है। तो वह हिलता है, लेकिन मजबूरी से हिलता है। उसकी इच्छा हिलने की नहीं होती। वह अपनी शाखा को जोर से पकड़े हुए है। डर है उसे, कहीं टूट न जाये! हवा चली जाती है, वह फिर अपनी जगह थिर हो जाता है।

एक सूखा हुआ पत्ता है, हवा आती है, वह उड़ जाता है। वह किसी को पकड़े हुए नहीं है। उसकी कोई क्लिंगिंग नहीं; वह उड़ जाता है। हवा पूरब ले जाती है, पत्ता पूरब चला जाता है। हवा पश्चिम जाती है, पत्ता पश्चिम चला जाता है। हवा बंद हो जाती है, पत्ता जमीन पर गिर जाता है। हवा फिर आ जाती है, पत्ता आकाश में फिर उड़ जाता है। पत्ता कुछ भी नहीं कहता, पत्ते ने अपने को छोड़ दिया है। सूखा पत्ता उड़ता रहता है।

ठीक सूखे पत्ते की तरह हो जाना है ध्यान में। शरीर गिर जाये, गिर जाये। आंख से आंसू बहने लगें, बहने दें।

अहंकार है दूरी

मेरे प्रिय आत्मन्,

कल रात्रि, प्रभु उपलब्धि सरल है, इस संबंध में थोड़ी-सी बातें मैंने आपसे कही। मनुष्य को परमात्मा से रोक लेनेवाली धारणाओं में पहली धारणा यही रही है कि परमात्मा को पाना कठिन है, बहुत कठिन है, बहुत कठिन है। मनुष्य के चित्त पर यह दीवाल की भांति खड़ी हो गयी यह धारणा। इस धारणा ने ही जीवन की सरिता को प्रभु के सागर की ओर बहने से रोक लिया। लेकिन यह अकेली ही धारणा नहीं। इस भांति की दीवाल बन जाने में और धारणायें भी हैं। आज दूसरी धारणा पर मैं बात करूंगा।

दूसरी बात, दूसरा सूत्र, दूसरी कठिनाई, प्रभु दूर है, इस धारणा से पैदा हुई है। परमात्मा बहुत दूर है किसी पहाड़ पर, आकाश में, आकाश के पार, मृत्यु के बाद; कोई निराकार, कोई अरूप, कोई अनंत दूरी है हमारे और उसके बीच! मनुष्य की सामर्थ्य बहुत छोटी और प्रभु की दूरी अनंत! कैसे इसे पार किया जा सकेगा? हमारे पैर बहुत छोटे। एक कदम से ज्यादा एक बार में हम चल ही नहीं सकते। एक कदम पार कर पाते हैं, इतनी हमारी सामर्थ्य है और अनंत है दूरी। यह दूरी कैसे पूरी होगी, कैसे पार होगी?

नहीं, असंभव है। यह दूरी पार नहीं हो सकती। तो जो यात्रा पूरी नहीं हो सकती, उचित है कि उसे छोड़ दें और जो यात्रा पूरी हो सकती

है, उसे पूरी करें। धन पाना संभव है। धन और मनुष्य की दूरी बहुत ज्यादा नहीं है। पृथ्वी जितनी आसान है, पृथ्वी और मनुष्य की दूरी अनंत नहीं है। यश पाना आसान है, पद पाने आसान हैं। चाहे दिल्ली कितनी ही दूर हो, फिर भी दूर नहीं है। यात्रा की जा सकती है। लेकिन परमात्मा की दूरी बहुत है। उसे पार करना असंभव है। यह इम्पासिबिलिटी का, यह असंभावना का भाव मनुष्य के मन में गहरे बैठ गया है। यह भाव न टूटे, यह दृष्टि न बदले, तो कोई गति नहीं हो सकती है। और मैं आपसे कहना चाहता हूं, कि जिसे हमने दूर समझा है, उससे ज्यादा निकट, उससे ज्यादा पास, उससे ज्यादा पड़ोसी और कोई भी नहीं है।

एक छोटी-सी कहानी से मैं समझाने की कोशिश करूं।

एक छोटा-सा गांव था। और उस गांव में गरीब किसान था। वह गरीब तो था, लेकिन दुखी नहीं था। गरीब होने से ही दुख का कोई संबंध नहीं है। क्योंकि अमीर भी दुखी देखे जाते हैं। वह गरीब था, लेकिन सुखी था। सुखी इसलिए नहीं था कि उसके पास बहुत कुछ था। सुखी इसलिए था कि जो उसके पास था, उसमें वह संतुष्ट था।

सुख का, आपके पास क्या है, इससे कोई नाता नहीं है। आप कितने से संतुष्ट हैं, इससे संबंध है। सुख संतोष का दूसरा नाम है। दरिद्र था, लेकिन सुखी था, क्योंकि संतुष्ट था। लेकिन एक रात उसका सारा सुख नष्ट हो गया, क्योंकि उसका सारा संतोष नष्ट हो गया। पहली दफा उसे पता चला कि मैं बहुत दरिद्र हूं।

एक फकीर उसके घर रात मेहमान हुआ और उस फकीर ने कहा, 'पागल तू कब तक मिट्टी के साथ सिर फोड़ता रहेगा। मैं सारी पृथ्वी घूमा हूं और मैं तुझे कहता हूं कि जमीन पर ऐसी खदानें हैं, जहां हीरे-जवाहारात मिल सकते हैं। जितनी मेहनत तू खेत में अन्न उपजाने में कर रहा है, इतनी मेहनत करके तो तू अरबपति हो सकता है।'

फकीर तो सो गया, लेकिन वह किसान फिर नहीं सो सका, क्योंकि महत्वाकांक्षा, एंबीशन जब जाती है, उसकी नींद नष्ट हो जाती है। दुनिया से नींद इसीलिए नष्ट होती जाती है, क्योंकि आदमी की महत्वाकांक्षा तीव्र होती चली जाती है। वह रातभर करवट बदलता रहा। यह पहला मौका था कि नहीं सो सका।

सुबह उठा तो पाया कि उससे ज्यादा दरिद्र पृथ्वी पर कोई नहीं है।

हमारी दरिद्रता उसी अनुपात में बड़ी हो जाती है, जिस अनुपात में धन को पाने की आकांक्षा बड़ी हो जाती है। कल भी वह ऐसा ही था, यही झोपड़ा था, यही जमीन थी, लेकिन कल तक उसे पता नहीं था कि मैं गरीब हूं। उसने उसी दिन जमीन बेच दी और मकान बेच दिया और पैसे लेकर निकल पड़ा हीरों की खदान की खोज में। गांव-गांव भटका, हीरे की खदान तो नहीं मिली, पास के पैसे जरूर चुक गये। और बारह वर्षों बाद भीख मांगता हुआ एक बड़ी नगरी के राजपथ पर वह गिरकर मर गया। कुछ मिला तो नहीं, जो पा सकता था, वह खो गया।

बारह वर्ष बाद फिर वह फकीर उस गांव से गुजरा, जिसमें वह किसान रहता था। वह उसके झोपड़े पर गया, लेकिन अब वहीं रहने वाले लोग बदल गये थे। वह किसान तो अपनी जमीन और झोपड़ा किसी को बेचकर जा चुका था। उस फकीर ने पूछा कि 'मैं बारह वर्ष पहले आया था। एक किसान यहां था, वह कहां है?' उस मकान के नये मालिक ने कहा कि 'आप जिस सुबह गये, उसी दिन यह जमीन और मकान बेच दिया और वह हीरों की खोज में निकल गया। अभी-अभी खबर आयी है कि हीरे तो नहीं मिले, लेकिन वह भिखमंगा हो गया।'

असल में जो ही हीरों की खोज में निकलता है, वह भिखमंगा हो ही जाता है। वह किसी राजधानी में मर गया है, सड़क पर। कफन भी लोगों को जुटाना पड़ा है उसके लिए, भीख मांगकर। वह फकीर बैठकर

यह कहानी सुन रहा था और उस नये किसान का बेटा एक पत्थर लिए हुए बाहर निकला। छोटा बच्चा उस पत्थर से खेल रहा है। उस फकीर ने कहा, 'यह पत्थर कहां मिला है? यह तो हीरा है।' उस किसान ने कहा, 'नहीं, हीरा नहीं है। ऐसे पत्थर तो मेरे खेत में बहुत हैं, जो मैंने उस आदमी से खरीदा था, जो हीरों की खोज में निकल गया था।' पर वह संन्यासी जानता था कि हीरा क्या है? उसने कहा, 'मानो, यह हीरा है। तुम्हारा खेत कहां है? मुझे ले चलो।'

वे खेत पर गये। उस खेत में एक छोटा-सा नाला बहता था और सफेद रेत थी और उस रेत में सांझ तक खोजते-खोजते कई टुकड़े इकट्ठे कर लिए, जिनकी कीमत करोड़ों हो सकती थी।

शायद आपने यह घटना न सुनी हो। उस किसान का नाम अली हफीज था और जिस गांव का वह रहनेवाला था, उस गांव का नाम गोलकुंडा है। उसी अली हफीज की जमीन पर कोहिनूर हीरा मिला। कोहिनूर हीरा उसी अली हफीज की जमीन पर मिला बाद में, उसी किसान की जमीन पर, जो जमीन को बेचकर हीरों की खोज में दूर निकल गया था।

यह कहानी मैं आपसे क्यों कहना चाहता हूं? यह इसलिए कहना चाहता हूं कि परमात्मा की खोज में जो आदमी कहीं दूर निकल जाता है, वह उसी किसान की तरह भटक जाता है। परमात्मा वहीं है, जहां आप हैं। उसी जमीन पर जहां आप खड़े हैं दूर नहीं है।

जीवन की संपदा बहुत निकट है एकदम पास; हाथ बढ़ायें पा लें; आंख खोलें, और देख लें; सुनने को तैयार हो जायें, और जीवन संगीत सुनायी पड़ने लगेगा; इतनी ही निकट है वह संपदा प्रभु की।

झूठे हैं वे लोग जो कहते हैं, वह दूर है; क्योंकि अगर वह दूर है तो पास जो है, वह कौन है? अगर प्रभु दूर है, तो फिर पास जो है, वह कौन

है? वह क्या है? यह वृक्ष क्या है? ये पत्ते क्या हैं? ये हवायें क्या हैं? ये बोलते हुए पक्षी क्या हैं? ये बैठे हुए इतने लोग क्या हैं? ये आंखें कौन हैं? यह कौन इनमें जीवंत होकर बोल रहा है, और जाग रहा है, और जी रहा है, अगर प्रभु दूर है तो फिर पास कौन है?

नहीं, जो भी है, सभी परमात्मा है। तो फिर जो निकट है, वह भी वही है। और जो निकट को जानने में असमर्थ है, क्या वह दूर को जानने में समर्थ हो सकेगा? जो पास को ही पहचानने में असमर्थ है, क्या वह दूर को पहचान सकेगा? हो हाथ के पास ही जिसे छू सकता था, नहीं छू रहा है, क्या वह परलोक की यात्रायें करेगा? जो पड़ोसी में भी नहीं देख सका है, वह परलोक में कैसे देख सकेगा? निकट को देखने के लिए जो अंधा है, वह दूर देखने में समर्थ नहीं हो सकता है। और जो निकट को जान लेता है उसके लिए कोई दूर नहीं रह जाता, क्योंकि तब उसे दिखायी पड़ता है जो पास है, उसका ही विस्तार दूर तक हो गया है।

हम सागर के किनारे पहुंच जाते हैं और सागर के जल को हाथों में ले लेते हैं। तो जो जल निकट है, वही दूर-दूर तक फैला है वही दूर भी फैला हुआ है। सूरज की जो किरण आज सुबह आपके ऊपर पड़ रही है, वह किरण उस सूर्य से जुड़ी हुई है, जो यहां से दस करोड़ मील दूर है। इस किरण को जो जान लेगा, उसने सूरज का सारा राज जान लिया। एक किरण को जो समझ लेता है, वह जीवन के सारे प्रकाश के रहस्य को समझ गया। जिसने पानी की एक बूंद के राज को जान लिया, उसने सारे जगत के सारे समुद्रों के राज को जान लिया। जिसने जीवन की एक कणिका भी पहचान ली, उसने जीवन का सब कुछ पहचान लिया।

निकटतम जो है, उसको जानने से ही दूर की यात्रा शुरू होती है। फिर दूर कुछ भी नहीं रह जाता है। लेकिन हमें तो यही कहा गया है कि प्रभु बहुत दूर है। इस दूरी की धारणा ने हमारे प्राणों की सारी जागती हुई ऊर्जा को शिथिल कर दिया है। और क्या आपको पता है कि जो चीज

दूर होती है, उसे हम पाने का खयाल तो छोड़ ही देते हैं। हममें से कुछ जो अपनी इस असमर्थता को स्वीकार करना नहीं चाहते, वे वही दलील देने लगते हैं, जो उस लोमड़ी ने दी थी, जो अंगूरों के एक लटके हुए गुच्छे के पास पहुंच गयी थी। अंगूर सामने दिखायी पड़ रहे थे, लेकिन लोमड़ी की छलांग छोटी थी। कूदी, उचकी, लेकिन अंगूर के झोंपों तक नहीं पहुंच सकी। हार गयी, थक गयी फिर वापस लौट पड़ी, और रास्ते में जो भी मिला उससे कहती गयी, 'व्यर्थ कोशिश मत करना, वे अंगूर खट्टे हैं!' अंगूर तक नहीं पहुंच सकी, इस कमजोरी को स्वीकार नहीं करना चाहा उसने, इस असमर्थता को स्वीकार करना नहीं चाहा। उसने अंगूरों को ही खट्टा कर दिया।

यह जो दुनिया में इतनी नास्तिकता पैदा हुई है, यह परमात्मा की दूरी के कारण, परमात्मा के खट्टेपन के कारण पैदा हो गयी है। नास्तिक कहता है, खट्टी हैं ये बातें परमात्मा की। कुछ सार नहीं, कुछ पाने जैसी नहीं। कुछ है नहीं इन बातों में। छलांग छोटी पड़ जाती है, इतनी दूरी को पूरा नहीं कर पाते हैं। फिर हम क्या करें? फिर हम यह कह देते हैं, वह चीज ही पाने जैसे नहीं है, वह है ही नहीं परमात्मा कहीं भी नहीं है। छोड़ो यह खयाल।

सच है, इतने दूर जो है, वह न होने के बराबर ही हो जाता है। नास्तिक गलत नहीं कहते, ठीक ही कहते हैं। जो इतनी अनंत दूरी पर है, उसका होना और न होना बराबर है। अगर वह निकट है जीवन के, तो ही उसके होने का कोई अर्थ है। अगर वह पास है, प्रति घड़ी, प्रति श्वास के निकट है, तो उसके होने का कोई अर्थ है। इतने फासले पर होना और न होना बराबर है। फिर मनुष्य ने जब यह देखा कि इतना दूर है वह, नहीं पा सकते, तो यह बिलकुल स्वाभाविक प्रतिक्रिया थी मनुष्य के अहंकार की। उसने कहा, खट्टे हैं ये अंगूर, पाने जैसे नहीं हैं।

इधर तीन-चार सौ वर्षों से ईश्वर की हमने बात ही बंद कर दी है।

वह बात ही समाप्त होती जा रही है।

मैं कहना चाहता हूं, आपसे : वह दूर नहीं है। और न ही अंगूर खट्टे हैं। न ही अंगूर खट्टे हैं, न ही वह दूर है। वह बहुत निकट है और अंगूर बहुत मीठे हैं। बहुत निकट है इतने निकट कि छोटी से छोटी छलांग भी उस तक पहुंच सकती है। लेकिन इस बात को थोड़ा ठीक से समझ लें। दूरी की फिलासफी को पहले ठीक से समझ लें, तो उसकी निकटता की बात भी खयाल में आ सकती है। जिन्होंने दूर कहा, उन्होंने उसे कैसे दूर बना दिया? किस तरकीब से वह दूर हो गया? जो निकट है उसे दूर करने में कौन-से आर्ग्यूमेंट, कौन-सी दलील, कौन-सी तर्क काम कर गया?

पहली बात : परमात्मा को लोगों ने शब्द बना दिया, अनुभव नहीं। परमात्मा को शास्त्र बना दिया, अनुभूति नहीं। परमात्मा को एक जीवंत अनुभव से हटाकर, एक शाब्दिक सिद्धांतों का जाल बना दिया। सिद्धांतों और शब्दों से परमात्मा बहुत दूर है। जैसे एक आदमी तैरने के संबंध में लिखी हुई सारी किताबें पढ़ डाले और अगर तैरने पर भाषण करना हो, तो भाषण कर सके, अगर तैरने पर किताब लिखनी हो तो किताब लिख सके। अगर शोध करनी हो, तो पीएच. डी. पा ले। लेकिन उस आदमी को अगर पानी में धक्का देने लगें, तो हाथ-पैर जोड़ने लगे। कहे कि 'मुझे पानी में मत धकाइए। मैं मर जाऊंगा।' उसने तैरने के संबंध में सब कुछ जान लिया, सिर्फ तैरने को छोड़कर। तैरने के संबंध में जानना एक बात है और तैरना जानना बिलकुल दूसरी बात है।

प्रेम के संबंध में सारी किताबें पढ़ लेना एक बात है, और प्रेम के अनुभव से गुजर जाना बिलकुल दूसरी बात है। परमात्मा के संबंध में सारे उपनिषद, गीता, कुरान और बाइबिल कंठस्थ कर लेना एक बात है और परमात्मा में से गुजर जाना बिलकुल दूसरी बात है।

शब्दों के भ्रम में, इस खयाल ने कि हम शब्दों को सीख गये तो हम

परमात्मा को जान गये, अनंत दूरी पैदा कर दी मनुष्य और परमात्मा के बीच। शब्दों से परमात्मा को जानने का कोई भी संबंध नहीं है। शास्त्र कंठस्थ कर लेने से एक भी कदम नहीं उठता उस दिशा में; बल्कि उठते हुए कदम रुक जाते हैं, बल्कि शुरू होनेवाली यात्रा शुरू हो पाती, क्योंकि हम इस भ्रम में पड़ जाते हैं कि हमने शब्द जान लिए तो हमने प्रभु जान लिया।

एक छोटा-सा बच्चा अपने घर के बाहर बगिया में खेलता था, तो कोयल बोलती थी। सुबह की हवायें, खिले हुए फूल, सूरज की बरसाती हुई रोशनी! वह नाचने लगा खुशी में। उसकी मां बीमार पड़ी है। उसे खयाल आया। मां तो बाहर नहीं आ सकती, इस बरसती हुई चांदनी को देखने। एक छोटी-सी पेटी में थोड़ी-सी रोशनी, थोड़ी-सी फूलों की सुगंध, थोड़ी-सी ताजी हवायें बंद करके क्यों न मां के पास भीतर के कमरे में ले जाऊं!

वह पेटी ले आया बाहर। उसने सूरज की किरणें उस पेटी में भर लीं। ताजी हवायें, फूलों की सुगंध, कोयल की आवाज, सब पेटी में बंद कर ली। फिर नाचता हुआ पेटी लेकर भीतर गया। उस अंधेरे कमरे में जहां उसकी मां सोयी है बीमार, असमर्थ, और उसने मां को जाकर कहा, 'देखो, मैं क्या लाया हूं। सूरज की किरणें लाया हूं। कोयल की आवाज लाया हूं। सुबह की ताजी हवायें लाया हूं। फूलों की सुगंध लाया हूं। देखो, मैं क्या लाया हूं।'

उसने पेटी खोली, लेकिन वह घबड़ाया हुआ खड़ा रह गया। वह पेटी तो खाली थी। उसमें कुछ भी न था। न वहां से कोयल की आवाज आयी, न वहां से सूरज की किरणें आयीं, न वहां फूलों की सुगंध थी, न ठंडी हवायें थीं। वह पेटी तो खाली और अंधेरी थी। वह बच्चा रोने लगा। उसकी मां ने कहा, 'मत रोओ। तुझे पता नहीं सूरज की किरणें पेटियों में नहीं भरी जा सकती हैं। सुबह की ताजी हवायें पेटियों में बंद करके

नहीं ले जायी जा सकतीं।'

लेकिन हम जीवन के अनुभव को शब्दों की पेटियों में भरने की कोशिश करते हैं। हम प्रेम को शब्दों में भर देते हैं। परमात्मा को शब्दों में भर देते हैं, शास्त्रों की पेटियों में बंद कर देते हैं और फिर सोचते हैं कि शायद इन पेटियों को सिर पर लिए चलने से हम किसी अनुभव को पहुंच जायेंगे।

स्वाभाविक है कि जो लोग परमात्मा के किनारे पहुंच जाते हों, उनके मन में यह पीड़ा आती हो और करुणा आती हो कि जो उन्होंने जाना है, वह शब्दों में भरकर उनके पास पहुंचा दें, जो कि नहीं जानते हैं। जो कि अस्वस्थ और किन्हीं बीमार कमरों में बंद हैं। तो प्रभु की रोशनी को शब्दों में भरकर भेज दें उन तक।

उनका प्रेम, उनकी करुणा कृष्ण की, महावीर की, क्राइस्ट की, बुद्ध की करुणा, कि जो उन्होंने जाना है, उसे शब्दों में भरकर हम तक पहुंचा देते हैं हम जो अंधेरे कमरों में बीमार पड़े हैं।

उस बच्चे का प्रेम! अपनी मां के लिए पेटी में भर लाया है सब। लेकिन अकेले प्रेम से कुछ भी नहीं होता है। पेटी में जीवंत अनुभव नहीं भरे जा सकते; शब्दों में भी नहीं भरे जा सकते। शब्द हमारे पास पहुंच जाते हैं खाली और कोरे। उसमें वह कुछ भी नहीं होता है, जो प्रभु का अनुभव है। और हम उन्हीं शब्दों को लिए हुए, छाती से चिपटाये हुए बैठे रह जाते हैं। दूरी पैदा हो जायेगी। दूरी पैदा हो जायेगी। शब्द दूरी है, अनुभव निकटता है। शब्द ने दूरी पैदा कर दी है। शब्दों के आधार पर हम ज्ञानवास हो गये।

एक अनाथालय में मैं गया था। उस अनाथालय के संयोजकों ने मुझे कहा कि 'हम बच्चों को धर्म की भी शिक्षा देते हैं।' मेरी दृष्टि में यह बिलकुल असंभव है। धर्म की कोई शिक्षा नहीं हो सकती। शिक्षा उन

चीजों की हो सकती है, जो हमसे बाहर हों। जो हमारे भीतर है उसकी शिक्षा नहीं हो सकती।

प्रेम की कोई शिक्षा हो सकती है? कोई विद्यालय खोला जा सकता है, जहां हम प्रेम की कला सिखायें? और अगर खोल लिया जाये...। और अभी-अभी मुझे पता चला है कि न्यूयार्क में उन्होंने एक इंस्टिट्यूट बनायी है, जहाँ वे प्रेम की कला सिखायेंगे! तो एक बात पक्की है कि उस विद्यालय में जो लोग प्रेम की कला सीखकर लौटेंगे, वे जीवन में कभी भी प्रेम नहीं कर पायेंगे। प्रेम का अभिनय करेंगे, एक्टिंग करेंगे, प्रेम नहीं कर सकेंगे।

यह आपको पता है, अभिनेता जो कि दिन-रात प्रेम का ही धंधा करता है, कभी भी प्रेम नहीं कर पाता। प्रेम का अभिनय करने में वह इतना कुशल हो जाता है कि भीतर से फिर सच्चे प्रेम के जन्म की संभावना ही नहीं रह जाती। अभिनय में ही बात समाप्त हो जाती है। एक्टिंग में ही बात समाप्त हो जाती है।

हम जानते हैं कि प्रेम का कोई विद्यालय नहीं हो सकता। धर्म का कैसे हो सकता है? धर्म तो प्रेम जैसा ही अनुभव है। जब हम एक व्यक्ति को प्रेम करते हैं, तो उसे हम प्रेम कहते हैं। और जब हम समस्त को प्रेम करते हैं, तो उसे हम धर्म कहते हैं। प्रेम का ही विराट रूप धर्म है। एक व्यक्ति और दूसरे व्यक्ति के बीच जो नाता है, वह प्रेम है। एक व्यक्ति और संमष्टि के बीच जो नाता है, वह धर्म है।

आपसे अगर मैं पूछूं कि ईश्वर है? तो आपके भीतर से जो उत्तर आयेगा, वह आपका है या सिखाया हुआ है? आपका है वह उत्तर? या आपके मां-बाप, आपके शिक्षक, आपके समाज का सिखाया हुआ है? अगर सिखाया हुआ है, तो झूठा है। अगर आपका है, तो सत्य हो सकता है।

अगर आपका उत्तर, एक भी आपके पास है, परमात्मा की दृष्टि को लेकर, तो परमात्मा एकदम निकट पायेंगे आप। और अगर उत्तर सिखाये हुए हैं, परमात्मा बहुत दूर है। क्योंकि उत्तर झूठे हैं और परमात्मा सत्य है। झूठे, सिखाये हुए उत्तर, सत्य तक ले जाने का मार्ग नहीं बनते।

हमारे सब उत्तर सीखे हुए हैं, इसलिए सब झूठे हैं। अगर आप जैन के घर में पैदा हुए हैं, तो आपने एक तरह के उत्तर सीख लिए हैं। अगर मुसलमान के घर में हैं, तो दूसरे तरह के; हिंदू के घर में हैं तो तीसरे तरह के; अगर कम्युनिस्ट के घर में हैं, तो चौथे तरह के उत्तर आपने सीख लिए हैं। अगर रूस में पैदा हुए हैं, तो वहां के बच्चों से पूछो, ईश्वर है?' वह कहेगा, 'नहीं है।' यह बात भी उतनी ही झूठी है, जितनी कि हमारे बच्चे कहते हैं, 'ईश्वर है।' ये दोनों बातें सीखी हुई हैं। इन बातों में कोई भी सचाई नहीं है। सीखी हुई बात में कोई भी सचाई हो ही नहीं सकती; जानी हुई बात सत्य होती है। और जानने के बीच कोई फासला नहीं है, लेकिन सीखने के बीच बहुत फासला है।

परमात्मा दूर हो गया है, क्योंकि परमात्मा के संबंध में हम कुछ-कुछ सीखकर बैठ गये हैं। सीखे हुए उत्तर से ज्यादा घातक और कोई बात नहीं है।

मैंने सुना है कि जापान में एक गांव के दो छोटे मंदिर थे। एक मंदिर उत्तर का मंदिर कहलाता था, एक मंदिर दक्षिण का मंदिर कहलाता था। दोनों मंदिरों में हमेशा शत्रुता थी जैसे कि हमेशा मंदिरों में रही है। मंदिरों में कभी मित्रता नहीं रही है। यह दुर्घटना आज तक हुई नहीं कि मंदिरों में मित्रता रही हो! मंदिर हमेशा से शत्रु रहे हैं। असल में एक मंदिर खड़ा ही इसलिए होता है किसी मंदिर की शत्रुता में, अन्यथा खड़ा ही नहीं होता।

दोनों मंदिरों में झगड़ा था। बड़ी अशोभन है यह बात कि मंदिरों में

झगड़ा हो। क्योंकि अगर मंदिरों में झगड़ा होगा? फिर मैत्री की कोई संभावना नहीं रह गयी। लेकिन यही रहा है अब तक कि मंदिरों में झगड़े हैं।

उन मंदिरों में भी झगड़ा था। यह झगड़ा पीढ़ी दर पीढ़ी चला आया था। यह कोई दस पीढ़ियों का झगड़ा था। मंदिर के पुजारी एक दूसरे की शक्ल भी नहीं देखते थे। उन दोनों पुजारियों के पास दो छोटे बच्चे थे छोटे-मोटे काम, सेवा के लिए। उन्होंने उन बच्चों को भी कह रखा था कि भूलकर भी दूसरे मंदिर की तरफ मत जाना। उधर से निकलना भी मत। उस मंदिर की छाया भी अपवित्र है।

ऐसा है। ऐसा ही हिंदू ग्रंथों में लिखा है, जैन ग्रंथों में लिखा है। ऐसा लिखा है ग्रंथों में कि जैन मंदिर के सामने से निकलते हो और अगर पागल हाथी पीछे आ जाये, तो तुम उसके पैर के नीचे दबकर मर जाना, लेकिन जैन मंदिर में शरण मत लेना। ऐसा ही जैन ग्रंथों में भी लिखा है कि हिंदू मंदिर के सामने से निकलते हो, पागल हाथी आ जाये, तो उसके पैर के नीचे मर जाना, वह अच्छा है, लेकिन हिंदू मंदिर में शरण मत लेना।

सारी दुनिया के धर्म ऐसी ही बातें करते हैं शत्रुता की। वे पुजारी भी अपने बच्चों को कह रखे थे कि वहां कदम मत रखना। लेकिन बच्चे, बच्चे हैं। बूढ़े भी बिगाड़ने की कोशिश करते हैं, तो वक्त लग जाता है। एकदम से बिगाड़ना बड़ा मुश्किल है।

दोनों बच्चे कभी रास्ते पर मिल जाते थे, तो दो बातचीत कर लेते थे। एक दिन उत्तर के मंदिर का बच्चा निकला है और दक्षिण के मंदिर के बच्चे ने उससे पूछा है कि 'मित्र, कहां जा रहे हो?' मंदिर में ज्ञान की चर्चा सुनते-सुनते उस लड़के का भी दिमाग मेटाफिजिकल, दार्शनिक हो गया था। बच्चे ने कहा, 'कहां जा रहे हो! जहां हवायें ले जायें!' दक्षिण का बच्चा तो चुप ही रह गया। उसे कुछ सूझा ही नहीं कि अब आगे क्या

बात करें! वह लौटकर अपने गुरु के पास गया। उसने कहा, 'आज बड़ी अजीब बात हो गयी। आज मैं हारा हुआ लौटा हूं, उस मंदिर के लड़के ने आज ऐसा उत्तर दिया है कि मुझे फिर कुछ भी नहीं सूझा। मैंने पूछा कि कहां जा रहे हो? उस लड़के ने कहा, 'जहां हवायें ले जायें?'

गुरु तो बहुत नाराज हुआ। उसने कहा, 'यह बड़ी बुरी बात है। आज तक हमारे मंदिर का कोई आदमी उस मंदिर से नहीं हारा। तुम हारकर लौटे हो। अब उसको हराना जरूरी है। तुम कल फिर यही पूछना कि कहां जा रहे हो? वह कहे, जहां हवायें ले जायें तो उससे कहना, और अगर हवायें थमी हों, रुकी हों, तो कहीं जाओगे कि नहीं? तब वह भी ऐसे ही रह जायेगा घबराया हुआ, जैसे तुम रह गये हो। उसको इसी हालत में छोड़ देना जरूरी है। हमारे मंदिर का कोई आदमी कभी उस मंदिर से नही हारा।

दूसरे दिन वह बच्चा फिर रास्ते पर जाकर खड़ा हो गया है और उत्तर के मंदिर का बच्चा निकला। उसने आज पूछा, बड़ी तैयारी से, क्योंकि उसका उत्तर तैयार है। उसने पूछा, 'कहां जा रहे हो?' लेकिन सब गड़बड़ हो गया। उस लड़के ने कहा, 'जहां पैर ले जायें!' बंधा हुआ उत्तर एकदम बेकार हो गया। वह लड़का फिर हार गया।

बंधे हुए उत्तर वाले लोग जिंदगी में हमेशा हार जाते हैं। क्योंकि जिंदगी रोज बदल जाती है; रोज प्रतिपल बदल जाती है। उत्तर तैयार हैं, जिंदगी बदल गई है। जिंदगी की धारा रोज नयी हो जाती है, नये किनारे छू लेती है, नयी शक्ल ले लेती है। जीवन प्रतिपल नया हो जाता है। बंधे हुए उत्तर हमेशा पुराने पड़ जाते हैं। इधर जिंदगी बदलती जाती है, वह अपनी गीता में खोज रहा है बंधा हुआ उत्तर; वह अपनी कुरान में खोज रहा है; अपनी बाइबिल में खोज रहा है कि उत्तर कहां लिखा है और जिंदगी बदली जा रही है प्रतिपल। ईश्वर रोज नया होता चला जा रहा है, किताब हमेशा पुरानी है, उत्तर हमेशा पुराना है।

वह लड़का फिर हार गया। उसने लौटकर अपने गुरु को कहा कि 'मैं फिर हार गया। वह लड़का तो बहुत बेईमान है। आज उसने उत्तर ही बदल दिया!'

जिंदगी भी बड़ी बेईमान है। ईमानदार सिर्फ मुर्दे होते हैं। जिंदगी भी रोज बदल जाती है। अगर बदल जाना ही बेईमानी है, तो जिंदगी बड़ी बेईमान है। फूल सुबह खिलता है, सांझ बदल जाता है। पत्थर वैसा ही का वैसा पड़ा रहता है। पत्थर बड़ा ईमानदार मालूम होता है, सिन्सियर; फूल बड़ा बेईमान है। अगर बदल जाना बेईमानी है, तो जिंदगी बड़ी बेईमान है। ईश्वर बेईमान है।

उसके गुरु ने कहा, 'उस मंदिर के हमेशा ही लोग बेईमान रहे हैं। यही तो झगड़ा है। तू कल फिर तैयारी करके जा। कल फिर पूछना कि कहां जा रहे हो। जब वह कहे, जहां पैर ले जायें, तो उससे कहना कि याद रख, कभी ऐसा होता है कि पैर कट जाते हैं। फिर क्या होगा? अगर पैर न होते, तो कहीं जाता कि नहीं जाता?'

तैयार उत्तर लेकर वह लड़का फिर दूसरे दिन रास्ते पर खड़ा हो गया। फिर वही बात। फिर वही मुश्किल हो गयी। उसने पूछा, 'कहां जा रहे हो?' उस लड़के ने कहा, 'सब्जी खरीदने!' वह बंधा उत्तर फिर वहीं रह गया है!

हमारे पास बंधे हुए उत्तर हैं हिंदू का उत्तर है, मुसलमान का उत्तर है, ईसाई का उत्तर है। बंधे हुए उत्तर हैं। ईसा के लिए वह उत्तर अनुभव का उत्तर था, ईसाई के लिए बंधा हुआ, सीखा हुआ उत्तर हैं। कृष्ण के लिए वह उत्तर अनुभव का था, हिंदू के लिए सीखा हुआ उत्तर है। महावीर के लिए वह उत्तर अनुभव से आया था, जैन के लिए सीखा हुआ है। इसलिए महावीर, कृष्ण और क्राइस्ट सत्य हो सकते हैं, लेकिन हिंदू, मुसलमान और जैन, ईसाई सत्य नहीं हैं, झूठ हैं। इस झूठ के कारण

परमात्मा और स्वयं के बीच दूरी हो गई है। यह झूठ गिर जाना जरूरी है, तो सत्य के निकट इसी क्षण पहुंच सकते हैं।

आपका सीखा हुआ ज्ञान आपके और प्रभु के बीच दूरी है। सीखा हुआ ज्ञान, कल्टिवेटेड नालेज। और आपके पास सीखे हुए ज्ञान के अतिरिक्त और क्या है? जाना हुआ कुछ है? एक कण भी जाना हुआ, सीखे हुए पहाड़ से ज्यादा मूल्य का है। एक किरण भी जानी हुई, सीखे हुए एक सूरज से ज्यादा मूल्य की है; जीवंत है, और सारे जीवन को बदल डालती है।

लेकिन मनुष्य के मन पर सिखाया ज्ञान इकट्ठा होता चला गया है। उसी ज्ञान को हम ज्ञान समझ रहे हैं। एक अंधा आदमी जैसे प्रकाश के संबंध में कुछ बातें सुन ले और सीख ले। क्या उसके सीखने से प्रकाश का कोई भी ज्ञान उसे मिल जायेगा? क्या प्रकाश के संबंध में सारी बातें जान लेने से, प्रकाश के संबंध में फिजिक्स में जो भी खोजा है, सब समझ लेने से, क्या उसका प्रकाश से कोई संबंध हो जायेगा? क्या आंख खुल जायेगी? क्या वह प्रकाश को जान लेगा? लेकिन एक आदमी जिसकी आंख खुली है, प्रकाश के संबंध में कुछ भी नहीं जानता हो, फिर भी प्रकाश को जानता है। और एक अंधा आदमी सब कुछ जानता हो प्रकाश के संबंध में, तो भी प्रकाश को नहीं जानता है।

हम अंधों की तरह हैं और दूसरों की बातें सीखकर बैठ गये हैं। धार्मिक आदमी, दूसरों की सीखी हुई बातों से मुक्ति का विद्रोह है, एक रिबेलियल है। वह इस बात का विद्रोह है कि मैं सीखे हुए से मुक्त हो जाऊंगा और जानने की कोशिश करूंगा, सीखने को छोड़ूंगा। मैं बंधे हुए, सीखे हुए, रटे हुए उत्तरों से मुक्त हो जाऊंगा। अपने उत्तर की तलाश करूंगा। और जब अपना उत्तर आता है, तो दूरी जरा भी नहीं रह जाती। दूसरे के उत्तरों के कारण सारी दूरी है।

आप हिंदू हैं, इसलिए दूरी है। आप ईसाई हैं, इसलिए दूरी है। आपके पास अपना कुछ भी नहीं है। क्राइस्ट का दो हजार साल पीछे का इकट्ठा किये बैठे हैं। कृष्ण का तीन हजार साल पुराना इकट्ठा किये बैठे हैं। बुद्ध का ढाई हजार साल पुराना। बुद्ध के लिए वह अपना अनुभव था। आपके लिए? आपके लिए वह अपना अनुभव नहीं रह गया। हमारे पास केवल शब्द बंद रह गये पेटियों में बंद। अब उनकी व्याख्या करते चले जाओ, अर्थ निकालते चले जाओ, मेहनत करते रहो, पंडित हो जाओ। लेकिन पंडित होने से कोई कभी ज्ञानी हुआ है?

पंडित और ज्ञानी में पुरानी शत्रुता है। पंडित कभी ज्ञानी नहीं होता। पंडित कभी ज्ञानी नहीं हो सकता है। उसका सारा ज्ञान, मृत, डेड, मरा हुआ है; उधार और बासा है। उधार और बासे ज्ञान की हालत वैसी ही है, जैसे एक आदमी अपने घर में एक हौज बना ले मिट्टी लाये, ईंटें लाये, जोड़कर दीवाल उठाये, फिर पानी किसी से उधार मांग लाये और हौज भर ले। पंडित के पास हौज जैसा दिमाग है उधार, बासा, दूसरों से मांगा हुआ। ज्ञानी के पास कुएं जैसा ज्ञान है मांगा हुआ नहीं; खोदा हुआ, निकाला हुआ, अपने भीतर से आया हुआ।

एक आदमी कुआं खोदता है, तो क्या करता है? जमीन से मिट्टी निकालता है, पत्थर निकालता है। उनको निकालकर फेंक देता है, खोद डालता है जमीन। फिर नीचे से जल के झरने फूट पड़ते हैं। जल तो हमेशा भीतर मौजूद है। कुआं तो हमेशा तैयार है। वह ढंका हुआ है पत्थर से, मिट्टी की पर्तों से। उन पर्तों को अलग कर देना है और कुआं मौजूद है। कुआं कहीं से लाना नहीं है। पानी कहीं से लाना नहीं है। वह है, सिर्फ दबा हुआ है। उसे डिस्कवर करना है, उसे आविष्कार करना है, उघाड़ देना है।

उल्टी प्रक्रिया है लेकिन। हौज कोई बनाता है तो मिट्टी लाओ, पत्थर लाओ, जोड़कर दीवाल बनाओ। दीवाल ऊपर की तरफ उठाओ। कुआं

कोई बनाता है तो मिट्टी निकालो, पत्थर निकालो, गड्ढा नीचे की तरफ खोदो। हौज ऊपर की तरफ उठती है, कुआं नीचे की तरफ जाता है। हौज के लिए बाहर से ईंट, मिट्टी, पत्थर लाकर जोड़ दो। कुएं के लिए जो है मिट्टी-पत्थर, उसको भी निकालकर फेंको। फिर हौज बन जाती है, तो भी पानी नहीं आता। फिर पानी भी मांग के लाओ। कुआं बन जाता है, तो पानी अपने से आ जाता है। कभी किसी कुएं को भी किसी से पानी मांगते देखा है?

फिर जब हौज में बासा पानी, उधार लाकर भर दो, तो हौज डरती है कि कहीं कोई मेरा पानी न निकाल ले, क्योंकि पानी निकला कि हौज खाली की खाली हो जायेगी। हौज कहती है कि और लाओ, और लाओ, और लाओ। हौज संग्राहक है, संग्रह करती है। डरती है कि कोई निकाल न ले। निकाल ले, तो हौज खाली हो जायेगी। लेकिन कुआं कहता है कि उलीचो, उलीचो। मुझसे निकालो, निकालो। क्योंकि जितना पानी निकलता है, उतना ताजा और नया पानी वापस आ जाता है। कुआं चिल्लाता है, मुझे खाली करो, ताकि मैं रोज नया और जीवंत होता चला जाऊं।

फिर हौज अपने में बंद होती है। उसका किसी से कोई संबंध नहीं होता। उसकी कोई झिरें नहीं होतीं। लेकिन कुआं अपने में बंद नहीं होता है। कुएं की झिरें समुद्र तक फैली हुई हैं, दूर समुद्र से जुड़ी हुईं। कुआं जानता है कि मैं समुद्र का एक हिस्सा हूं। हौज जानती है कि मैं हूं, किसी का हिस्सा नहीं हूं। हौज अपने अहंकार में बंद है। कुएं का कोई अहंकार नहीं है। क्योंकि कुआं जानता है, मैं तो समुद्र का एक हिस्सा मात्र हूं। उसकी ही झिरें मुझको आकर भर जाती हैं। मैं क्या हूं, मैं तो कुछ भी नहीं हूं। कुआं अपनी विनम्रता में जीता है, हौज अपने अहंकार में।

ज्ञानी और पंडित के बीच वही फर्क है, जो कुएं और हौज के बीच है। ज्ञानी कुआं है, पंडित हौज है। पंडित अहंकार में जीता है कि मैं जानता हूं। ज्ञानी निरअहंकार में जीता है। वह कहता है, मैं क्या जान

सकता हूं, मैं हूं ही नहीं। किसी दूर सागर का एक हिस्सा, किसी दूर सूरज की एक किरण, किसी दूर जीवन का एक अंश, किसी दूर की कोई ध्वनि, एक टुकड़ा, एक किसी बड़े वृक्ष का छोटा पत्ता इससे ज्यादा नहीं; मैं क्या जान सकता हूं? लेकिन पंडित कहता है कि मैं जानता हूं।

और मैं आपको यह कहूं, जिसको यह खयाल है कि मैं जानता हूं उधार ज्ञान, शब्दों के आधार पर, बासे, सीखे हुए ज्ञान के आधार पर वह आदमी परमात्मा से अनंत दूरी पर खड़ा हो गया। लेकिन जो कहता है कि मैं नहीं जानता हूं, मैं क्या जानता हूं, क्योंकि जो भी जानता हूं, सब सीखा हुआ है, सब सुना हुआ है, सब पढ़ा हुआ है; मैं कहां कुछ जानता हूं, मैं कहां जानता हूं? जो यह बात कहने की सामर्थ्य अपने में पैदा कर लेता है, जो इस हिम्मत पर राजी हो जाता है कि मैं अज्ञानी हूं, मैं नहीं जानता हूं, उसने सारे सीखे हुए ज्ञान को इनकार कर दिया, उसने विद्रोह कर दिया। इस विद्रोह में, इस अज्ञान के बोध में वह विनम्रता पैदा होती है, जो मनुष्य को कुआं बना सकती है।

एक छोटी-सी कहानी से मैं अपनी बात समझाऊं।

एक फकीर था अगस्टीन। तीस वर्षों तक जितना ज्ञान मिल सकता था, उसने इकट्ठा किया। जो भी जाना जा सकता था, उसने सब जान लिया। लेकिन सब ज्ञान इकट्ठा हो गया है, ढेर लग गये हैं ज्ञान के, लेकिन कहीं कोई किरण दिखायी न पड़ी। जानना पूरा हो गया। सब शास्त्र जान लिए गये, लेकिन उस प्रभु के पास पहुंचने का कोई मार्ग न मिला। हजारों लोग उसकी पूजा करने लगे और कहने लगे, परम ज्ञानी हो तुम। लेकिन भीतर वह जानता है कि वहां तो कोई किरण न आयी। शास्त्र आ गये, शब्द आ गये, सिद्धांत आ गये। लेकिन जानना? जानना तो अभी हुआ नहीं। वह खोजे ही चला गया और खोजे चला गया और किताबें, और किताबें, लेकिन कहीं कोई पता नहीं ज्ञान का कोई पता नहीं। फिर वह घबड़ा गया। बूढ़ा हो गया सत्तर वर्ष का। उसने सोचा, अब तो दिन इतने

गिने रह गये हैं। अब क्या होगा? क्या मैं अज्ञानी ही मर जाऊंगा?

एक दिन सुबह, अंधेरे ही उठकर वह समुद्र के किनारे पहुंच गया और उसने जाकर यह संकल्प किया समुद्र के किनारे सूरज उगता था और उसने यह संकल्प किया कि आज वापस नहीं लौटूंगा। या तो प्रभु मुझे ज्ञान दो या आज मैं समुद्र में अपने को समाप्त करूंगा। दस-बारह घंटे और प्रतीक्षा करूंगा, सूरज के उगने से सूरज के डूबने तक। सूरज के डूबने के साथ मैं भी डूब जाऊंगा। तब तक प्रतीक्षा और करता हूं। यह मेरा अंतिम दांव है।

वह आंख बंद करके, हाथ फैला करके, सूरज के सामने खड़ा हो गया है, समुद्र के किनारे संकल्प लेकर। आज या तो जानकर लौटेगा या नहीं लौटेगा।

तभी उसे पीछे किसी की आवाज, रोने की सुनायी पड़ी, एक छोटी-सी चट्टान के पीछे, जहां कोई रो रहा है। सुबह-सुबह कौन आ गया यहां? उसने लौटकर पीछे देखा, तो और हैरान हो गया। एक छोटा बच्चा रो रहा है। घुटनों पर सिर रखे हुए, उसकी आंख से आंसू बहे चले जा रहे हैं। यह इतना छोटा बच्चा, इस निर्जन में इतनी सुबह कहां से आ गया है! वह उसके पास गया और उस बच्चे को कहा, 'बेटे, क्यों रोते हो, क्या तकलीफ है, क्या हो गया?' उसकी खुद की भी आंख है। आसुओं से भरी है, क्योंकि आज जिंदगी का अंतिम दिन है।

वह बच्चा कहने लगा, 'मत पूछिए, क्योंकि आप कुछ सहायता नहीं कर सकेंगे।' उसके हाथ में एक छोटी-सी प्याली है, जिसमें उसके आंसू टपक गये हैं। वह बच्चा कहने लगा, 'आप कहते हैं तो, मैं बताता हूं, लेकिन आप सहायता नहीं कर सकेंगे। मैं इस प्याली को लेकर आया हूं कि समुद्र को भरकर घर ले जाऊंगा। लेकिन समुद्र मेरी प्याली में समाता नहीं है। मेरी प्याली बहुत छोटी पड़ जाती है, समुद्र बहुत बड़ा है। लेकिन

आज तो मैंने तय कर लिया है कि या तो लेकर जाऊंगा या तो नहीं जाऊंगा!'

जैसे उस फकीर के सामने अंधेरे में से कोई बिजली कौंध गयी हो, ऐसे कोई पर्दा उठ गया।

वह फकीर नाचने लगा वहीं और कहा कि मैं सोचता था कि मैं बूढ़ा हो गया। आज मुझे पता चला कि मेरी कोशिश भी एक छोटे बच्चे जैसी कोशिश है, जो समुद्र को प्याली में भरना चाहता है। भूल हो गयी है उससे। उसने हाथ जोड़कर प्रभु को कहा कि नहीं, नहीं भूल हो गयी है। यह तो हो सकता है कि एक प्याली में समुद्र समा जाये, क्योंकि प्याली की भी सीमा है, और समुद्र की भी। लेकिन यह कैसे हो सकता है कि मेरी बुद्धि में प्रभु समा जाये, क्योंकि मेरी बुद्धि की सीमा है और प्रभु की कोई सीमा नहीं है।

यह तो हो भी सकता है कभी न कभी कि समुद्र प्याली में समा जाये, कभी हो सकता है। विज्ञान कोई रास्ता खोज ले सकता है, कि कभी प्याली में समुद्र समा जाये। लेकिन यह रास्ता कभी नहीं खोजा जा सकता है कि मनुष्य के अहंकार में, मेरे मैं में, और प्रभु समा जाये! यह कभी नहीं हो सकता। कोई विज्ञान इसके लिए कभी कोई रास्ता नहीं खोज सकता है। वह फकीर नाचने लगा और उस लड़के को कहा कि 'तू मेरा गुरु हो गया।' उसने उसके पैर छुए और नाचता हुआ अपनी झोपड़ी पर वापस लौट गया।

झोपड़ी में उसके मित्रों ने देखा कि कितनी खुशी में आ रहा है नाचता हुआ, ऐसा तो कभी उसे नाचता हुआ देखा नहीं था। वे सब घेरकर खड़े हो गये और पूछने लगे, 'क्या प्रभु के दर्शन हो गये? क्या मिल गया ज्ञान?' वह फकीर कहने लगा, 'हां। आज मैंने उसे जान लिया, क्योंकि आज मैंने उसे जानने की अहंकारपूर्ण कोशिश छोड़ दी। और मैं

हैरान हो गया, जैसे ही मैंने यह खयाल छोड़ा कि मुझे जानना है, मैं जानना चाहता हूं, वैसे ही मैंने पाया कि मेरे मैं के गिरते ही, वह तो हमेशा मौजूद था। मेरी मैं की दीवाल के कारण दूर था। मेरा मैं नहीं रहा, वह पास हो गया।'

तो अंतिम बात, आज की सुबह की इस बैठक में आपसे कहना चाहता हूं कि आपके 'मैं' के अतिरिक्त परमात्मा से आपकी कोई दूरी नहीं है। जहां 'मैं' नहीं है, वहां वह एकदम निकट है। एकदम पास से भी पास है। वह तब आपके भीतर ही है, तब वह और आप एक ही हैं। लेकिन आज तक यही सिखाया गया है कि वह दूर है।

दूरी किस बात से पैदा हो गयी है? यह हमारे खयाल में नहीं है। इसलिए दूरी है   अहंकार दूरी है। और पंडित के पास बड़ा अहंकार होता है। पंडित के पास भारी अहंकार होता है   उधार। सीखे हुए शब्दों पर अहंकार का भवन खड़ा कर लेते हैं और लगता है, मैं जानता हूं। जहां तक यह जानने का खयाल है, वहां तक वह दूर है। और जिस दिन आप जानेंगे कि मैं कहां जानता हूं? सब सीखी हुई बातें हैं, सब उधार है, सीखे हुए उत्तर हैं, मेरा उत्तर कहां है? जिस दिन अपने भीतर खोजेंगे और पायेंगे कि मैं तो कुछ भी नहीं जानता हूं, उसी दिन 'मैं' गिर जायेगा। और जहां 'मैं' गिर जाता है, वहां वह निकट आ जाता है।

मैं है दूरी। ना-मैं में निकटता बन जाती है। अहंकार है दूरी, निरअहंकारिता निकटता बन जाती है। प्रभु तो निकट है। आपका अहंकार...।

कुएं का जल-स्रोत तो निकट है, अहंकार के पत्थर, अहंकार की मिट्टी की पर्तें उसे रोके हुए हैं। तोड़ दें, और जल-स्रोत प्रगट हो जाता है। यह दूसरा सूत्र।

पहला सूत्र : प्रभु को पाना सरल है।

दूसरा : सूत्र प्रभु अत्यंत निकट है।

यह दूसरा सूत्र मैंने आपसे कहा। इस पर सोचना, खोजना। क्योंकि मेरे कहने से कुछ भी नहीं हो जाता है। मेरे कहने को मान मत लेना, नहीं तो सीखा हुआ उत्तर हो गया, दूसरे का उत्तर हो गया। मैंने जो कहा और आप मानकर चले गये, तो गलती हो गयी, वही की वही हो गयी। मेरा उत्तर आपका उत्तर नहीं बन सकता है। सोचना, खोजना, जांचना, परखना अपने भीतर कि मैं जो भी जानता हूं वह मेरा जानना है? एक-एक अपने ज्ञान को उठाकर पूछना और जब कोई उत्तर न मिले भीतर, और पता चल जाये कि कुछ भी मैं नहीं जानता हूं तो फिर उसका उत्तर आना शुरू हो जायेगा।

एक फकीर था, एक गांव में ठहरा हुआ था। गांव के लोग उसके पास आये। मुसलमानों का गांव था। उन्होंने कहा, 'हमारी मस्जिद में चले आयें और हमें कुछ समझायें, ईश्वर के संबंध में।' उस फकीर ने कहा, 'ईश्वर के संबंध में समझाना बहुत कठिन है, मुझे क्षमा करो।' लेकिन गांव के लोग पीछे पड़ गये। वह फकीर मस्जिद में गया, शुक्रवार का दिन सारे गांव के लोग इकट्ठे हुए हैं। वह फकीर मंच पर खड़ा हो गया है और कहा, 'इसके पहले कि मैं परमात्मा के संबंध में कुछ कहूं, मुझे एक बात जाननी है। आप लोग परमात्मा को जानते हैं? आप लोग परमात्मा को मानते हैं?' उन सारे लोगों ने हाथ उठा दिये कि 'हां, हम जानते हैं, हम मानते हैं।' उस फकीर ने कहा, 'फिर क्षमा करें, जब आप सब जानते और मानते हैं, तो मुझे कहने को क्या बचा? मैं वापस जाता हूं!' फंस गये! अब कुछ कहने को भी न बचा, जब कह ही चुके कि जानते और मानते हैं। वह फकीर तो उतरा मंच से और वापस चला गया।

लेकिन गांव में बड़ी चिंता हुई कि क्या करें, इस आदमी ने तो धोखा दे दिया। और हम खुद फंस गये कहकर। उसने कहा, जब जानते ही हो, जब मानते ही हो, तो अब बचा क्या और कहने को? बात खत्म हो गयी।

लेकिन न तो कोई जानता था, न कोई मानता था, सब झूठ था। इसलिए मन में पीड़ा रह गयी कि कुछ जानते उससे फकीर से।

फिर दूसरे शुक्रवार उसके पास पहुंच गये और कहा कि 'चलें'। उस फकीर ने कहा, 'मैं क्या करूंगा जाकर? ईश्वर के संबंध में कुछ कहना मुश्किल है।' लेकिन नहीं माने, तो वह गया। वह मंच पर खड़ा हुआ। और उसने कहा, 'पहले मैं कुछ कहूं, उसके पहले पूछ लूं। ईश्वर को जानते हैं, मानते हैं?' उन सबने कहा, 'न हम मानते हैं, न हम जानते हैं।' क्योंकि पिछला उत्तर गलत हो गया था। उन्होंने कहा, 'न हम जानते हैं, न हम मानते हैं।' उस फकीर ने कहा, 'न तुम मानते हो, न तुम जानते हो। कहने की कोई जरूरत नहीं रह गयी है। बात खत्म हो गयी है। जो है ही नहीं, जिसको तुम जानते ही नहीं, जिसको तुम मानते ही नहीं उसके लिए पूछते क्या हो उसके बाबत? ईश्वर के बाबत पूछते क्यों हो?' वह उतरा और वापस लौट गया और कहा, 'क्षमा करो। तुमसे कहने की कोई जरूरत नहीं है।'

गांव के लोग बहुत परेशान हुए। जो उत्तर हो सकते थे, दे दिये गये थे। फिर उन्होंने कोशिश की। उनके ज्ञानी विचार में लगे और उन्होंने तीसरा उत्तर खोजा। और तीसरे शुक्रवार फिर उसको पकड़ लाये। अब की बार उन्होंने बहुत होशियारी का उत्तर निकाला था कि अब फकीर फंस जायेगा। फकीर आ गया, मंच पर खड़ा हो गया और उसने पूछा कि 'मित्रो, पहले वही प्रश्न पूछ लूं। ईश्वर को मानते हो, जानते हो?' तो आधी मस्जिद के लोग फिर एक किनारे खड़े हो गये। उन्होंने कहा, 'हम जानते हैं। आधे लोग जानते हैं, और मानते हैं। आधे लोग नहीं मानते और नहीं जानते हैं। क्या इरादा है?'

उस फकीर ने कहा, 'बात खत्म हो गयी। जो जानते हैं, वे उनको बता दें, जो नहीं जानते हैं। मैं जाता हूं। मेरी क्या जरूरत है। दोनों ही मौजूद हैं। प्यासा भी मौजूद है, पानी भी मौजूद है। मैं जाता हूं। आप

बता दें उनको, जो नहीं जानते हैं।'

चौथा उत्तर उस गांव के लोग नहीं खोज सके, इसलिए चौथी बार फकीर के पास नहीं गये। मैंने उस फकीर को पूछा कि 'चौथी बार नहीं आये?' उस फकीर ने कहा, 'चौथी बार आते तो फिर मुझे बोलना पड़ता।' लेकिन चौथी बार वे आये नहीं। मैंने उससे पूछा कि 'वे कौन-सा उत्तर देते तो तुम बोलते!' उसने कहा, 'वे कोई उत्तर न देते और चुप रह जाते, तो मैं बोलता।' क्योंकि सब उत्तर सीखे हुए हैं। सिर्फ मौन अनसीखा है। ईश्वर है यह भी सीखा हुआ उत्तर है। ईश्वर नहीं है यह भी सीखा हुआ उत्तर है। मौन, साइलेंस अनसीखा है। वह जन्म के साथ है।

पूछें अपने से, 'ईश्वर है?' और अगर उत्तर आये, तो देखें कि यह सीखा हुआ तो नहीं है, किसी ने सिखाया तो नहीं है बाप ने, मां ने, गुरु ने, समाज ने। अगर सीखा हुआ है, तो छोड़ दें। उत्तर आये, 'ईश्वर नहीं है', तो पूछें, किसी ने सिखाया तो नहीं है? कार्ल मार्क्स ने, कम्युनिस्ट ने, नास्तिक ने। अगर सिखाया हुआ है, तो छोड़ दें। आपके पास क्या बचेगा? अनसीखा हुआ, मौन। कोई उत्तर सीखा हुआ नहीं बचेगा। मौन शेष रह जायेगा। वही मौन ध्यान है। उसी मौन से द्वार खुलता है और चौथा उत्तर परमात्मा का उपलब्ध होता है, जब आप मौन खड़े हो जाते हैं। आपके पास कोई उत्तर नहीं है अपनी परिपूर्ण विनम्रता में मौन, शांत, सिर्फ प्रतीक्षा, प्रतीक्षा में खड़े रह जाते हैं। वही प्रतीक्षा ध्यान है।

मेरी बात तो पूरी हुई। अब हम सुबह के ध्यान के लिए दस मिनट बैठेंगे और विदा हो जायेंगे।

थोड़े-थोड़े फासले पर हो जायेंगे, ताकि कोई किसी को छूता न हो। ये सूरज की किरणें बरस रही हैं। इतने पक्षी बोल रहे हैं। यहां चारों तरफ परमात्मा न मालूम कितने रूपों में मौजूद है। इसको दस मिनट के लिए

अपने भीतर प्रवेश देने के लिए तैयारी करेंगे, प्रतीक्षा करेंगे अपने मन को खुला छोड़कर, ओपनिंग, मन खुला है और सब तरफ से परमात्मा को आने दे रहा है।

सूरज की किरण में भी वही है, जो आपके चेहरे पर पड़ रही है। पक्षी की आवाज में भी वही है, जो आपके कानों से टकरा जायेगी। हवाओं में भी वही है, जो आपको छुयेगी और गुजर जायेगी। सब तरफ वही है। उसकी सब तरफ की मौजूदगी का अनुभव, जब आप बिलकुल शांत होते हैं, होना शुरू हो जाता है। ध्यान का और कोई मतलब नहीं है। ध्यान का मतलब है, शांत प्रतीक्षा। साइलेंट अवेटिंग। तो हम एक दस मिनट के लिए मौन होकर उसकी प्रतीक्षा करें।

क्या करेंगे उस मौन में? आंख बंद कर लेंगे, शरीर को शिथिल छोड़ देंगे और चुपचाप चारों तरफ वह है, उसकी प्रजेंस है, उसकी मौजूदगी है पक्षियों की आवाज में, हवाओं के कंपन में, वृक्षों के गिरते हुए पत्तों में सबको चुपचाप सुनते रहेंगे। उसकी प्रजेंस को, उसकी मौजूदगी को अनुभव करते रहेंगे। दस मिनट में ही लगेगा कि कुछ और हो गये, आप किसी दूसरे लोक में चले गये। कोई पास आ गया, जो दूर खड़ा था। कोई निकट आ गया है, जो अपरिचित था। कोई अज्ञात ज्ञात बनने लगा, कोई कुआं खुदने लगा, भीतर कोई झरने फूटने लगे।

तो मैं यह आशा करूं कि कोई किसी को स्पर्श नहीं कर रहा है। अगर कोई भी किसी को छू रहा है, तो वह उठकर बाहर हो जाये, थोड़ी दूर हट जाये...।

वह अतिथि सीढ़ियों से वापस न लौट जाये। वह तो रोज आता है द्वार पर, हर एक के लिए, लेकिन द्वार बंद देखकर वापस लौट जाता है।

अंत में सबके भीतर बैठे हुए परमात्मा को प्रणाम करता हूं। मेरे प्रणाम स्वीकार करें।

जिज्ञासा और खोज

बहुत से प्रश्न मेरे सामने आये हैं। सबसे पहले, सुबह मैंने कहा, जो हम नहीं जानते हैं, भलीभांति जानना चाहिए कि हम नहीं जानते हैं। इस संबंध में पूछा है कि क्या हम अपने बच्चों को न बतायें कि ईश्वर है? क्या धर्म के संबंध में उन्हें कुछ भी न कहें? आत्मा के लिए कोई उन्हें विश्वास न दें? ऐसे कुछ प्रश्न पूछे हैं।

जिसे हम नहीं जानते हैं, उसे हम देना भी चाहेंगे, तो क्या दे सकेंगे? और जो हमें ही ज्ञात नहीं है, क्या उस बात की शिक्षा, हमारे संबंध में बच्चे के मन में आदर पैदा करेगी? क्या यह असत्य की शुरुआत न होगी? और क्या असत्य पर भी ईश्वर का ज्ञान कभी खड़ा हो सकता है? और क्या असत्य के ऊपर हम सोच सकते हैं कि बच्चा कभी धार्मिक हो जायेगा? यह दुनिया अधार्मिक इसी तरह हो गयी है। यह दुनिया धार्मिक हो सकती थी। लेकिन जिन लोगों ने स्वयं बिना जाने शिक्षायें दी हैं, उन्होंने इस दुनिया को अधर्म के अंधकार में भेज दिया है।

दो ही परिणाम होते हैं, उस शिक्षा के। बच्चा आज नहीं कल बड़ा हो जायेगा और भलीभांति जानेगा, उसके पिता ने, उसके गुरु ने जो उसको कहा था, वह झूठ था। वे खुद भी नहीं जानते थे। इस सत्य को कब तक छिपाये रखियेगा कि आप नहीं जानते हैं। आपका जीवन कह देगा, आपका आचरण कह देगा। सब तरफ से खबर मिल जायेगी बच्चों को कि पिता भी नहीं जानते हैं कि ईश्वर है। तब ईश्वर पर तो श्रद्धा पैदा

नहीं होगी, हां, पिता पर जरूर अश्रद्धा हो जायेगी। यह बच्चों की जो श्रद्धा उठती चली गयी है मां में, पिता में, गुरु में, यह अकारण नहीं है। आप इसके लिए जिम्मेवार हैं। आपने ऐसे झूठ उन्हें सिखाये हैं, जो थोड़े दिनों में वे समझ जाते हैं कि झूठ हैं। और तब आपके प्रति सारा आदर, सारा सम्मान तिरोहित हो जाता है।

यह जो इस खयाल से हम शिक्षा देते हैं कि शायद ईश्वर के संबंध में न बतायेंगे तो बच्चा ईश्वर को न जान सकेगा, तो क्या आप समझते हैं, आपके बताने से वह ईश्वर को जान लेता है? तो अब तक सारे लोगों ने ईश्वर को जान लिया होता। क्योंकि सभी के मां-बाप तो बच्चों को बता देते हैं कि ईश्वर है, आत्मा है!

नहीं, इससे जानने का कोई संबंध नहीं है। बल्कि इससे जीवन में एक झूठ शुरूआत होती है, जिसका फिर कोई अंत नहीं होता। जिस झूठ को आपने अपने बच्चों से दोहराया है, आपके बच्चे भी अपने बच्चों से दोहरा देंगे। बस, इतना हो सकता है। इससे ज्यादा कुछ भी नहीं हो सकता। और क्या ईश्वर ऐसी चीज है कि आप किसी को सिखा सकते हैं?

मैं एक अनाथालय में गया था। वहां के संयोजकों ने मुझसे कहा कि 'हम अपने बच्चों को धर्म की शिक्षा देते हैं!' तो मैंने उनसे कहा कि 'यह बड़े आश्यर्च की बात होगी, क्योंकि मैं तो आज तक समझ ही नहीं पाया कि धर्म की भी शिक्षा हो सकती है! धर्म की साधना तो हो सकती है, लेकिन शिक्षा नहीं हो सकती। फिर भी आप कहते हैं, तो मैं समझना चाहूंगा कि कैसी शिक्षा देते हैं?' हां, हिंदू होने की शिक्षा हो सकती है, मुसलमान होने की शिक्षा हो सकती है, लेकिन धर्म की शिक्षा नहीं हो सकती। बच्चे को हिंदू बनाया जा सकता है, मुसलमान, जैन और ईसाई बनाया जा सकता है, लेकिन धार्मिक नहीं।

तो मैंने उनसे कहा कि 'मैं समझना चाहूंगा कि धर्म की क्या शिक्षा

आप देते हैं?' और अब तक दुनिया में बच्चों के साथ धर्म के नाम पर यही किया गया है उनको हिंदू बनाया जाता है, मुसलमान, ईसाई, जैन बनाया जाता है। और इस बनाये जाने से जितना अधर्म जमीन पर फैला है, उतना किसी और बात से फैला है? हिंदू होना, मुसलमान होना, जैन होना कितनी कुरूपता की बात है, कितनी अग्लीनेस की बात है? कोई आदमी आदमी न हो, हिंदू हो, मुसलमान हो, जैन हो, यह कोई सौंदर्य की बात है? और यह खंडित आदमी है, जो एक सुबह से बंध जाता है, इस बंधे हुए आदमी ने कितने उपद्रव किये हैं, इसका कुछ पता है? कितनी हत्यायें की हैं, कितना रक्त बहाया है, इसका कोई पता है?

अगर मां-बाप अपने बच्चों को प्रेम करते हैं, तो वे कभी उनको हिंदू, मुसलमान और ईसाई होने की शिक्षा न देंगे। क्योंकि जमीन पर इतना उपद्रव हुआ है, इन शिक्षाओं के कारण कि अब कोई मां और बाप यह नहीं चाह सकता है कि उसका बच्चा भी हिंदू होकर कटे, या मुसलमान होकर कटे, या किसी को काटे, या मंदिर जलाये, या मस्जिद गिराये।

जो मां-बाप अपने बच्चों को प्रेम करते हैं, उनके प्रेम का पहला लक्षण यह होगा कि बच्चे को मनुष्य की भांति बड़ा करें, हिंदू-मुसलमान की भांति नहीं। क्योंकि ये महामारियां, ये बड़े-बड़े रोग आदमी को कितने खड्डों में और अंधकार में ले गये हैं!

तो मैंने उनसे कहा कि 'यह तो हो सकता है कि आप हिंदू बनाते हो, मुसलमान बनाते हो, लेकिन धार्मिक होने की क्या शिक्षा देते होंगे?' उन्होंने कहा, 'नहीं, आप देखकर प्रसन्न होंगे।' मैं उनके बच्चों को देखने गया। सौ के करीब बच्चे थे। उन्होंने खुद ही उन बच्चों से पूछा कि 'बताओ, ईश्वर है?' उन सभी बच्चों ने हाथ ऊपर उठा दिये कि ईश्वर है। उनको सिखाया गया था। उन्होंने पाठ सीख लिया था और हाथ ऊपर उठा दिये। और उन्होंने पूछा, 'ईश्वर कहां वास करता है? तो उन सबने अपने हृदय के ऊपर हाथ रख दिये कि यहां।' यह जो उनको सिखाया गया था, जैसे हम बच्चों को कवायद करना सिखा देते हैं और लेफ्ट टर्न

और राइट टर्न सिखा देते हैं! बायें घूमो, दायें घूमो, रुको, ठहरो! वैसे ही उनको यह भी सिखा दिया गया था कि ईश्वर कहां है? उन सबों ने हाथ उठा दिये कि यहां।

मैंने एक छोटे से बच्चे से पूछा कि 'हृदय कहां है?' 'यह तो हमें बताया नहीं गया, यह तो हमारी किताब में भी नहीं लिखा गया है।' उसे हृदय का कोई पता नहीं था, लेकिन जब उससे पूछा गया कि ईश्वर कहां है, तो उसने बताया, यहां। स्वभावतः जो उसे बताया गया था, वह उसने बता दिया था। लेकिन क्या वह जानता है कि यहां क्या है?

नहीं, परीक्षा उत्तीर्ण हो जायेगा, धर्म की शिक्षा पा लेगा। हो सकता है, प्रथम भी आ जाये, पुरस्कार भी पा जाये, खुश होता हुआ घर लौट जाये और शिक्षक भी खुश हों, संयोजक भी खुश हों कि बच्चा धर्म की शिक्षा लेकर घर आ गया। और बच्चा क्या लेकर घर आया? बच्चा धर्म लेकर घर नहीं आया है, कुछ शब्द लेकर घर आ गया है। और वे शब्द इतने खतरनाक सिद्ध होंगे कि धर्म को कभी भीतर प्रवेश न करने देंगे। क्योंकि जिंदगी में जब भी प्रश्न उठेगा, ईश्वर है? तो वह बचपन में सीखी गयी बात जो मन के गहरे तल में प्रविष्ट हो गयी होगी, वह कहेगी, है। और जब प्रश्न उठेगा, कहां? तो वह मन के गहरे तल में बैठ गयी बात कहेगी, यहां। और यह हाथ भी झूठा होगा, यह गेस्चर झूठ होगा और यह उत्तर भी झूठा होगा कि ईश्वर है, क्योंकि यह सीखा हुआ है।

धर्म के संबंध में जो भी सीखा हुआ है, झूठा होता है। और जिंदगीभर, वह बूढ़ा हो जायेगा, फिर भी वह बचपन में जो सीख लिया था, उसका पीछा करेगा। और जब भी कोई पूछेगा, ईश्वर है? तो वह कहेगा, है। वह एक छोटा बच्चा, बूढ़ा हो गया। कोई फर्क नहीं पड़ा है। वही उत्तर दोहराता रहेगा। और जब उत्तर मिल गया तो खोजेगा क्यों? दुर्भाग्य हो गया यह उत्तर, क्योंकि उसने खोज बंद कर दी है।

दुनिया में ईश्वर की खोज बंद हो गयी है, क्योंकि धार्मिक पुरोहितों

और पंडितों ने इतनी शिक्षा दे दी है इतनी शिक्षा दे दी है कि सभी मान गये हैं कि ईश्वर है, इसलिए खोज बंद हो गई है। कोई नहीं खोजता। खोजते हम उसे हैं खोजते ही हम उसे हैं, जो हमारे सामने प्रश्न बनकर खड़ा हो जाता हे, उत्तर बनकर नहीं। जो उत्तर बन जाता है, उसकी खोज बंद हो जाती है। ईश्वर होना चाहिए एक प्रश्न, एक उत्तर नहीं। आत्मा होनी चाहिए एक प्रश्न, एक उत्तर नहीं।

तो मैंने उनको कहा कि 'बच्चों को प्रश्न सिखायें, उत्तर नहीं अगर बच्चों को धार्मिक बनाना है।' आपको पता नहीं है कि ईश्वर है, तो अपने बच्चों को मत सिखायें कि ईश्वर है। बच्चे को कहें कि 'मैं भी खोज रहा हूं, लेकिन अब तक मुझे कुछ पता नहीं चला। मेरे प्राण भी प्यासे हैं कि मैं जानूं कि यह क्या है जीवन। लेकिन मुझे पता नहीं है। तुम भी खोजना। हो सकता है, मैं न खोज पाऊं। तुम मेरी खोज को पूरा करना। तुम भी पूछना, तुम भी जिज्ञासा करना।'

तो बच्चे को सिखायें जिज्ञासा, बच्चे को सिखायें प्रश्न, बच्चे को सिखायें इन्क्वायरी। बच्चे को उत्तर न सिखायें। अगर बच्चे को धार्मिक बनाना है, तो उसको ऐसी जिज्ञासा सिखायें कि जब तक वह खुद न जान ले, तब तक मानने को कभी राजी न हो। उसको इतना साहस सिखायें कि जब तक वह न जान ले, तब तक दुनिया की कोई ताकत उसको मानने के लिए न झुका सके। वह चाहे मर जाये, लेकिन वह यह कहे कि मैं खोज लूंगा तभी स्वीकार करूंगा, तभी मानूंगा उसके पहले नहीं। क्योंकि उसके पहले जो मान लेता है, उसकी खोज बंद हो जाती है। जिसकी खोज बंद हो जाती है, वह कभी ज्ञान को उपलब्ध नहीं होता।

तो बच्चे को सिखायें न कि ईश्वर है। बल्कि बच्चे के मन में जिज्ञासा और खोज, और इस खोज के लिए आप कहें अपने हृदय को खोलकर कि 'मैं भी नहीं जानता हूं। मैं भी खोज रहा हूं।' और जब बच्चा बड़ा होगा और अपने पिता और गुरु के बाबत यह बात जानेगा कि कितने विनम्र हृदय वे लोग थे, जो उन्होंने अहंकार नहीं किया जानने का।

एक छोटे-से बच्चे के सामने भी उन्होंने धोखा नहीं देना चाहा। उन्होंने सचाई और ईमानदारी से कहा कि हम भी खोजते हैं; अभी रास्ते पर हैं, अभी पहुंचे नहीं है। वैसे पिता और गुरु के प्रति आदर से भर जाना बहुत स्वाभाविक है, बहुत सहज है।

गुरु और पिता अहंकार के कारण सिखाते हैं, कोई बच्चे के हित के कारण नहीं। बच्चे के सामने यह स्वीकार करने में उनके अहंकार को चोट लगती है कि मैं नहीं जानता हूं। बच्चे के सामने तो वे सर्वज्ञ बन जाते हैं कि मैं सब कुछ जानता हूं। छोटा-सा बच्चा है, उसके सामने कोई भी सर्वज्ञ बन सकता है! लेकिन बच्चा कल बड़ा हो जायेगा और आपके सर्वज्ञता की सब धूल उड़ जायेगी। और वह जानेगा कि आप भी वैसे अज्ञानी हैं, जैसा वह है। तब क्या होगा? तब उसके मन से आपके प्रति अगर अनादर उठे, तो इसमें क्या आश्चर्य है? इसमें कोई आश्चर्य नहीं।

आप इन बातों को सिखाकर बच्चे को धार्मिक नहीं बना रहे हैं। बच्चे को खोज सिखाइए और खोज का पहला सूत्र है संदेह, डाउट। संदेह सिखाइए। उससे कहिये कि 'तू संदेह कर। जल्दी से मान मत ले किसी बात को, सोच-विचार कर, साहसपूर्वक, निर्भयता से खोज कर।' यह गुण सिखाइए। साहस, अभय, फियरलेसनेस, सिखाइए। क्योंकि जो बच्चा भय सीख लेता है, वह कभी खोज नहीं कर सकेगा। लेकिन हम तो धार्मिक बनाने के लिए बच्चे को भय सिखाते हैं। हम कहते हैं, 'अगर ईश्वर को न माना तो नर्क में डाल देंगे। भगवान जो हैं, वह नर्क में भेज देते हैं। आग है वहां, आग में जलाते हैं!' छोटा-सा बच्चा है, आप क्या कर रहे हैं उसके साथ?

पूरी मनुष्य-जाति के साथ यह पाप हुआ है कि धर्म के नाम पर भय सिखाया गया है नर्क का भय, पाप का भय। और सिखाया गया है, प्रलोभन स्वर्ग का, प्रलोभन पुण्य का, अच्छे जन्मों का। प्रलोभन और भय दोनों संगी-साथी हैं। दोनों एक ही सिक्के के दो पहलू हैं।

तो हम सिखाते हैं भय और सिखाते हैं प्रलोभन। प्रलोभन कि अगर अच्छे बनोगे, तो स्वर्ग जाओगे। और भय कि अगर भगवान को नहीं माना, अस्वीकार किया, नास्तिक बने, संदेह किया, तो नर्क जाओगे। बच्चे को हम धर्म थोड़े ही सिखा रहे हैं। हम सिखा रहे हैं फियर। और क्या आपको पता है, दुनिया में सबसे ज्यादा अधार्मिक वृत्ति कौन-सी है? सबसे ज्यादा इररिलीजस भय, फियर है। क्योंकि जो भयभीत है, वह कभी परमात्मा को नहीं जान सकेगा, सत्य को नहीं जान सकेगा। जो भयभीत है वह यात्रा ही नहीं करता है अज्ञात की तरफ। वह तो जो ज्ञात है, उसी के घेरे में चलता है। जहां-जहां उजाला है और जहां-जहां साफ-साफ रास्ते हैं, वहीं-वहीं जाता है।

अंधेरे रास्तों पर, अनजान, अपरिचित रास्तों पर जो भयभीत है, वह कभी जाता नहीं। और भगवान है सबसे ज्यादा अनजान, सबसे ज्यादा अपरिचित, सबसे ज्यादा अंधकार से भरा हुआ। वहां तो भयभीत कभी कदम नहीं रखता है। तो जब उस भगवान की तरफ जाना होता है, तो गांव के पुजारी ने जो मंदिर बनाया हुआ है, वह उसमें चला जाता है। क्योंकि भगवान तो है अपरिचित और मंदिर बिलकुल परिचित है यह आदमी का बनाया हुआ है, बिलकुल परिचित है। और भगवान है बिलकुल अपरिचत। आदमी का बनाया हुआ नहीं है। इसलिए उस अपरिचित भगवान को तो छोड़ देता है; परिचित जो मंदिर है, उसमें चला जाता है। और तृप्ति कर लेता है कि मैं धार्मिक हो गया।

आदमी भी कहीं भगवान का मंदिर बना सकता है? और आदमी जो बनायेगा, वह भगवान का मंदिर हो सकता है?

एक छोटी-सी कहानी आपको कहूं। एक रात एक चर्च के द्वार पर एक नीग्रो आदमी ने आकर दरवाजे पर दस्तक दी, दरवाजा हिलाया। दिन के प्राकश में भी आ सकता था, लेकिन वह चर्च था गोरी चमड़ी वालों का, वहां काली चमड़ी के लोग नहीं आ सकते थे। तो दिन में तो डर था कि उसे कोई घुसने न देगा। लेकिन सोचा, रात के अंधेरे में हो सकता

है पादरी भी दया खा जाये, वैसे पादरी कभी किसी पर दया खाता नहीं है! सोचा, लेकिन रात के अंधेरे में अकेला देखकर, कोई भी न हो; रोऊं, गिड़गिड़ाऊं, आंसू बहाऊं तो शायद दया खा जाये। ऐसे, जैसा मंदिर का भगवान पत्थर का होता है, मंदिर का पुजारी उससे भी ज्यादा पत्थर का होता है। वह कभी दया नहीं खाता। लेकिन फिर भी...आशा तो आदमी की बड़ी थी। सोचा, शायद दया खा जाये, किसी कमजोर क्षण में और भीतर आ जाने दे।

उस गांव में एक ही चर्च था सफेद चमड़ी के लोगों का चर्च था। नीग्रो और काले लोगों के पास चर्च नहीं था, क्योंकि उनके पास पैसे ही नहीं थे कि भगवान का निर्माण कर सकें! जिनके पास पैसे होते हैं, वे भगवान को बना लेते हैं; जिनके पास पैसा नहीं होता है, वह बिना भगवान के रह जाता है। क्योंकि भगवान तो एक बनावट है, आदमी की। पैसा हो तो बन सकता है। न पैसा हो, तो कैसे बनेगा? इसलिए जिनके पास ज्यादा होता है पैसा, उनके भगवान बड़े होते हैं, उनके मंदिर बड़े होते हैं। जिनके पास नहीं होता है, उनके छोटे भगवान होते हैं। भगवान भी एक कमोडिटी है, जो पैसे से खरीदी जा सकती है सामान, जो बाजार में बिकता है!

सोचा कि शायद दया खा जाये, एक गरीब के रोने पर, तो वह रात के अंधेरे में गया। लेकिन पादरी को धोखा देना बहुत मुश्किल है, चाहे दिन हो, चाहे रात। पादरी हमेशा चमड़ी को बहुत गौर से पहचान लेता है। फिर उसके हिसाब से दया-ममता रखता है। देखा कि नीग्रो है। कहा, 'कैसे आये इतनी रात?' उस नीग्रो ने कहा, 'मैं भी भगवान के लिए प्रार्थना करना चाहता हूं। मैं भी भगवान के दर्शन करना चाहता हूं।' पादरी ने कहा...। अगर कोई पुराना जमाना होता, तो वह कहता, 'हट शूद्र यहां से! यहां आने की तेरे लायक जगह नहीं।' जैसा कि पुराने जमाने के मंदिर के पुजारी कहते। लेकिन जमाना बदल गया है और जमाने की हवा बदल गयी है, और अब किसी को इस भांति कहना खतरनाक भी

हो सकता है। अदालत तक भी ले जा सकता है।

उस चर्च के पादरी ने होशियारी की बात कही। और यह तो आप जानते ही हैं कि पादरी, पुरोहित सबसे ज्यादा होशियार और कनिंग और चालाक लोग हैं। इसलिए सबसे ज्यादा चालाक लोग हैं, क्योंकि आप तो कपड़ा बेचते होंगे, सोना बेचते होगे कोई और तरह की दुकान करते होंगे। पारदी और पुरोहित भगवान को बेचने का धंधा करते हैं। इसलिए सबसे ज्यादा चालाक लोग हैं, इन्होंने भगवान का व्यवसाय बना लिया है। इनसे ज्यादा होशियार और कौन हो सकता है? और एक ऐसा व्यवसाय बनाया है, जो कभी नहीं चुकेगा, हमेशा चलेगा।

उस चालाक पादरी ने उस नीग्रो को कहा, 'मेरे मित्र, मंदिर में आकर क्या होगा? जब तक तुम्हारा हृदय पवित्र न हो, तब तक मंदिर में जाने से क्या होगा? भगवान के दर्शन नहीं हो सकते।' हालांकि और भी लोग आते थे, लेकिन वे सफेद चमड़ी के लोग होते थे और उनसे उसने यह शर्त कभी नहीं बतायी थी कि मन शांत करो, पवित्र करो, तब मंदिर में जाओ। लेकिन इसको बतायी है।

वह नीग्रो वापस लौट गया। उसने सोचा, मन को शांत और पवित्र करूं, फिर जाऊंगा। कोई तीन महीने बीत गये, वह नहीं आया। चर्च के पादरी ने, एक दिन रास्ते पर उसको रोका। रोकने का कारण मालूम था और एक नयी वजह आ गयी थी। उस रास्ते पर चलते उस नीग्रो को देख, वह पादरी हैरान हुआ। उसकी आंखें किसी बहुत गहरी शांति से भरी हुई मालूम पड़ती हैं। उसके चेहरे पर कोई नयी रौनक, कोई नयी चमक आ गयी है। उसके पैरों में कोई नयी जागरूकता मालूम होती है। वह कुछ दूसरा ही आदमी हो गया है।

उसने रोका और कहा कि 'मेरे मित्र, आये नहीं तुम फिर वापस?' उसने कहा, मैं कैसे आता! बड़ी मुश्किल में पड़ गया। तुमने कहा था, मैं मानकर मन को पवित्र और निर्दोष करने में लग गया, और रातभर रोता

था और प्रार्थना करता था। तीन महीने बीत जाने पर, एक दिन रात भगवान सपने में आये और उन्होंने मुझसे पूछा कि 'तू किसलिए रोता है? किसलिए प्रार्थनायें करता है?' तो मैंने कहा, 'वह जो हमारे गांव का मंदिर है, जो चर्च है, उसमें मैं जाना चाहता हूं। इसलिए अपने मन को पवित्र कर रहा हूं।'

भगवान हंसने लगे और उन्होंने कहा, 'तू बिलकुल पागल है। उस मंदिर में तू न पहुंच पायेगा। बहुत कठिन है वहां पहुंचना। मैं खुद दस साल से घुसने की कोशिश कर रहा हूं, वह पादरी घुसने नहीं देता! तो जब मैं ही हार गया, थक गया, तू कैसे जा पायेगा? बहुत कठिन है। तू यह आशा छोड़। मुझको पाना आसान है, उस पादरी के मंदिर में घुसना बहुत कठिन है।'

और मैं आपसे कहता हूं, दस साल तो भगवान ने इसलिए कहे होंगे कि कहीं वह बेचारा नीग्रो घबड़ा न जाये। सचाई तो यह है कि दस हजार साल से वे घुसने की कोशिश कर रहे हैं, और उस चर्च में नहीं, दुनिया के किसी मंदिर में अब तक नहीं घुस पाये। और कभी घुस न सकेंगे।

पादरी बहुत होशियार है, पंडित बहुत होशियार है, पुरोहित बहुत होशियार है। वह भीतर नहीं घुसने देगा। क्यों? क्यों नहीं घुसने देगा? क्योंकि जहां परमात्मा का प्रवेश हो जाये, वहां प्रेम आ जाता है। और जहां प्रेम आ जाता है, वहां से व्यवसाय विलीन हो जाता है। और भगवान को वह घुसने भी दे, तो भी भगवान न घुस पायेंगे, क्योंकि आदमी का बनाया हुआ मंदिर बहुत छोटा है भगवान बहुत बड़े हैं। आदमी का मंदिर है बहुत छोटा-सा और परमात्मा का मंदिर है विराट और अनंत। वह कैसे उसमें प्रवेश कर पायेगा?

हमारा यह सीखा हुआ धर्म भय पर खड़ा होता है, तो हम मंदिर में जाकर तृप्ति कर लेते हैं, मुक्त हो जाते हैं और समझते हैं कि धर्म उपलब्ध हो गया। नहीं, धर्म तो बहुत बड़ा एडवेंचर है, अज्ञात सागर में

ही यात्रा के जैसा। अज्ञात पर्वतों के शिखरों पर चढ़ने के जैसा अंधेरे मार्गों पर, अपरिचित मार्गों पर राजपथों पर नहीं अंधेरे अकेले मार्गों पर चलने जैसा। उसके लिए चाहिए साहस, उसके लिए चाहिए अभय, उसके लिए चाहिए अदम्य जिज्ञासा, उसके लिए चाहिए प्राणों को दांव पर लगाने का साहस। अपने बच्चे को यह सिखायें। ईश्वर की बातें न सिखायें। यह गुण दें, तो निश्चित ही आपका बच्चा किसी दिन खोज पायेगा।

धर्म की शिक्षा नहीं हो सकती, लेकिन धार्मिक गुणों के विकास के लिए अवसर हो सकते हैं। धर्म तो खुद ही जानना होता है। लेकिन अवसर जुटाये जा सकते हैं, जिनके बीच एक धार्मिक व्यक्ति का जन्म हो जाये। धार्मिक व्यक्तित्व का लक्षण होगा अभय, साहस, जिज्ञासा, खोज। लेकिन हम तो उलटी बातें सिखाते हैं। हम तो सिखाते हैं विश्वास।

विश्वास से आदमी का दिल और कमजोर हो जाता है। उसकी खोज बंद हो जाती है। वह इम्पोटेंट हो जाता है। उसके जीवन में कोई बल नहीं रह जाता।

हम तो सिखाते हैं भय। हम तो कहते हैं, 'भगवान से डरो।' हम तो कहते हैं, 'गाड फीयरिंग बनो।' इससे ज्यादा बेहूदी बात क्या कोई और हो सकती है कि कोई भगवान से डरे? और जिससे हम डरेंगे, क्या उसको हम कभी प्रेम कर सकते हैं? जिससे हम डरते हैं, उसको हम घृणा करते हैं।

जिससे हम डरते हैं, उससे घृणा स्वाभाविक है। जिससे हम प्रेम करते हैं, उससे तो हम कभी भी नहीं डरते। यह सारी दुनिया में 'भगवान को भय करो, भगवान से डरो' इस शिक्षा का यह परिणाम हुआ है कि सारी दुनिया आज भगवान के खिलाफ खड़ी हो गयी है। यह उस घृणा का इकट्ठा विस्फोट है, जो हजारों साल से मनुष्य के मन में इकट्ठी होती रही है, क्योंकि जिसको हम भय करते हैं उसके प्रति घृणा पैदा हो जाती

है। जिसको हम भय करते हैं, उसको हम प्रेम तो कभी कर ही नहीं सकते। प्रेम और भय का कोई नाता नहीं है। लेकिन ये बातें हम सिखाते हैं और हम सोचते हैं कि हम कुछ सिखा रहे हैं।

और हम सिखाते हैं, खुद कुछ भी नहीं जानते। तो अगर इससे जीवन उलझता गया हो, तो आश्चर्य नहीं। इसको मैं जघन्य से जघन्य अपराधों में से एक कहता हूं, जो कोई मां-बाप अपने बच्चों के साथ कर सकते हैं, अगर वह इस तरह की शिक्षायें दें। अगर वे बच्चे जीवन में भटक जायें, तो आप जिम्मेवार होंगे। और बच्चे भटक गये हैं और आप जिम्मेवार हैं।

सब कुछ गलत है। धर्म के नाम पर जो भी हम सिखाते हैं, वह सब कुछ गलत है। नहीं, लेकिन कुछ और बातें जरूर जीवन में खड़ी की जा सकती हैं, उनमें हम सहयोगी हो सकते हैं। और अगर हम उन बातों में सहयोगी हो जायें और बच्चे को एक जिज्ञासा दे सकें, तो उसके जीवन में जरूर वह शायद जानने में समर्थ हो जाये। और हम भी उसको जिज्ञासा देने में अपने ज्ञान के अहंकार से मुक्त हो सकेंगे और शायद हम भी जानने में समर्थ हो सकेंगे।

तो मैं नहीं कहता हूं कि आप बच्चों को सिखायें कि ईश्वर है या कि ईश्वर नहीं है; आत्मा है कि आत्मा नहीं है। यह कुछ भी सिखाने की जरूरत नहीं है। न आस्तिकता और न नास्तिकता, जिज्ञासा सिखायें। और जिज्ञासा जब अदम्य हो जाती है, तब मनुष्य जरूर सत्य की यात्रा करता है।

पूछा है, संदेह मेरे मन को सताते हैं। जीवन का क्या अर्थ है? इस संबंध में संदेह उठ रहे हैं और संदेह से उदासी आती है, विषाद आता है।

एक बात तो सबसे पहले जाननी जरूरी है। हम संदेह करना जानते ही नहीं, इसीलिए संदेह आते हैं। संदेह करना हम जानते ही नहीं। और

जब संदेह आते हैं, तो जो हमें विषाद पैदा होता है, उदासी पैदा होती है, वह संदेह के कारण नहीं होती है। वह होती है, हमने पहले से जो विश्वास कर रखे हैं, उसके कारण। संदेह से घबड़ाहट लगती है कि हमारे विश्वास हिलते हैं और डगमगाते हैं, और हम चाहते हैं कि विश्वास न डगमगायें।

मैं अपने गांव जाता था। कभी दिन, दो दिन वहां रुकता था। एक बार वहां कोई आठ दिन रुका। बचपन में जिन्होंने मुझे पढ़ाया, अब तो वे बूढ़े हो गये हैं, मेरे एक शिक्षक, उनके घर रोज जाता था। आठ दिन रुका था, दो दिन उनके घर गया। तीसरे दिन सुबह उनका लड़का आया और एक चिट्ठी लाया और उसमें उन्होंने लिखा था कि 'कल से मेरे घर मत आना। आते हो, तो मुझे बहुत खुशी होती है। लेकिन नहीं, अब इस खुशी को मुझे छोड़ना पड़ेगा और मैं प्रार्थना करता हूं कि मेरे घर अब दुबारा मत आना। क्योंकि कल तुमसे जो बातें हुईं, उसके बाद सुबह जब भगवान की प्रार्थना को बैठा, तो मुझे शक आने लगा, संदेह आने लगा कि पता नहीं, ये भगवान हैं भी या मैं मिट्टी की मूर्ति के सामने बैठा हूं! उस शक और संदेह ने मेरा चित बहुत अशांत कर दिया है। रातभर मैं सो नहीं सका। अब कृपा करके मेरे घर मत आना। मैं बहुत दुख से यह लिख रहा हूं। लेकिन नहीं, यह संदेह अगर बढ़ जाये मेरे बुढ़ापे में, अस्सी वर्ष की उम्र हो रही है, मरते वक्त संदेह पकड़ ले, तो भटक जायेगी सारी यात्रा। जीवनभर ईश्वर से मैं प्रार्थना करता हूं चालीस वर्ष से मैं प्रार्थना करता हूं, पूजा करता हूं। अब तुमने आकर मेरी सारी पूजा और प्रार्थना गड़बड़ कर दी, मेरी सारी शांति खंडित कर दी!'

मैंने उनको पत्र लिखा कि एक बार तो मैं और आऊंगा, चाहे आप कुछ भी करें। एक बार आना मेरा बहुत जरूरी भी है। अशांति इसलिए नहीं आ रही है कि संदेह आ गया है, अशांति इसलिए आ रही है कि संदेह अधूरा है। मैं उसे पूरा कर दूं, फिर अशांति नहीं रहेगी। वह जो थोड़ा-सा विश्वास अटका रह गया है, वह अशांति पैदा कर रहा है। संदेह

अशांति पैदा नहीं करता। मैं गया। वे बहुत घबड़ाये हुए थे। मैंने उनसे कहा कि 'चालीस वर्ष पूजा की, प्रार्थना की, मूर्ति को भगवान जाना। चालीस वर्ष, तीन-तीन घंटे रोज, और एक घंटा मैंने बात की और चालीस वर्ष की पूजा और प्रार्थना सब डांवाडोल हो गयी? ऐसी पूजा प्रार्थना का मूल्य कितना है, अर्थ कितना है?'

मैंने उनसे कहा कि मैं कुछ भी करूं, आपको संदेह में नहीं ला सकता। संदेह आपके भीतर रहा होगा। चालीस वर्ष ही रहा होगा। लेकिन आपने जबरदस्ती उसे भीतर छिपा दिया। ऊपर विश्वास के वस्त्र ओढ़ लिये होंगे। जिस दिन यह मूर्ति पहले दिन रखी होगी, उस दिन भी आपके मन में संदेह रहा होगा। असल में संदेह जा कैसे सकता है, बिना ज्ञान के? बिलीफ से, विश्वास से, श्रद्धा से संदेह जा कैसे सकता है? हां, छिप सकता है, जा नहीं सकता।

तो आपने विश्वास कर लिया होगा कि यह भगवान है। और जिस दिन विश्वास किया होगा, उस दिन भी भीतर संदेह रहा होगा कि अरे, इस मिट्टी की मूर्ति को भगवान! लेकिन दबा दिया होगा उसको कि 'संदेह भटकाता है, जो संदेह करता है, वह भटक जाता है। विश्वास करो, विश्वास फलदायी है।' ऐसा कह-कहकर मन को समझा लिया होगा, रोज पूजा करते-करते। आखिर मन की भी सामर्थ्य है। कब तक वह संदेह करता! धीरे-धीरे जब आपने नहीं सुना होगा, उसने आवाज देनी बंद कर दी होगी। संदेह भीतर पड़ा हुआ सो गया होगा और आप निश्चिंत हो गये। आप समझते थे, संदेह समाप्त हो गया। मैंने फिर से आपसे बात की। सोये हुए संदेह को फिर एक मौका मिला। वह बाहर वापस निकल आया और उसने आपकी नींद खराब कर दी।

लेकिन यह संदेह का कसूर नहीं है कि आपने चालीस साल व्यर्थ गंवा दिये।

वह तो पहले ही दिन खड़ा हो रहा था कि मत इसकी यात्रा पर

जाओ। लेकिन आपने उसको दबा दिया। वह अभी भी आपका साथ देने को तैयार है। चालीस साल के बाद भी। और चालीस साल जिन विश्वासों को पोसा वे आज भी इनकार करने को तैयार हैं, साथ छोड़ने को तैयार हैं। चालीस साल के पोषण के बाद भी विश्वास साथ छोड़ सकते हैं। चालीस साल के दमन के बाद भी संदेह वापस जीवित हो सकता है।

मैंने उनसे कहा कि जो विश्वास से शुरू करता है, वह संदेह पर समाप्त होता है। और जो संदेह से शुरू करता है, वह ज्ञान पर समाप्त होता है। जो संदेह से शुरू करेगा, और जितना संदेह किया जा सकता है, करेगा जीवन में, एक दिन वह ऐसी जगह पहुंच जायेगा, जहां संदेह असंभव हो जाता है। और तब संदेह समाप्त हो जाता है और ज्ञान का जन्म होता है। और जो आदमी पहले से ही संदेह को दबा देता है, वह कभी ऐसी जगह नहीं पहुंचता है, जहां संदेह समाप्त हो जाये। दबा हुआ संदेह किसी भी मौके पर वापस खड़ा हो सकता है। वह भीतर हमेशा मौजूद है।

आपको अगर संदेह सताते हैं, तो उसका मतलब यह है कि आप विश्वास से पीड़ित होंगे, नहीं तो संदेह सताता ही नहीं। अगर कोई विश्वास न हो, तो संदेह सताता नहीं। संदेह तो एक मुक्ति बन जाता है, खोज बन जाता है। लेकिन अगर कोई विश्वास हो, तो संदेह एक कांफ्लिक्ट बन जाता है, एक द्वंद्व बन जाता है। भीतर विश्वास होता है और संदेह उस विश्वास को तोड़ने लगता है। हम विश्वास को सम्हालना चाहते हैं, संदेह विश्वास को गिराने लगता है। एक द्वंद्व खड़ा हो जाता है। द्वंद्व से घबड़ाहट होती है, बेचैनी होती है, अशांति होती है। हम कोशिश करते हैं कि विश्वास आ जाये, संदेह मिट जाये, तो शांति हो जायेगी।

मैं आपसे निवेदन करता हूं, ऐसी शांति झूठी होगी, जो संदेह को दबाकर लायी जाती है। शांति तो वह सच्ची है, जो संदेह के पूरे प्रयोग से आती है। उस शांति को तोड़ने के लिए वह फिर संदेह कभी वापस

नहीं लौटता। वह हमेशा के लिए चला गया होता है।

संदेह तो मित्र है। जब तक ज्ञान का आलोक न आ जाये, तब तक संदेह साथी की तरह ज्ञान की यात्रा पर ले जाता है। संदेह तो मित्र है, जो कहता है, ज्ञान की तरफ चलो। और जब आप किसी विश्वास को पकड़ते हैं, तो संदेह कहता है, 'मत पकड़ो। यह तो विश्वास है, यह आपका जानना नहीं है। यह संदिग्ध है।' लेकिन मित्र को आप इनकार करते हैं और विश्वास को पकड़ते हैं। विश्वास शत्रु है, क्योंकि वह ज्ञान तक जाने से रोकता है। संदेह मित्र है, क्योंकि वह यह कहता है कि ज्ञान के पहले मैं किसी बात को मानने को राजी नहीं हूं। लेकिन हजारों वर्ष की शिक्षा का यह परिणाम हुआ है कि संदेह मित्र नहीं मालूम होता है। और विश्वास मित्र मालूम होता है।

विश्वास तो जहर है, नशा है। संदेह तो बड़ा मित्र है। वह तो यह कहता है, मानना मत, जब तक तुम न जान लो। वह तो उसी समय शांत होगा, जब मैं जान लूंगा। उस वक्त संदेह कहेगा, ठीक है, आ गयी मंजिल। अब मैं विदा होता हूं। मेरा काम समाप्त हो गया। तुम वहां पहुंच गये, जहां असंदिग्ध कुछ उपलब्ध हो गया है, जिस पर संदेह नहीं किया जा सकता है।

तो संदेह तो निरंतर साथ देना चाहता है और आप कहते हैं, तकलीफ दे रहा है! तकलीफ देगा तभी, जब आपने विश्वास पकड़ लिए होंगे। कृपा करें, विश्वासों को छोड़ दें। संदेह के साथी हो जायें। खोजें, खोजें! उस दिन तक संदेह का साथ जरूरी है, जब तक कि संदेह खुद कहे कि 'आ गया है मुकाम, अब यहां मेरा कोई भी काम नहीं है। अब वह चीज आपने जान ली है, जिसको आप मानते थे, तो मैं खड़ा हो जाता था और संदेह करता था कि नहीं, अभी मानना मत। अब तो वह जगह आ गयी है, जहां मेरी कोई जरूरत नहीं।' आप जानते हैं, मानना जब तक होता है, तब तक संदेह खड़ा होता रहता है। जिस दिन जानना आ जाता है, उस दिन संदेह विलीन हो जाता है।

तो संदेह कष्ट नहीं दे रहा है। कष्ट दे रहे हैं आपके विश्वास। संदेह बढ़ता है, तो विश्वास की नींव डगमगा जाती है। हमारे प्राण कंपते हैं। यह सारा जीवन हमने विश्वास पर खड़ा किया हुआ है। संदेह से घबड़ायें न। अगर ज्ञान की यात्रा पर ही जाना है, तो संदेह की नौका पर ही वह यात्रा करनी होगी। जो ठीक से संदेह करना सीख लेता है, वह ठीक से यात्रा करना सीख लेता है।

और जीवन का अर्थ खोजना है, तब तो विश्वास करना ही मत, नहीं तो न मालूम किस प्रोपैगेंडा के चक्कर में आप पड़ जायेंगे। विश्वास है क्या? एक तरह का प्रोपैगेंडा सुन रहा है। एक आदमी हिंदु घर में पैदा हो गया है, तो बचपन से वह एक तरह का प्रोपैगेंडा सुन रहा है। एक तरह की बातें सुन रहा है। ये धर्म-ग्रंथ हैं, ये भगवान हैं, यह मंदिर है, यह पूजा है, यह मंत्र है यह सुन रहा है! बचपन से उसके दिमाग को कंडीशन किया जा रहा है, समझाया जा रहा है कि यह है।

व्यापारियों को बहुत बाद में पता चला, प्रोपैगेंडा, एडवरटाइजमेंट का रहस्य। सबसे पहले धार्मिक पुरोहितों को पता चल गया था। अभी तो व्यापारी अब कहना शुरू करते हैं कि 'बस, लक्स टायलेट साबुन ही सबसे अच्छा है!' धार्मिक बहुत दिन पहले से ही कहते हैं कि 'हमारी किताब ही सबसे अच्छी है।' और एक बात अगर बहुत बार दोहरायी जाये, तो मनुष्य के मन पर उसका संस्कार बैठ जाता है। अडोल्फ हिटलर ने अपनी आत्मकथा में लिखा है, ऐसा कोई असत्य नहीं है जिसे बार-बार दोहराकर सत्य न बनाया जा सके। ठीक लिखा है, अनुभव से लिखा है। ऐसा गैर-अनुभव से नहीं लिखा है। उसने जिंदगीभर यही किया। कोई भी असत्य बोला और ठीक से उसका प्रोपैगेंडा किया और बहुत जल्द लोगों ने मान लिया।

1917 में रूस में क्रांति हुई। इसके बाद जो लोग वहां हुकूमत में आये, उन्होंने पूरे मुल्क को समझाना शुरू किया, 'ईश्वर नहीं है, आत्मा नहीं है। धर्म अफीम का नशा है।' पहले लोग हंसे होंगे। फिर धीरे-धीरे,

सुनते-सुनते आदी हो गये होंगे। कोई पंद्रह-बीस साल बाद, बीस करोड़ का मुल्क यह मानने लगा कि न कोई ईश्वर है, न कोई आत्मा है। बीस करोड़ का मुल्क यह स्वीकार कर लिया कि आत्मा, ईश्वर कुछ भी नहीं, बस, सिर्फ शरीर है और मृत्यु पर सब समाप्त हो जाता है।

आप कहेंगे, बड़े नासमझ लोग हैं कि बीस साल का प्रचार किया और मान लिया! और आप जो मान रहे हैं, वह क्या है, वह दो हजार साल का प्रचार है, तीन हजार साल का प्रचार है। और क्या है? कोई हिंदू है, यह क्या है? कोई मुसलमान है, यह क्या है? एक तरह का प्रचार है। जो बच्चे के मन पर हम बचपन से डालते हैं, वह उसी तरह का मानने को राजी हो जाता है। मरने के लिए राजी हो सकता है, मानने की तो बात दूर। एक मूर्ति टूट जाये, तो एक आदमी मरने को राजी हो सकता है कि 'मूर्ति मेरे भगवान की है। मैं अपनी जान लगा दूंगा, लेकिन इसको बचाऊंगा।' यह क्या है? यह मस्तिष्क को संस्कारित करना है, कंडीशन करना है।

पावलोव नाम का एक बहुत बड़ा मनोवैज्ञानिक हुआ। उसने जीवनभर कुत्तों पर प्रयोग किये। अनूठे नतीजे निकाले। और बड़ा नतीजा तो यह निकाला कि आदमी का दिमाग भी कुत्तों के दिमाग की भांति ही संस्कारित किया जा सकता है।

एक कुत्ते पर वह प्रयोग करता था। उसको वह रोज रोटी देता था, रोटी सामने आते ही कुत्ते की जीभ बाहर निकल आती थी और लार टपकने लगती थी। रोटी देने के साथ जब लार टपकती थी, तब वह घंटी भी बजाता था। फिर पंद्रह दिन के बाद रोटी तो नहीं दी, सिर्फ घंटी बजायी। कुत्ते की जीभ से लार टपकने लगी। अब घंटी और कुत्ते की जीभ से लार टपकने को कोई संबंध नहीं है। रोटी दी जाये, तब कुत्ते की जीभ से लार टपके, यह समझ में आता है। लेकिन घंटी बजायी जाये, और लार टपके, यह बिलकुल समझ में नहीं आता। लेकिन पंद्रह दिन तक रोटी दी गयी, लार टपकी तभी घंटी बजायी। तब घंटी का बजना और

रोटी मिलना संयुक्त हो गया उसके मन में। अब सिर्फ घंटी बजायी गयी, लार टपकने लगी!

अब यह जो लार टपक रही है, यह पंद्रह दिन की कंडीशनिंग का परिणाम है। आप एक मंदिर के सामने से निकलते हैं और आपके हाथ ऐसे जुड़ जाते हैं! आपको पता नहीं चलता कि हाथ कैसे जुड़ गये। आपको बचपन से बताया गया है कि ये भगवान हैं। ये भगवान हैं, ये भगवान हैं यह कहता चला गया आपका समाज। आपके हाथ भी उठने लगे कि ये भगवान हैं। इससे ज्यादा कुछ भी नहीं है वहां। आपके मस्तिष्क में प्रचारित कर दी गयी है एक बात।

और जैसे एक घंटी के बजने से लार टपकने का कोई संबंध नहीं है, वैसे ही एक पत्थर की मूर्ति से हाथ जुड़ने का भी कोई संबंध नहीं है कोई संबंध ही नहीं है। लेकिन एक कंडीशनिंग हो गयी, दिमाग राजी हो गया। दिमाग ने प्रचार पकड़ लिया। पकड़ लिया और कहने लगा, करने लगा।

एक मेरे मित्र हैं, मेरी बातें सुनते-सुनते उनको ऐसा खयाल आया कि यह बात तो ठीक है। वह तो किसी भी मंदिर के सामने से निकलते थे, तो हाथ जोड़ते थे। भयभीत इतने थे कि न मालूम कौन-सा भगवान नाराज हो जाये। जिस मंदिर के सामने से निकले, उसी का...! कहीं हनुमान जी का मंदिर है, कहीं शंकर जी का है! न मालूम कौन नाराज हो जाये और न मालूम कौन इनमें ताकतवर है, कुछ पक्का पता नहीं है, इसलिए सभी को हाथ जोड़ते हैं। जितना भयभीत आदमी होता है, उतना ही ज्यादा यह मुश्किल हो जाता है। यह सब फियर काम्प्लेक्स है, इसका धर्म-पूजा से कोई संबंध नहीं है। भय है भीतर।

मेरी बातें सुनते थे, तो उन्होंने एक दिन बड़ी हिम्मत की और एक मंदिर के सामने से बिना हाथ जोड़े निकल गये। लेकिन दो सौ कदम के बाद उन्हें वापस लौटना पड़ा। रात में आकर मुझसे कहा कि 'बड़ी

मुश्किल हो गयी। मुझे ऐसा लगा कि न मालूम क्या हो जायेगा। चला तो गया, हिम्मत किये दो सौ कदम। लेकिन फिर मैंने सोचा अरे! छोड़ो भी, किसकी बातचीत में पड़े हो? पता नहीं भगवान नाराज हो जायें! इतने दिन से हाथ जोड़ते थे! तो मैंने सोचा, कोई भेद भी नहीं रहा, कोई मतलब भी नहीं। मैं वापस लौट आया। मैंने हाथ जोड़े। तब मुझे शांति मिली, जब मैंने हाथ जोड़े। नहीं तो मेरा मन बड़ा अशांत हो गया था।'

यह आप रोज सुबह पूजा करते हैं, एक दिन नहीं करते हैं तो कहते हैं, आज मन बड़ा अशांत है, पूजा नहीं की। तो आप सोचते हैं, पूजा से शांति मिलती है? नहीं, मन एक चीज के लिए कंडीशंड हो गया, संस्कारित हो गया। एक चीज जड़ आदत की तरह पकड़ गयी। और कोई चीज पकड़ाई जा सकती है। कोई भी चीज पकड़ाई जा सकती है। हजारों साल का प्रचार है, चीजें पकड़ जाती हैं। हमारा मन उनको पकड़ लेता है और उनके अनुसार हम जीने लगते हैं और हम सोचते हैं कि यह धर्म हो रहा है।

इसी भांति हमारे सारे विश्वास हैं, जो प्रचारित किये गये हैं। उनको हमने पकड़ लिया है। विचार और विश्वास हैं दूसरों के, संदेह है मेरा। मेरे प्राण संदेह करते हैं। और विश्वास मुझे नीचे दबाते हैं कि नहीं, संदेह मत करो, तो बेचैनी पैदा होती है। इस बेचैनी में आपका मन होता है, अगर संदेह समाप्त हो जाये, तो बेचैनी समाप्त हो जाये।

मैं आपसे कहता हूं : संदेह इस भांति कभी समाप्त हो ही नहीं सकता, बेचैनी कभी समाप्त नहीं हो सकती। लेकिन हां, विश्वासों को छोड़ दें और संदेह को पूरी तरह जगने दें और संदेह का अनुसरण करें और संदेह जहां ले जाये, हिम्मत से जायें।

संदेह कभी गलत जगह नहीं ले जा सकेगा। क्यों? क्योंकि गलत जगह अगर पहुंच भी गये, तो संदेह फिर संदेह करेगा कि ठीक नहीं है। संदेह कभी गलत जगह किसी को नहीं ले जा सकता, अगर संदेह पूरा

हो। क्योंकि गलत जगह जाने से ही संदेह कहने लगेगा कि यह तो ठीक नहीं है। जिसने संदेह को जगाया है अपने भीतर, वह कभी गलत जगह नहीं पहुंच सकता है। वह तो परमात्मा पर ही पहुंच जाये, तभी संदेह समाप्त होगा, नहीं तो संदेह उसका पीछा करेगा। लेकिन जिसने विश्वास किया है, वह कभी भी गलत जगह पर पहुंच सकता है, क्योंकि कभी भी गलत चीज पर विश्वास किया जा सकता है। और जो विश्वास करनेवाले लोग हैं, वह किसी भी चीज पर विश्वास कर सकते हैं। सिर्फ उनके विश्वास को थोड़ा-सा बदलने की जरूरत होती है। वे किसी भी चीज पर विश्वास कर लेते हैं!

हमारा मुल्क हजारों साल से विश्वास का अनुसरण करता रहा है। जब इस मुल्क पर पश्चिमी जीवन का प्रभाव आया, तो हम एकदम पश्चिमी जीवन से प्रभावित हो गये। लोग सोचते हैं कि यह पश्चिमी जीवन से प्रभावित हो जाना बड़ा बुरा है। लेकिन आपको पता नहीं है, जिस कौम को तीन हजार साल तक विश्वास के अंतर्गत पाला गया हो, वह कौम किसी भी चीज से प्रभावित हो सकती है। उसके विचार करने की, संदेह करने की क्षमता नष्ट हो जाती है। इसलिए पश्चिम का प्रभाव आया, तो हम उसमें बह गये। कोई भी बेवकूफी आ जाये हमारे ऊपर, तो हम संदेह करने में असमर्थ हो गये हैं, हम उसको मान लेंगे। एक ही बात होनी चाहिए, बेवकूफी करनेवाला मालिक होना चाहिए, ताकतवर होना चाहिए। बस, फिर हम मान लेंगे। क्योंकि कभी ताकतवर लोग, धनी लोग, राजा लोग, शक्तिशाली लोग थोड़े ही गलती करते हैं? बस, फिर हम मान लेंगे, हम उनके पैरों में हाथ जोड़कर पड़ जायेंगे। कहेंगे कि जो तुम कहते हो, ठीक है।

तीन हजार साल के विश्वास का यह परिणाम हुआ कि पश्चिमी संस्कृति जब हमारे ऊपर आनी शुरू हुई, तो हम संदेह करने में असमर्थ हो गये। संदेह हमने कभी किया ही नहीं था। हम पहले अपने पंडित-पुरोहितों को मानते थे, अब उनके स्थान पर सफेद चमड़ी के

पुजारियों को मानने लगे। उन पर विश्वास कर लिया। विश्वास करनेवाली कौम की संदेह करने की क्षमता नष्ट हो जाती है।

इस देश में संदेह को वापस जगाना है, नहीं तो यह कौम करीब-करीब मर चुकी है। और यह कौम कुछ भी विश्वास कर सकती है। इससे कोई फर्क नहीं पड़ता, इसको कोई भी चीज विश्वास करवायी जा सकती है, क्योंकि हम विश्वास करने में पाले गये हैं। हमसे जो भी कहा जायेगा, हम मान लेंगे कि यह ठीक है।

संदेह की हमें कोई शिक्षा नहीं दी गयी। संदेह की शिक्षा न होने से ही इस देश में विज्ञान का जन्म नहीं हो पाया। दूसरे मुल्कों ने विज्ञान में इतना विकास किया है, संदेह के कारण। हम पिछड़ गये, क्योंकि हमने तो विश्वास किया। विश्वास किया, तो वहीं हम ठहर गये, बैलगाड़ी पर। तो बैलगाड़ी पर ठहर गये, आगे जाने का कोई सवाल नहीं था। क्योंकि मेरे पिता बैलगाड़ी में चलते थे, उनके पिता भी बैलगाड़ी में चलते थे। मैं कौन हूं जो संदेह करूं कि बैलगाड़ी से बेहतर भी कोई वाहन हो सकता है? नहीं, यह कभी नहीं हो सकता। मेरे पिता क्या नासमझ थे, जो बैलगाड़ी में चलते थे? अगर हो सकता, तो इतने बुद्धिमान मेरे पिता थे, जगतगुरु थे, वे तो और कुछ अच्छा बना लेते। लेकिन संदेह कैसे किया जा सकता है! इसलिए हम एक डबरे की भांति हो गये। संदेह की यात्रा होती है, सरिता की भांति, वह सागर तक जाती है। और विश्वास एक डबरे की भांति बंद हो जाता है, सड़ता है, लेकिन गति नहीं करता।

तो मैं कहूंगा, संदेह शुभ है। घबड़ायें न, उसके आमंत्रण को स्वीकार करें। वह आपकी आत्मा को ऊंचाईयों तक ले जायेगा। लेकिन एक ही बात याद रखें, संदेह को पूर करें। फिर कहीं भी बीच में रुकने को राजी न हों, जब तक कि, जब तक कि ज्ञान का ही क्षण न आ जाये, तब तक रुकने को राजी न हों। इसीलिए तो जैसे-जैसे हम बूढ़े होते जाते हैं और कमजोर होते जाते हैं, हम धार्मिक होते जाते हैं, क्योंकि संदेह की क्षमता हमारी कम होती जाती है। डर लगने लगता है, मौत करीब आ रही है,

अब संदेह होगा, तो बहुत मुश्किल हो जायेगी। इसलिए तो मंदिरों में, मस्जिदों में, चर्चों में बूढ़े लोग दिखाई पड़ते हैं, जवान दिखायी नहीं पड़ता। क्योंकि जब आदमी बूढ़ा होता है, तब संदेह की हिम्मत नहीं रह जाती और विश्वास की कमजोरी आ जाती है।

लेकिन सचाई यह है कि धर्म उन लोगों के लिए है, जिनके चित्त संदेह करने में समर्थ हैं। युवा है जिनका चित्त उनके लिए ही धर्म है। और युवा चित्त का कोई संबंध उम्र से नहीं है। एक आदमी बुढ़ापे में भी युवा हो सकता है। और एक आदमी जवान होकर भी बूढ़ा हो सकता है।

मैं एक जगह गया, ग्वालियर में। एक मित्र ने मुझे खबर की कि मेरी मां भी आपके व्याख्यान सुनने आना चाहती है। लेकिन उसकी उम्र है नब्बे वर्ष की और इधर पचास वर्षों से वह निरंतर पूजा में लगी रहती है, चौबीस घंटे माला फेरती रहती है। कहीं आपकी बात सुनकर चित्त अशांत न हो जाये! कहीं उसका चित्त परेशानी में पड़ जाये, तो मैं उसे लाऊं या न लाऊं? उन्होंने मुझे पत्र लिखा।

मैंने उनको लिखा, 'जरूर लिवा लायें।'

वह अपनी मां को लेकर आये। पता नहीं मीटिंग में क्या हुआ! दूसरे दिन वे फिर आये मेरे पास, बोले कि मैं बहुत हैरान हूं। रास्ते में मैं डरा हुआ था कि मेरी मां के मन पर पता नहीं कैसा प्रभाव पड़े। लौटते समय में मैंने अपनी मां से पूछा कि 'चित्त में अशांति नहीं हुई आपको?' मेरी मां ने कहा, 'मेरी माला, जिसे मैं हमेशा साथ रखती थी, वहीं छोड़ आयी। क्योंकि वे जो कह रहे थे, पचास साल का मेरा अनुभव भी कहता है कि यह व्यर्थ है। पचास साल मैंने इसको फेरकर देखा है। पचास साल का मेरा अनुभव भी कहता है, यह व्यर्थ है। लेकिन हिम्मत नहीं जुटा पा रही थी कि मैं इसको छोडूं कि नहीं छोडूं। मैंने बात सुनी और मैंने कहा, अब एक क्षण को भी पोस्टपोन करना ठीक नहीं है, क्योंकि जितने दिन गये, गये, गये। जो बचा है समय, उनमें कुछ किया जा सकता है तो मैंने वहीं

छोड़ दी है माला, उस मीटिंग में ही छोड़ आयी हूं। उसको वापस लेकर नहीं आयी।'

इस बूढ़ी स्त्री को कौन बूढ़ा कहेगा? यह जवान है। यह युवा है। तो मैंने उनसे कहा कि 'तुम बूढ़े हो तुम्हारी मां जवान है, क्योंकि तुम डरते थे कि मां को लायें या नहीं लायें। मां को लाने में तुम डरते थे और मां पचास साल की माला छोड़ने में नहीं डरी। तुम बूढ़े आदमी हो!'

और हमारा दुर्भाग्य यही है कि हमारे देश में जवान आदमी पैदा होना बहुत दिन से बंद हो गये हैं। बस, बूढ़े ही बूढ़े लोग हैं। बच्चे से सीधे बूढ़े हो जाते हैं; जवान होने का मौका ही नहीं आता, क्योंकि यंग माइंड का, जवान चित्त का पहला लक्षण है संदेह, खोज।

तो मैं कहूंगा, शुभ है यह कि संदेह उठता है। भगवान न करे, यह उठना कहीं बंद न हो जाये, नहीं तो आप मर गये। यह अभी उठता है, इस बात की सूचना है कि अभी कुछ भीतर खोज के लिए गुंजाइश है। अभी पूरी तरह नहीं मरे, थोड़ी जिंदगी भीतर है थोड़ी चिंगारी है, तो वह राख को उड़ा-उड़ाकर बाहर निकल आती है। उससे घबड़ायें न। चिंगारी को पूरा निकाल लें, सारी राख को उड़ा दें। एक विश्वास को भी न टिकने दें मन में। और तब संदेह एक मुक्ति लाता है, एक स्वतंत्रता और खोज की एक ऊर्जा पैदा होती है और खोज शुरू होती है।

इतना जरूरी सत्य है कि अगर पूरे चित्त से कोई संदेह करने को इसी वक्त राजी हो जाये, इसी क्षण टोटल डाउट अगर हो, तो इसी क्षण सत्य उपलब्ध हो सकता है। क्योंकि टोटल डाउट, पूरा संदेह, सारे विश्वासों को गिरा देता है, सारे ज्ञान को गिरा देता है, जिसकी मैं सुबह आपसे बात कर रहा था, सारा ज्ञान गिर जाता है। और तब, स्टेट आफ नाट नोइंग पैदा होती है, न जानने की भाव-दशा पैदा होती है। और वह न जानने की भाव-दशा इतनी सरल, इतनी शांत, इतनी मौन होती है कि उसी में जाना जाता है, वह 'जो है'। धीरे-धीरे संदेह करेंगे, तो कभी जानेंगे और

पूरा संदेह कर सकते हैं, तो अभी और यहीं जान सकते हैं।

बस, एक छोटा प्रश्न और, फिर जो प्रश्न बचेंगे, वह रात मैं लूंगा।

एक प्रश्न छोटा-सा पूछा है, कि बुद्ध का परिवार छोड़ना क्या कमजोरी था?

अगर बुद्ध ने परिवार छोड़ा होता, तो जरूर कमजोरी था। लेकिन, मेरा निवेदन यह है कि कुछ लोग परिवार छोड़ते हैं और कुछ लोगों से परिवार छूट जाता है। जिनसे छूट जाता है, वह कमजोरी नहीं होती। जो छोड़ते हैं, वह कमजोरी होती है। छोड़ना कमजोरी है, छूट जाना कमजोरी नहीं है। जैसे सूखे पत्ते वृक्षों से गिर जाते हैं, वृक्षों को वे पत्ते छोड़ते नहीं, बस छूट जाते हैं। ऐसा ही जीवन में जितना-जितना बोध विकसित होता है, कुछ चीजें छूटनी शुरू हो जाती हैं, उन्हे छोड़ना नहीं पड़ता। जिन चीजों को छोड़ना पड़ता है, वे कच्चे पत्तों की भांति टूटती हैं और पीछे उनका घाव छूट जाता है।

एक छोटी-सी कहानी कहूंगा, उससे बात समझ में आ जायेगी।

एक गांव में एक दंपत्ति रहता था पति और पत्नी। वे दोनों बड़े सरल, सीधे-सादे व्यक्ति थे। रोज लकड़ियां काट लाते थे, जो पैसा होता था, सांझ खाना खा लेते थे। जो बचता था, वह बांट देते थे। रात उनके पास कुछ भी नहीं होता था। अपरिग्रही होकर सो जाते थे। सुबह फिर लकड़ियां काट लाते थे। लेकिन एक दफा वर्षा गिरी, सात दिन तक, अनायास बेमौसम में, और वे लकड़ियां नहीं काटने जा सके। उन्होंने भिक्षा मांगनी भी उचित न समझी, किसी के ऊपर भार बनना भी ठीक न समझा। वे भूखे रहे, उन्होंने उपवास किया।

फिर सात दिन बाद सूरज निकला, वे लकड़ियां काटने गये। सात दिन के भूखे, उन्होंने लकड़ियां काटीं, मौरियां बांधीं और घर की तरफ चलते थे। पति आगे था, पत्नी पीछे थी। थोड़ा फासला था। पति रास्ते से निकलता था जंगल के। देखा कि पास में किनारे पर पगडंड़ी के एक

राहगीर की थैली गिर गयी है, अशर्फियों से भरी। कुछ अशर्फियां बाहर पड़ी हैं, कुछ थैली में हैं। उसके मन को हुआ कि 'मैंने तो स्वर्ण को छोड़ दिया, मैंने तो स्वर्ण को जीत लिया है। मैं तो हूं विजेता। मेरे मन को तो लोभ नहीं पकड़ता, लेकिन पत्नी का क्या भरोसा?'

एक तो पुरुष ने कभी स्त्री का भरोसा किया ही नहीं है। और पति ने पत्नी का भरोसा तो कभी किया ही नहीं है। उसने भी नहीं किया। 'क्या भरोसा! उसका मन डांवाडोल हो जाये!' इसलिए पुरुषों ने जो शास्त्र लिखे हैं, उनमें स्त्रियों को मोक्ष जाने का अधिकार नहीं दिया। कोई भरोसा नहीं है स्त्रियों का। पुरुष भरोसा कर ही नहीं सकता। अगर स्त्रियां शास्त्र लिखतीं, तो वे भी पुरुष का भरोसा न कर सकती थीं, वे भी नहीं भेजतीं उनको। वे भी नियति बना देतीं कि जब तक स्त्री पर्याय में पैदा नहीं होंगे, तब तक मोक्ष नहीं जा सकते!

तो यह सोचकर कि कहीं स्त्री का मन न डोल जाये, कहीं उसके मन में कमजोरी न आ जाये सात दिन की भूख, परेशानी! उसने जल्दी से एक गड्ढे में उस थैली को सरका दिया और मिट्टी से ढंक दिया। वह ढंक भी न पाया था कि पीछे से आ गयी स्त्री। और उसने पूछा कि 'क्या कर रहे हैं?' अब बड़ी मुश्किल हो गयी। सत्य बोलने का नियम लिया हुआ था। झूठ बोल सकते नहीं थे। जिद्द के पक्के थे। नियम था, उसको तोड़ नहीं सकते थे और बताना भी कठिन हो गया, लेकिन बताना पड़ा। तो कहा कि 'मेरे मन में खयाल आया कि मैंने तो स्वर्ण को जीत लिया। मैंने तो छोड़ दिया संपत्ति का मोह, और यहां पड़ी थी थैली। स्वर्ण की अशर्फियां थी, सोचा कि कहीं तेरा मन उनके ऊपर लालच न खा जाये, इसलिए उनको गड्ढे में डालकर मिट्टी से ढंकता हूं।' उसकी पत्नी ने कहा, 'तुम्हें स्वर्ण अभी दिखायी पड़ रहा है? और तुम्हें मिट्टी के ऊपर मिट्टी डालते हुए शर्म नहीं आती!'

पति ने स्वर्ण छोड़ा था, पत्नी से स्वर्ण छूट गया था, इतना फर्क था।

बुद्ध ने परिवार कभी नहीं छोड़ा। महावीर ने परिवार कभी नहीं छोड़ा। परिवार छूट गया। वह अर्थहीन हो गया। उसमें कोई भी अर्थ न रहा, जैसे सांप अपनी केंचुली को छोड़ देता है, निकल जाता अर्थहीन हो गया। उसमें कोई भी अर्थ न रहा, जैसे सांप अपनी केंचुली को छोड़ देता है, निकल जाता है उसके बाहर, वैसे ही कुछ छूट गया, कुछ व्यर्थ हो गया। छोड़ने का और छूट जाने का बुनियादी फर्क बाद में भी काम करता है। बुद्ध ने अपने पूरे जीवन में, बाद में कभी यह नहीं कहा कि मैंने राज्य छोड़ा, मैंने पत्नी छोड़ी, मैंने धन छोड़ा, यह कभी नहीं कहा।

एक साधु के पास था मैं। उन्होंने कहा, 'मैंने लाखों रुपये छोड़े हैं।' मैंने पूछा, 'यह कब छोड़े थे?' उन्होंने कहा, कोई बीस-पच्चीस वर्ष हो गये; लात मार दी थी मैंने उन पर।' मैंने कहा, 'वह लात ठीक से नहीं लग पायी। क्योंकि तीस वर्षों तक उसकी याद! उसकी स्मृति! कि मैंने छोड़ी थी, मैंने लाखों पर लात मार दी! उसकी स्मृति क्यों बनी है? अगर लात पूरी लग गयी होती, तो स्मृति नहीं होती। स्मृति है, तो जब लाखों रुपये रहे होंगे, तब यह खयाल रहा होगा, मेरे पास लाखों हैं और अब तीस वर्ष से अहंकार दूसरा मजा ले रहा है। वह यह मजा ले रहा है कि मैंने लाखों छोड़ दिये हैं!'

छोड़ता है जब कोई, तो अहंकार में कोई फर्क नहीं पड़ता। अहंकार फिर से उस छोड़ने को पकड़ लेता है और कहता है, 'मैं त्यागी हूं, मैंने छोड़ा!' लेकिन जब चीजें छूट जाती हैं, तो पता भी नहीं चलता, वे कब छूट गयीं। और उनके पीछे त्याग का भाव भी पैदा नहीं होता कि मैंने त्यागा, मैंने छोड़ा। चीजें व्यर्थ हो गयीं और चली गयीं।

आप अपने घर के बाहर रोज कचरा फेंक देते हैं, तो आप अखबार में जाकर खबर छपाते हैं कि आज मैंने घर का कचरा छोड़ दिया? धन्य हूं मैं और मेरा स्वागत करो और सम्मान करो। नहीं, आप कचरा फेंक आते हैं और भूल जाते हैं। एक दिन जीवन में ऐसा भी होता है कि

जिसको हम बहुत मूल्यवान समझ रहे हैं, बोध के, विकास के साथ-साथ वह कचरे जैसा हो जाता है उसे छोड़ना नहीं पड़ता, छूट जाता है। उसके पीछे कोई याद ही नहीं रह जाती।

तो अगर बुद्ध ने छोड़ा हो, तो वे जरूर कमजोर रहे होंगे। अगर महावीर ने छोड़ा हो, तो वे जरूर कमजोर रहे होंगे। जैसा उनके भक्त कहते हैं कि उन्होंने महान त्याग किया। अगर यह सच है, तो वे कमजोर रहे होंगे।

लेकिन मैं तो यह कहता हूं, उन्होंने कभी छोड़ा नहीं। उनको त्याग का पता भी नहीं था। यह भक्तों भर को पता है कि बुद्ध ने त्याग किया और महावीर ने त्याग किया। उन्होंने कभी नहीं छोड़ा था। चीजें व्यर्थ हो गयी थीं, वे उनके बाहर निकल गये थे, वैसे ही जैसे रोज सुबह आप कचरा फेंक आते हैं घर के बाहर; ऐसे ही जो कचरा हो गया था, उसके वे बाहर आ गये थे। इसमें कौन-सा छोड़ना है, कौन-सा त्याग है? त्याग किया है सिर्फ अज्ञानियों ने; ज्ञानियों ने कभी कोई त्याग नहीं किया। अज्ञानी त्याग कर सकता है, ज्ञानी त्याग नहीं करता है, उससे चीजें-छूट जाती हैं, उससे त्याग का कोई संबंध ही नहीं है।

कुछ और प्रश्न हैं, वह रात मैं आपसे बात करूंगा।

प्रेम की सुगंध

मेरे प्रिय आत्मन्,

बीती चर्चाओं में जो बहुत-सी बातें मैंने आपसे कहीं, उनके संबंध में अनेक प्रश्न आये हैं। कुछ थोड़े से प्रश्नों पर आज की अंतिम रात हम और बात कर सकेंगे।

एक प्रश्न जो बहुत से मित्रों ने पूछा है, बहुत रूपों में पूछा है, उसे मैं सबसे पहले ले लूंः उन्होंने पूछा है कि मैं शब्दों, सिद्धांतों और शास्त्रों के विरोध में मालूम पड़ता हूं। क्या परमात्मा की खोज में सिद्धांत और शास्त्र सहयोगी नहीं है? क्या वे हमारे और प्रभु के बीच में बाधा बनते हैं?

प्रभु और मनुष्य के बीच में ही नहीं, जीवन के सभी अनुभवों के बीच में शास्त्र और शब्द बाधा बनते हैं। जीवन के किसी भी अनुभव के बीच में, जो हमने सीख रखा है, वह बाधा बनता है। एक फूल के पास आप खड़े हैं। उस फूल के संबंध में आप जो भी जानते हैं वह किस जाति का फूल है, छोटा है या बड़ा, सुंदर है या असुंदर, पहले देखे फूलों जैसा है या नहीं ये जितनी बातें आप जानते हैं, उस फूल के संबंध में, ये आपके और फूल के बीच में खड़ी हो जाती हैं। वह जो फूल सामने है, वह ओझल हो जाता है। फूल के संबंध में जो आप पीछे से जानते हैं, वह आंख के आगे आ जाता है। उस जानकारी के कारण फूल का साक्षात्कार, सीधा एनकाउंटर नहीं हो पाता। उससे सीधी मुलाकात नहीं हो पाती, सीधा मिलन नहीं हो पाता।

मैंने कल आपके संबंध में जो समझ लिया था, अगर आज आप मुझे मिलें और कल का स्मरण बीच में आ जाये, तो मैं आपको नहीं देख सकूंगा, जो आप आज हैं। वह कल की ही बात मेरे सामने खड़ी हो जायेगी।

एक आदमी एक सुबह बुद्ध के ऊपर थूक गया। क्रोध में था। बहुत गुस्से में था। उसने बुद्ध के ऊपर थूक दिया। बुद्ध ने चादर से थूक पोंछ लिया और उससे कहा कि 'मेरे दोस्त, तुम्हें कुछ और भी कहना है?' उसने नहीं सोचा था, थूकने का यह प्रत्युत्तर मिलेगा, कि तुम्हें कुछ और कहना है! बुद्ध के पास बैठे भिक्षुओं को भी आशा नहीं थी।

उनके एक भिक्षु आनंद ने कहा, 'वह थूक रहा है और आप पूछते हैं, और कुछ कहना है?' बुद्ध ने कहा, 'जहां तक मैं समझता हूं, वह इतने क्रोध से भर गया है कि उस क्रोध को प्रगट करने के लिए शब्द असमर्थ हैं। इसलिए थूककर उसने क्रोध को प्रगट किया है।' 'क्यों मेरे मित्र! मैं गलत तो नहीं समझा?' उन्होंने उस आदमी को पूछा।

वह आदमी तो हतप्रभ हो गया और वापस लौट गया। रातभर सो नहीं सका बेचैन, परेशान! तो उसने कैसे आदमी पर थूक दिया है, भूल हो गयी है। पश्चात्ताप से भरा हुआ, सुबह फिर भागा हुआ आया; बुद्ध के चरणों में आकर सिर रख दिया और कहा, 'क्षमा कर दें मुझे। मैं कल थूक गया था, भूल हो गयी। मैं रातभर रोता रहा, पछताता रहा। मुझे खयाल आया, जिस बुद्ध का इतना मुझे प्रेम मिला, अब वह प्रेम मिलना बंद हो जायेगा। मैंने अपने हाथ से वह प्रेम की धारा खो दी। मैंने वह खजाना खो दिया।'

बुद्ध हंसने लगे। उन्होंने कहा, 'तू पागल है। कल तू थूक गया था। वह आदमी कल था, आज कहां है? जिस पर तूने थूका था, वह भी कल था। जिसने थूका था, वह भी कल व्यतीत हो गया। गंगा का बहुत पानी तब से बह चुका। अब तू कहां है वह? अब मैं कहां हूं? मैं अब वह कहां

हूं, जो कल था? तू कहां है वह, जो कल था?;

रात हम दीये को जलाते हैं, सुबह तक कितनी धारा ज्योति की बह चुकी, धुआं हो चुकी। सुबह हम कहते हैं, वही ज्योति जल रही है, जो रात हमने जलायी थी। गलत कहते हैं। वह ज्योति तो बहुत-बहुत बह गयी, बह गयी। अब तो बिलकुल नयी धारा जल रही है। गंगा को देख आये थे पिछले वर्ष, वही नहीं है अब वह, सब बह गया। आदमी भी प्रतिक्षण बहा जा रहा है। जीवन भी प्रतिक्षण बहा जा रहा है।

बुद्ध ने कहा, 'कल को पकड़कर बैठ जाऊं, तो फिर मैं तुझे देख ही न सकूं। अगर मुझे यह खयाल रहे कि यह वही आदमी है जो थूक गया था, और यह भाव मेरे बीच खड़ा हो जाये, तो मैं तुझे देख ही नहीं सकूंगा। मैं देखूंगा कि वही आदमी आ गया जो थूक गया था। और आज तू वही आदमी नहीं है, क्योंकि कल तू क्रोध से भर आया था, आज क्षमा मांगने के लिए आया है। आज तू प्रेम से भरा आया है। पश्चात्ताप से भरा आया है। तू वही आदमी नहीं है। फिर तू क्षमा क्या मांगता है?' उस आदमी ने कहा, 'इसलिए कि मुझे लगा कि जो प्रेम मुझे मिलता था, शायद अब नहीं मिलेगा।'

बुद्ध हंसने लगे। उन्होंने कहा, 'पागल! क्या तू सोचता है कि मैं तुझे इसलिए प्रेम करता था कि तू मेरे ऊपर थूकता नहीं था? अगर इसलिए प्रमे करता होता, तो तेरे थूकने से प्रेम बंद हो जाता। मैं तो प्रेम इसलिए करता हूं कि मैं प्रेम ही कर सकता हूं, और कुछ नहीं कर सकता हूं। जैसे दीये से रोशनी गिरती है, और जैसे फूल से सुवास बहती है, वैसे ही मुझसे प्रेम बहता है। तू थूके या न थूके, तू क्या करता है, इससे कोई फर्क नहीं पड़ता।'

ये जो बुद्ध ने दो बातें कही, इनमें से पहली बात कि हम जीवन से जो-जो रोज सीख लेते हैं, जो-जो हमारा ज्ञान बन जाता है, उसे जीवन के नये अनुभव के सामने हम खड़ा न करें, अन्यथा वह बाधा बन जायेगी।

एक बहुत बड़े भक्त के संबंध में मैंने सुना है नाम उनका नहीं लूंगा, क्योंकि नाम से बड़ी बेचैनी हाती है, लोगों के घाव छू जाते हैं। कल एक-दो नाम मैंने ले दिये, उससे बड़ी परेशानी हो गयी। बड़े क्रोध से भरे हुए पत्र आ गये, तो नाम छोड़ देता हूं, शायद आप नाम समझ ही जायेंगे! क्योंकि किसी को चोट पहुंचाने की मेरी क्या मर्जी है! किसी के नाम से मेरा क्या झगड़ा है?

एक बड़े संत को, जिनकी किताब घर-घर में पढ़ी जाती है, एक कृष्ण के मंदिर में ले जाया गया। उन्होंने कृष्ण को हाथ जोड़ने से इनकार कर दिया। ओर उन्होंने कहा, 'जब तक धनुष-बाण हाथ में नहीं लोगे, मैं तुम्हें नमस्कार करनेवाला नहीं हूं!' वे राम के भक्त थे, वे कृष्ण को कैसे नमस्कार कर सकते हैं? राम की तस्वीर बीच में हो, तो ही भगवान भी स्वीकार हो सकता है? अन्यथा भगवान भी अस्वीकृत हो जायेगा! राम, मेरे राम सामने हों तो ठीक, अन्यथा सब गड़बड़ है।

वह जो हमने कल तक पकड़ रखा है, वह हमेशा सामने लेकर जीवन को देखें, तो जीवन दिखायी नहीं पड़ेगा। हमारे आग्रह का चश्मा ही हमें दिखायी पड़ेगा। वे ही रंग दिखायी पड़ेंगे, वह ही शक्लें दिखायी पड़ेंगी।

यह जीवन को देखने की बात न हुई, यह जीवन का दर्शन न हुआ, यह सत्य की आकांक्षा न हुई। यह तो जीवन के ऊपर भी अपने को थोप देना हुआ। अपने को इम्पोज कर देना हुआ, आरोपित कर देना हुआ। और हम सब ऐसे ही देखते हैं, यह देखना गलत है।

जीवन के दर्शन के लिए खाली जायें बिना सिद्धांतों के, बिना शब्दों के, बिना शास्त्रों के। जीवन को सीधा आमने-सामने आने दें और फिर देखें। फिर जो दिखायी पड़ेगा, वह वह है, जो है। और जब तक आप कहते हैं कि मैं इस भांति देखूंगा, इस ज्ञान से देखूंगा, तब तक आप वही देख रहे हैं, जो देखना चाहते हैं; वह नहीं है, जो है।

एक घटना से आपको समझाऊं।

चीन के एक बहुत बड़े गांव में, एक बहुत बड़ा मेला लगा हुआ था। हजारों, लाखों लोग इकट्ठे हुए मेले में। एक छोटा-सा कुंआ है, और उस कुएं के ऊपर दीवाल नहीं है। एक आदमी भीड़ में से उस कुंए में गिर गया। वह चिल्ला रहा हे, कुएं के भीतर से कि 'मुझे बचाओ, मैं मरा जा रहा हूं।' लेकिन इतना शोरगुल है बाजार में, मेले में कि कौन सुनता है। लेकिन तभी एक बौद्ध भिक्षु, पानी पीने के लिए रुका है, उस कुएं पर। नीचे देखा है , तो वह आदमी चिल्ला रहा है, 'मुझे बचाओ!' उसने भिक्षु को देखा, तो उसने हाथ जोड़े, कहा, 'मुझे जल्दी निकालें। मैं मरा जा रहा हूं। मैं तैरना नहीं जानता हूं। मेरे हाथ कंप रहे हैं, मैं किसी तरह ईंटों को पकड़े हुए रुका हूं।'

उस भिक्षु ने कहा, 'मेरे दोस्त! तुम्हें पता नहीं, भगवान बुद्ध ने क्या कहा है? भगवान बुद्ध ने कहा है, जीवन तो दुख है, बचकर भी क्या करोगे? जीवन तो दुख है, जीवन तो असार है, जीवन तो व्यर्थ है। जीवन से तो छूट जाने की कोशिश करनी है। तो बचकर भी क्या करोगे? दुख से निकलकर जाओगे कहां? जीवन तो खुद एक बड़ा कुआं है। इसलिए व्यर्थ की वासना छोड़ो, जीने की वासना छोड़ो। यह जो लस्ट फार लाइफ है, यह जो जीवन की तीव्र वासना है, यही तो पाप का मूल है। मोक्ष की कामना करो, जीवन की क्यों कामना करते हो?'

वह आदमी चिल्लाने लगा, 'यह समय उपदेश का नहीं, मुझे बाहर निकाल लें। फिर मैं आपकी बातें सुनूंगा।' लेकिन उस भिक्षु ने कहा, 'तुम समझे नहीं। भगवान ने शास्त्रों में यही कहा कि आदमी को जो भी भोगना पड़ता है, अपने पिछले जन्मों के कर्मों के कारण। तुमने कभी किसी को कुएं में गिराया होगा, इसलिए गिरे हो। स्वभावतः जो तुमने किया है, वह भोग रहे हो। जो जैसा करता है, वैसा भोगता है। नहीं लिखा है शास्त्र में? तो अब निकलकर क्यों कोशिश कर रहे हो? अब भोगो। अब पूरे कर्म को भोग लो, तो कर्म से मुक्त हो जाओगे। और मैं तुम्हें बीच में निकालकर क्यों झंझट में पड़ूं? क्योंकि भगवान ने यह भी कहा है कि तुम

जो करते हो, सब आगा-पीछा सोच लेना, अन्यथा तुम कहीं पाप में भागीदार न हो जाओ। मैं तुम्हें निकाल लूं और कल तुम चोरी कर लो, तो मैं भी जिम्मेवार हुआ! मैं तुम्हें बचा लूं, परसों तुम किसी की हत्या कर दो, तो मैं भी पापी हुआ। क्षमा करो, मैं मोक्ष की कोशिश में लगा हूं। मैं किसी झंझट में, मैं किसी इन्वाल्वमेंट में, किसी उपद्रव में नहीं पड़ना चाहता। नमस्कार! भगवान तुम्हारी रक्षा करे!'

वह भिक्षु आगे बढ़ गया। वह आदमी तो हैरान हो गया। लेकिन उस भिक्षु ने जो भी कहा, सब शास्त्रों में लिखा हुआ है। हंसें मत। क्योंकि आप भिक्षु पर नहीं हंस रहे हैं, शास्त्रों पर हंसना हो जायेगा। यह सब लिखा हुआ है। इसमें एक शब्द भी उसने नहीं कहा, जो उसका अपना हो। शास्त्र उसे कंठस्थ हैं, वही उसने कहा है!

वह भिक्षु गया कि कन्फ्यूशियस को माननेवाला एक दूसरा फकीर, एक दूसरा मान्क कुंए पर आ गया है। उसने भी नीचे झांककर देखा। वह आदमी चिल्लाया कि 'बचाओ। अब मेरी ज्यादा संभावना नहीं है बचने की, रुकने की। जल्दी मुझे नहीं निकाला गया, तो मैं मर जाऊंगा।' उस आदमी ने कहा कि 'देखो, यही तो कन्फ्यूशियस ने कहा है अपनी किताब में कि हर कुंए के ऊपर दीवाल जरूर होनी चाहिए, पाट होना चाहिए। जिस राज्य में कुंए की दीवालें नहीं होतीं, जिस राज्य के कुंए पर पाट नहीं होते, वह राज्य अन्यायी है। तुम घबड़ाओ मत। मैं आंदोलन चलाऊंगा। हर कुएं पर पाट बंधवा दूंगा। मैं एक मूवमेंट पैदा करूंगा समाज सेवा का, और मैं जाकर लोगों को कहूंगा कि हर कुएं पर पाट होना चाहिए। तुम बिलकुल बेफिक्र रहो।'

उस आदमी ने कहा, 'क्या बातें कर रहे हैं! बेफिक्र! मैं मर जाऊंगा, ये पाट कब बनेंगे? मैं तो गिर ही चुका हूं, अब पाटों के बनने से क्या होगा? कृपा कर मुझे पहले बाहर निकाल लो।' उसने कहा, 'इतनी फुर्सत कहां एक-एक आदमी की फिक्र करने की? मैं पूरे समाज का ही परिवर्तन चाहता हूं। सामाजिक क्रांति, सोशल रिवोल्यूशन चाहिए। एक आदमी के

बनने-मिटने से क्या होता है? तुम शहीद हो जाओ। तुम फिक्र मत करो। तुम्हारा नाम किताबों में लिखा जायेगा। और शहीदों के मजारों पर जुड़ेंगे मेले। तुम घबड़ाओ मत, शहीदों की मजारों पर तो मेले भरते हैं, तुम्हारी मजार पर भी मेले भरेंगे। लोग हजारों साल तक याद रखेंगे कि एक आदमी ने कुएं में गिरकर सब कुओं पर पाट बंधवा दिये थे! बेफिक्र रह तू, मैं अभी जाता हूं और आंदोलन खड़ा करता हूं।'

वह आदमी चिल्लाता रहा। वह भिक्षु चला गया और भीड़ में मंच पर खड़ा हो गया। और लोगों को समझाने लगा कि 'देखो, जब तक कनफ्यूशियस की बात नहीं सुनी जायेगी, तो दुनिया में इसी तरह के कष्ट होते रहेंगे। देखो, वह आदमी कुएं में पड़ा है!' यह आदमी भी एक सबूत बन गया है कनफ्यूशियस की बात को सिद्ध करने का, एक प्रूफ, एक प्रमाण बन गया!

मत हंसें उस आदमी पर। वह आदमी वही कर रहा है, जो दुनिया के सब समाज-सुधारक करते हैं। लेकिन वह आदमी मरा जा रहा है, वह घबड़ाया जा रहा है, उसके प्राण निकले जा रहे हैं। आज उसे पहली दफा पता चला है कि अच्छी बातें करनेवाले लोग क्या कर सकते हैं!

तभी एक ईसाई मिशनरी भी आ गया, उस कुएं पर। उसने भी झांककर देखा। आदमी बोल भी नहीं पाया था कि उसने कहा, 'मत घबड़ा।' उसने अपने झोले से रस्सी निकाली। वह झोले में हमेशा रस्सी साथ ही रखता है। कब कोई कुएं में गिर पड़े, मौका मिल जाये बचाने का! उसने रस्सी नीचे फेंकी, जल्दी कुएं में उतरा, उस आदमी को बाहर निकाला। वह आदमी कहने लगा, 'धन्य हैं आप! आप सच्चे आदमी मिले एक। बाकी दो भिक्षु आये थे, उन्होंने मुझे उपदेश दिया। आपकी बड़ी कृपा है, जो आपने मुझे बचाया!'

उस मिशनरी ने कहा, 'क्षमा करो। तुम गलत मत समझ लेना। मैंने तुम्हें नहीं बचाया। वह तो जीसस क्राइस्ट ने कहा है कि जो सेवा करता

है, वह भगवान का प्यारा हो जाता है, सो हम सेवा कर रहे हैं, ताकि भगवान के प्यारे हो जायें। हमें तुमसे क्या लेना-देना है। यह तो हम स्वर्ग की खोज कर रहे हैं। और हम तो खुश होते हैं, जब कोई कुएं में गिरा दिखायी पड़ जाता है, क्योंकि हमें सेवा का मौका मिल जाता है! हम तो अपरचुनिटी, अवसर की खोज में हैं कि कहीं सेवा का कोई मौका मिल जाये, तो हम किसी को बचा लें। इसलिए हम रस्सी हमेशा पास रखते हैं, जहां मौका आ जाये...! मकान में आग लग जाये, हम कूदकर अंदर हो जाते हैं। कोई पानी में डूबने लगे...। तुम बड़े अच्छे हो, तुमने हमारे स्वर्ग की एक सीढ़ी बना दी। अपने बच्चों को भी समझाना कि कुएं में गिरते रहें, तो हम बचाते रहें। सर्विस, सेवा-सेवा का भी तो मौका मिलना चाहिए!'

सेवा का जो मौका देते हैं, वे स्वर्ग की सीढ़ियां बनाते हैं। उनके कंधो पर पैर रख-रखकर कुछ लोग स्वर्ग चले जाते हैं, बीमारों की सेवा करके, गरीब की सेवा करके, कुएं मे गिरे की सेवा करके कुछ लोग स्वर्ग की यात्रा तय करते हैं।

इन तीनों आदमियों पर आपको हंसी क्यों आती है? गलती क्या है इन तीनों की? ये तीनों किताबों को बीच में ले लेते हैं, मरते हुए जीवित आदमी को, तथ्य को, वह जो फैक्ट है, वह जो सामने घटित हो रहा है, वह उन्हें उतना मूल्यवान नहीं है, जितनी वह किताब, जो उन्होंने पढ़ी है। इसलिए वह मरता हुआ आदमी, वह टूटती हुई श्वास, वह सामने एक जीवन के दीये का बुझ जाना, उन्हें दिखायी नही पड़ता है। उन्हें अपनी किताब दिखायी पड़ती है। हम सबको भी यही होता है।

एक आदमी को हम गरीब देखते हैं, भूखा मरते देखते हैं, सड़क पर भीख मांगते देखते हैं हम क्या कहते हैं? हम कहते हैं, यह तो अपने -अपने कर्मों का फल है। किताब आ गयी बीच में। आपको पता है कर्मों का फल, कि सामाजिक शोषण, बेईमानी और चालाकी? लेकिन किताब आ जाती है बीच में। वह एक गरीब को भुला देती है फिर। क्योंकि तब

हम एक एक्सप्लेनेशन, एक शाब्दिक सिद्धांत बीच में ले आते हैं अपना-अपना कर्म-फल है। कोई अमीर पैदा होता है, कोई गरीब पैदा होता है अपने-अपने कर्म, अपने-अपने फल!

चार हजार वर्षों में भारत में इसी व्याख्या के कारण गरीब को नहीं मिटाया जा सका है। और जब तक यह व्याख्या नहीं मिट जाती तब तक, गरीब मिटाया भी नहीं जा सकता है। इस व्याख्या पर सारी गरीबी खड़ी है। लेकिन शास्त्र बीच में आ जाता है। और तब, तब सब बात वहीं की वहीं रुक जाती है, क्योंकि शास्त्र पर शक करना पाप है। शास्त्र को आंखों से हटाना पाप है। शास्त्र को तो हमेशा छाती से बांधकर रखना जरूरी है। चाहे आदमी डूब जाये शास्त्रों के वजन से! डूब जायें, लेकिन शास्त्र छाती से कभी मत छोड़ना।

तो मैं कोई शास्त्रों का विरोधी नहीं हूं। केवल इतना कह रहा हूं कि जीवन का साक्षात, जीवन का सीधा, इमीजिएट साक्षात केवल उनको हो सकता है, जो बीच से शब्दों, सिद्धांतों को हटा दें, सीधा देख सकें, आंखों पर शब्द और सिद्धांत न रह जायें। लेकिन आदमी? आदमी बिना शब्दों के किसी को देखता नहीं। एक स्त्री को देखता है, तो उसे खयाल आ जाता है कि स्त्री नर्क का द्वार है, फलां-फलां संत कह गये हैं! स्त्री नहीं दिखायी पड़ती, नर्क का द्वार दिखायी पड़ता है, जो एक सिद्धांत है, एक कोरा और थोथा सिद्धांत है।

लेकिन हम जीवन को देखते ही इस भांति हैं जीवन पीछे और सिद्धांत पहले। यह दृष्टि आमूल गलत है। जीवन पहले है, जीवन प्रथम। और जो जीवन को देखने में समर्थ हो जाता है, उसके लिए सत्य का उदघाटन हो जाता है, उसके लिए सिद्धांतों का कोई सवाल ही नहीं रहता है।

श्री अरविंद को कोई पूछता था, 'डू यू बिलीव इन गॉड? क्या आप ईश्वर में विश्वास करते हैं?' श्री अरविंद ने कहा कि, 'नो, आई डू नाट

बिलीव, आई नो। मैं विश्वास नहीं करता, मैं जानता हूं।'

जब कोई जीवन को देखता है, तो वह यह नहीं कहता है कि मैं ईश्वर में विश्वास करता हूं। वह कहता है, मैं ईश्वर को जानता हूं। जब कोई जीवन को सीधा देखता है, तो शास्त्रों की गवाही नहीं रह जाती, तब अपने अनुभव की गवाही खड़ी हो जाती है। तब वह खुद साक्षी हो जाता हे किसी सत्य का। लेकिन जीवन को देखने से यह गवाही मिलती है। लेकिन हम तो जीवन को देखते ही नहीं। सब बासा और उधार देखने का ढंग हमने पकड़ रखा है।

इसलिए मैं कहता हूंः पढ़ें शास्त्रों को, पढ़ें किताबों को लेकिन किसी किताब को आंखो पर बोझ न बन जाने दें। हटा दें; पढ़ लें, और भूल जायें। जान लें और भूल जायें। आंख हमेशा ताजी और नयी हो, धूल न भर जाये उसमें। देखने में हमेशा समर्थ रहें। और यह मैं किन्हीं और की किताबों के बाबत ही नहीं कह रहा हूं, अपनी मेरी किताबों के बाबत भी यही सच है।

एक मित्र ने यह भी पूछा कि आप कहते हैं कि सब किताबें छोड़ दें, लेकिन आपकी किताबें?

जब मैं कहता हूंः सब किताबें छोड़ दें, तो उसमें मेरी किताब आ गयी। मेरी किताब कोई अलग किताब नहीं है। सब किताब यानी सब किताब। सब शब्द यानी मेरे शब्द भी। और सब सिद्धांत यानी मेरे सिद्धांत भी। आपकी आंख सबसे मुक्त होनी चाहिए, ताकि आपकी आंख सीधे साक्षात को उपलब्ध हो सके।

कुछ और मित्रों ने, अनेक रूपों में एक दूसरा प्रश्न भी, बहुत तरह से पूछा है। वह भी आपसे बात कर लेनी जरूरी है।

उन्होंने पूछा है कि जीवन में संयम, नियम, ब्रह्मचर्य, इनका कोई स्थान है कि नहीं? क्योंकि आप तो इनकी बात ही नहीं कहते?

इनका कोई भी स्थान नहीं है, इसलिए इनकी बात नहीं कह रहा हूं। लेकिन इससे बड़ी घबड़ाहट होगी। क्योंकि संयम, नियम अगर इनका स्थान नहीं तो फिर? फिर क्या करेंगे हम? एक अंधा आदमी एक लकड़ी के सहारे चलता है। वह एक चिकित्सक के पास गया है। उसकी आंखे ठीक करने को है। वह अंधा आदमी पूछता है, 'मेरी आंखे ठीक हो जायेंगी, फिर इस लकड़ी का मेरे जीवन में कोई स्थान है कि नहीं?' वह चिकित्सक कहता है, 'फिर लकड़ी का स्थान नहीं है जीवन में, क्योंकि जब आंख ठीक होगी, तो फिर लकड़ी के सहारे की जरूरत क्या है? आंख नहीं है इसलिए लकड़ी का स्थान है। और आंख है, तो लकड़ी का हाथ में कोई स्थान नहीं है।' लेकिन अंधा बड़ा डरता है। वह कहता है, 'लकड़ी के बिना मैं चल कैसे पाऊंगा! क्योंकि लकड़ी न होगी, तो बड़ी अराजकता हो जायेगी। मैं कहीं भी टकरा जाऊंगा।' उसके खयाल में नहीं आता कि लकड़ी केवल आंख की कमजोर परिपूरक है, सब्स्टिट्यूट है। और जिस दिन आंख है, उस कदन लकड़ी की कोई जरूरत नहीं है।

संयम और नियम अंधी चेतना की लकड़ियां हैं। जिस चेतना के पास शांत, अपनी आंख होती है, उस दिन संयम-नियम की कोई गुंजाइश, कोई जगह नहीं रह जाती। चूंकि आदमी के पास चेतना नहीं है, होश नहीं है, जागृति नहीं है, घ्यान नहीं है, इसलिए हम उसे संयम और नियम में बांध-बांधकर रखते हैं। हालांकि संयम और नियम में बंधने से उसकी आंख पैदा नहीं हो जाती। सिर्फ जिंदगी का कामचलाऊ काम चल जाता है।

संयम और नियम है क्या? संयम और नियम का बुनियादी अर्थ। सिवाय सप्रेशन और दमन के और क्या हो सकता है? संयम और नियम सिवाय पांखड के और क्या पैदा करता है? सिवाय डिसेप्शन के, आत्मवंचना के और क्या फलित होता है!

जब हम कहते हैं, एक आदमी ने अपने क्रोध पर संयम कर लिया, तो उसका मतलब क्या है? उसका मतलब यह है कि उसने अपने

क्रोध को दबा लिया, अपने भीतर। वह क्रोध को पी गया, क्रोध के ऊपर बैठ गया। उसने क्रोध को नीचे कर लिया; वह उसकी छाती पर सवार हो गया।

लेकिन आपको पता है कि खुद की छाती पर सवार होने का क्या मतलब है? वह आदमी चौबीस घंटे भीतर क्रोध में जीने लगा। बाहर क्रोध की अभिव्यक्ति बंद हो गयी। बाहर निकास बंद हो गया। बाहर क्रोध नहीं बहने देगा, तो भीतर क्रोध सरकने लगा, उसकी चेतना में। इसलिए जिनको आप सज्जन कहते हैं, अच्छे आदमी कहते हैं, संयमी आदमी कहते हैं, कभी आपने खयाल किया कि उनका जीवन चौबीस घंटे क्रोध से भरा हुआ होता है। जिनको आप मंदिर जाने वाले, पूजा करने वाले, प्रार्थना करने वाले लोग कहते हैं, आपने कभी खयाल किया कि उनका जीवन क्रोध का जीवन है!

क्रोध को दबा लेने का मतलब यह नहीं कि आप क्रोध से मुक्त हो गये। क्रोध को दबा लेने का मतलब यह है कि जो जहर बाहर फिंक सकता था, वह आपके ही खून में फैलना शुरू हो गया।

एक आदमी दफ्तर में है। उसका बोस, उसका मालिक उसको गाली देता है। वह बेचारा नौकर क्या कर सकता है? क्रोध को पी जाता है, दबा लेता है। क्रोध भीतर कर लेता है। होठों पर मुस्कराहट, होठों से हंसता है और कहता है, 'आप बिलकुल ठीक कह रहे हो!' भीतर जानता है कि मौका मिल जाये, तो गर्दन दबा दूं। लेकिन गर्दन दबाने का भाव भीतर जोर पकड़ लेता है। मुट्ठी भिंच जाती है, लेकिन ऊपर मुस्कुराता रहता है।

फिर घर लौट आता है। क्रोध ऊपर की तरफ नहीं चढ़ता, जैसे कि नदी ऊपर की तरफ नहीं चढ़ती। जैसे नदी नीचे की तरफ जाती है, वैसे ही क्रोध नीचे का रास्ता खोजता है। तो मालिक की तरफ नहीं चढ़ सकता है, तो वह घर आ जाता है। वहां आते से ही पांच-दस मिनट के

भीतर कोई न कोई बहाना मिल जायेगा कि वह अपनी पत्नी पर टूट पड़ेगा। रोटी जल गयी है आज, या कपड़े ठीक से लोहा नहीं किये गये हैं, या घर गंदा पड़ा है, या उसकी चाय ठंडी है, या कोई और पच्चीस बहाने हैं। कल भी चाय ऐसी थी, कल भी रोटी ऐसी थी, लेकिन कल क्रोध नहीं था। आज भीतर क्रोध तैयार है, मौजूद है। खोज कर रहा है कि निकल जाये। कोई कमजोर मिल जाये, तो निकल जाये। तो पत्नी पर टूट पड़ता है।

पत्नी हैरान हो जाती है कि ऐसी तो खास बात नहीं हुई थी। कुछ समझ में नहीं पड़ता कि क्या हो गया! दबाया गया क्रोध दूसरे रास्ते खोजता है। वह पत्नी पर चिल्लाता है। गालियां बक सकता है, मार सकता है। क्योंकि पुरुषों ने ही सारी किताबें लिखी हैं और उन्होंने अपने हिसाब से ही किताबें लिखी हैं। स्त्रियों को मारने से कोई पाप नहीं लगता।

चीन में तो यह हालत रही है, पिछले तीन हजार वर्षों तक कि अपनी स्त्री की हत्या कर देने से अदालत में मुकदमा नहीं चल सकता, क्योंकि अपनी स्त्री! स्त्री-धन तो हम भी कहते रहे हैं। टूट पड़ता है। स्त्री क्या करे बेचारी! पति परमात्मा है।

पतियों ने ये जो किताबें लिखी हैं, उनमें यह लिखा हुआ है कि पति परमात्मा है। और इस पति परमात्मा पर क्रोध कैसे किया जाये। लेकिन क्रोध पी जाती है वह। उसका छोटा-सा बच्चा स्कूल से लौटेगा, तब तक प्रतिक्षा करनी पड़ेगी। और आते ही बहाना मिल जायेगा। किताब फट गयी, बस्ता टूट गया, कपड़े गंदे हो गये, गंदे लड़कों के साथ खेल रहे थे! और बच्चे की पिटाई शुरू हो जायेगी।

उसको खयाल भी नहीं होगा कि यह दबाया हुआ क्रोध दूसरा रास्ता खोज रहा है। बच्चा पिट लेगा। बच्चा क्या कर सकता है! बच्चे को प्रतीक्षा करनी पड़ती है, जब मां-बाप बूढ़े हो जाते हैं, तब बदला निकल

पाता है। लंबी प्रतीक्षा है। फिर मां-बाप को समझ में नहीं आता है कि यह वही प्रतीक्षा किया हुआ, दबा हुआ निकल रहा है। लेकिन तत्काल भी बच्चे को कुछ उपाय करना पड़ता है, क्योंकि पिया क्रोध कष्ट देने लगता है, घूमने लगता है भीतर, चक्कर खाने लगता है। कुछ न कुछ रास्ता निकालना पड़ता है, जाकर अपनी गुड़िया की टांग तोड़ देता है। किताब फाड़ डालता है। क्या कर सकता है और!

क्रोध को दबाये जाने की जो शिक्षा है, उसको हम संयम और नियम कहते हैं। इसी तरह सेक्स को दबाये जाने की शिक्षा है, जिसको हम ब्रह्मचर्य कहते हैं। और जो आदमी कामवासना को दबा लेगा, उससे ज्यादा अब्रह्मचर्य में दुनिया में कोई भी नहीं जीता है। चौबीस घंटे उसके मन में सिवाय सेक्स और सेक्सुअलिटी के और कामुकता के कुछ भी नहीं घूमता है चौबीस घंटे! श्वास-श्वास में, जिसको आप ब्रह्मचारी कहते हैं, उसके चित्त में सिवाय वासना के और कुछ भी नहीं घूमता।

मैं मुल्क के कोने-कोने में सैकड़ों-हजारों साधुओं से मिला हूं। जब वे साधु सबके सामने मुझे कुछ पूछते हैं, तब वे आत्मा-परमात्मा की बात पूछते हैं। जब अकेले में पूछते हैं, तो सिवाय सेक्स के और किसी चीज की बात नही पूछते!

वह प्राणों को खाये जा रहा है, जो दबाया गया है। मन के कुछ सूत्र हैं, कुछ नियम हैं। मन का विज्ञान है। मन के नियम, मन के सूत्रों में, मन के विज्ञान में पहली बात यह है कि आप जिस बात का निषेध करेंगे, मन उसी तरफ आकर्षित हो जायेगा। निषेध निमंत्रण है। इनकार बुलावा है।

यहां जूनागढ़ के किसी मकान के ऊपर लिख दें कि यहां झांकना मना है। फिर आप जानते हैं, जूनागढ़ में ऐसा एकाध भी संयमी आदमी होगा, जो वहां बिना झांके निकल जाये! और अगर कोई डर के मारे निकल गया कि इलेक्शन में अभी खड़ा होना है, कहीं लोग न देख लें कि यह ऐसे मकान में झांक रहा है जहां लिखा है, यहां झांकना मना है, या

कोई इसलिए निकल जाये कि वह गेरुवे वस्त्र पहने हुए है, कोई देख लेगा तो क्या कहेगा! कोई अगर निकल गया उस दरवाजे से बिना झांके, तो उसकी मुसीबत तो आपको पता नहीं है। वह आगें चला जायेगा, लेकिन मन पीछे ही पीछे भागेगा। वह घर पहुंच जायेगा, लेकिन उदास-उदास, एब्सेंट-एब्सेंट, अनुपस्थित-अनुपस्थित। मन उसका वहां है, उस दरवाजे के पास जहां लिखा है कि यहां झांकना मना है। और अगर वह हिम्मतवर हुआ, तो किसी न किसी तरह चोरी-चपाटी से जाकर झांक ही लेगा, कोई रास्ता खोज लेगा। और अगर बिलकुल कमजोर हुआ हिम्मत नहीं जुटा पाया, तो फिर उसकी जिंदगी बर्बाद हो गयी। रातभर सपने एक ही बात के देखेगा कि वह उसी दरवाजे के सामने खड़ा है और पर्दे को उठाकर देखता है कि भीतर क्या है। उसके सारे सपनों में वही मकान दिखायी पड़ेगा, जो वह बिना देखे छोड आया है!

जब हम मन का निषेध करते हैं, तो मन वहीं-वहीं घूमने लगता है। जिन मुल्कों ने सेक्स की निंदा की है, और उन अभागे मुल्कों में से हमारा मुल्क अग्रणी है। जिन मुल्कों ने काम की निंदा की है, सेक्स की निंदा की है, यौन की निंदा की है, वे मुल्क उतने ही सेक्सुअल हो गये हैं।

इस बात को पूछने के लिए किसी से पूछने जाना पड़ेगा कि अपने चारों तरफ आंख डाल लेनी काफी है। बचपन से लेकर बुढ़ापे तक, एक ही चीज के इर्द-गिर्द हमारा मन घूमता रहता है, और उसका कारण यह नहीं है कि कोई सेक्स ऐसी चीज है कि चौबीस घंटे घूमे। उसका कारण कुल इतना है कि हमने आब्सेशन बना लिया है, हमने सेक्स पर जो संयम करने की कोशिश की है, जबरदस्ती जो की है, रोकने की जो कोशिश की है, उससे चित्त में घाव बन गया है और वहीं-वहीं , वहीं-वहीं हमारा चित्त घूमता रहता है।

एक फकीर था नसरुद्दीन। एक सांझ अपने घर से निकला था कि एक मित्र घर के सामने हाजिर हो गया। मित्र परदेश से आ रहा है, दूर से आ रहा है, उसी से मिलने आ रहा है। नसरुद्दीन ने कहा कि 'तुम

ठहरो। मैं जरा तीन जगह मिलने जा रहा हूं। बहुत जरूरी है मेरा मिलना वहां, और समय दे चुका हूं और तुम तो बिना खबर किये आ गये हो। तो तुम रुको, मैं अभी आता हूं।'

उस मित्र ने कहा कि 'अच्छा होगा, मैं भी तुम्हारे साथ चला चंलू। रास्ते में कुछ बात हो लेगी, फिर मुझे भी जल्दी लौट जाना है। लेकिन एक काम करो। मेरे कपड़े गंदे हो गये हैं, धूल से भर गये हैं रास्ते की। तुम्हारे पास अच्छे कपड़े हों, तो मुझे दे दो।' नसरुद्दीन ने कहा कि 'ठीक है।'

मन तो उसका नहीं हुआ, क्योंकि फकीर दिखायी भर पड़ते हैं, उनके पास कपड़े कम हैं, लेकिन फकीर का मन जितना कपड़ो से जुड़ा रहता है, उतना उन लोगों का नहीं, जिनके पास कपड़े बहुत हैं। कम करने की कोशिश कपड़ों से ही जोड़ देती है, ज्यादा करने की कोशिश भी कपड़ों से ही जोड़ देती है चौबीस घंटे।

एक जोड़ी थी उसके पास बहुत अच्छी, जो सम्हालकर रखी थी। कभी सभा, मीटिंग में जाता था, तो पहनकर जाता था। वही थी तैयार। मजबूरी में, बहुत मन हुआ कि रहने दें, कह दें कि नहीं है। लेकिन हां भर दी थी। फिर किसी तरह निकालकर कई बार रखा, निकाला, फिर निकालकर बाहर आया। फिर कहा कि 'यह पहन लें।' बहुत शानदार कोट था, पगड़ी थी। उस मित्र ने पहन ली। फिर वे दोनों गये।

रास्ते भर मित्र से बात तो करता था, लेकिन बार-बार देख लेता था अपने कपड़ों को। क्योंकि आप खुद तो साधारण पहने था और मित्र, जो उसके ही कपड़े थे, अच्छे पहने था और शानदार मालूम हो रहा था। बड़ी गलती हो गयी। जिसके घर में जाना था, वहां गया। वहां जाकर परिचय दिया कि ये हैं मेरे मित्र जमाल। ये फलां-फलां गांव में रहते हैं, और रह गयी कपड़ों की बात, सो कपड़े मेरे हैं!'

वह जमाल तो बहुत हैरान हो गया कि यह क्या मामला है। कपड़ो

की बात कहने की क्या जरूरत थी! नसरुद्दीन भी घबड़ाया। कहकर पता चला कि यह तो गलती हो गयी। जो मन में घूमता है, वह रास्ता खोज लेता है। बाहर निकलकर क्षमा मांगने लगा मित्र से कि 'माफ करना।' मित्र ने कहा, 'माफ करने की बात, तुम पागल हो गये हो! यह कोई कहने की बात थी कि कपड़े किसके हैं!' नसरुद्दीन ने कहा, 'नहीं गलती हो गयी। क्षमा करें!'

फिर दूसरे घर में मिलने गये। वहां जाकर फिर उसने परिचय दिया और कहा, 'ये मेरे मित्र जमाल हैं। फलां-फलां गांव से आये हैं। रही कपड़ों की बात, सो कपड़े इनके ही हैं। कौन कहता है कि मेरे हैं?'

वह मित्र तो हैरान हो गया कि यह हो क्या गया है इसको? यह कपड़ों का...? अब उसके मन में यह खयाल पकड़े रहा कि बड़ी गलती हो गयी, बड़ी गलती हो गयी। कपड़ों की बात उठायी, तो गलती हो गयी। इससे किस तरह क्षमा मांग लूं, क्या करूं! उसने सोचा कि उल्टा कर गुजरो। फिर निकल गयी थी बात। तो उसने कहा, 'कौन कहता है कि मेरे हैं। कपड़े इन्हीं के हैं।' और घरवालों को तो कुछ पता ही नहीं था। कुछ हैरान ही हुए कि मामला क्या है! फिर बाहर निकले, तो उस मित्र ने कहा, 'मैं जाता हूं। तुम्हारे साथ जाना खतरनाक मालूम पड़ता है।' 'नहीं,' उसने कहा, 'बिलकुल क्षमा कर दो। मैं इसकी बात ही नहीं उठाऊंगा। इनका खयाल ही छोड़ दूंगा।'

लेकिन जिस चीज का कोई खयाल छोड़ना चाहता है, वही चीज पीछा पकड़ लेती है। देख लें किसी भी चीज का खयाल छोड़कर। फिर फंस गये आप उसी चक्कर में। फिर वे तीसरे मित्र के घर गए और जाकर...। अब तो जमाल निश्चिंत हो गया कि कह चुका, दो दफे भूल हो गयी। हर बार भूल नहीं होती। फिर उसने परिचय दिया, 'ये रहे मेरे मित्र जमाल। फलां-फलां गांव में रहते हैं। रह गयी कपड़ों की बात, तो करनी फिजूल है; करनी ही नहीं चाहिए। कौन करता है, कोई नहीं करता है! कपड़ों की बात करनी ही नहीं चाहिए। मैं कपड़ों की बात करना ही

नहीं चाहता हूं। किसी के भी हों, इससे क्या लेना-देना है? कपड़े-कपड़े हैं।' फिर मुझे पता नहीं। वे चौथे घर में शायद गये ही नहीं। उस मित्र ने कहा, 'क्षमा कर दो, काफी हो गया। यह हो क्या गया है तुम्हें?'

आप भी अपने से पूछ लेना। जो बात बार-बार मन में घूमती हो, कहीं आपने भी कोई ऐसी गलती नहीं कर ली? यह ब्रह्मचर्य के नाम पर यही हो गया। यह तीन-चार हजार वर्षों की रट कि स्त्री नर्क है, पाप का द्वार है, फलां है, ये सारी बेवकूफी की बातें, यह आदमी के मन में गहरी हो गयी हैं। और बच्चे को हम बचपन से ही रुग्ण कर देते हैं, स्त्री ओर पुरुष के बीच फासला खड़ा कर देते हैं। दूरी खड़ी कर देते हैं। छोटे-छोटे बच्चों के बीच जहर बो देते हैं। और फिर यह जहर जिंदगीभर उनका पीछा करता है।

स्त्री से मुंह चुराना चाहते हैं; स्त्री पुरुष से मुंह चुराना चाहती है। एक दूसरे को देखने से बचना चाहते हैं। और इस सारे बचने की कोशिश में कपड़ों वाली हालत हो जाती है कि सारे बचने की कोशिश करते हैं और बार-बार पुरुष को स्त्री दिखायी पड़ जाती है, स्त्री को पुरुष दिखायी पड़ जाता है। जितना भागते हैं एक दूसरे से, पाते हैं, उतनी ही थोड़ी दूर भागकर फिर मिलना हो जाता है। यह जो रोग हमने पैदा कर लिया है, किस बात से पैदा कर लिया है?

यह काई बुनियादी भूल हो गयी है हमारी साइकोलाजी में, हमारे मनोविज्ञान में, हमारे लोकमानस में कोई बुनियादी भूल की बात खड़ी हो गयी है। वह भूल हो गयी है कि सेक्स से ज्यादा पवित्र, सेक्स से ज्यादा डिवाइन, सेक्स से ज्यादा भागवत और ईश्वरीय कोई तथ्य नहीं है संसार में, क्योंकि उससे ही जीवन पैदा होता है। उससे ही जीवन विकसित होता है। उससे ही सारे जीवन के फूल खिलते हैं और जगत निर्मित होता है। उसको जो जीवन में केंद्र है और जो जीवन का आधार है और जो परमात्मा की प्रक्रिया है, जीवन को जन्म देने की, उस प्रक्रिया की ही हम निंदा कर रहे हैं। तो उस निंदा का फल यही हो सकता है कि हम निंदा

करके डूब जायें, उलझ जायें ओर आब्सेशन बन जाये, रोग बन जाये। चित रुग्ण हो जाये और सेक्स के आसपास ही घूमने लगे, घूमने लगे, घूमने लगे। यह जो भूल हमने कर ली है, यह भूल तब तक दूर नहीं होगी, जब तक सेक्स के प्रति सम्मान का भाव पैदा नहीं होगा रेवरेंस का भाव।

परमात्मा के प्रेमी परमात्मा की जीवन प्रक्रिया के विरोधी नहीं हो सकते हैं। और मैं आपसे कहता हूं कि जिस आदमी के मन में, यौन के प्रति, जो कि परमात्मा की प्रक्रिया का सूत्र है, क्रिएटिवटी का राज और रहस्य है, जिसके मन में उसके प्रति सम्मान है, आदर है, मंदिर जैसी पवित्रता का भाव है, वह आदमी सेक्स से मुक्त हो सकता है। लेकिन जो आदमी निंदा के भाव से भरा है, वह कभी मुक्त नहीं हो सकता।

लेकिन यह निंदा का भाव हमारे भीतर गहरा है। और यह भाव हमें खाये जा रहा है, परेशान किये जा रहा है। फिर इसको दबा लिया है सब तरफ से, तो अनेक रूपो में निकलता है। अनेक रूपों में निकलता है। फिल्म बनती है, तो अश्लील और गंदी। और तब देश भर के नेता, देश भर के गुरु, देश भर के विचारक चिल्लाने लगते है कि गंदी फिल्म नहीं बननी चाहिए। गंदी फिल्म किसलिए है? यह कोई नहीं पूछता। गंदी फिल्म देखता कौन है, क्यों देखता है? यह कोई नहीं पूछता। अश्लील पोस्टर नहीं लगना चाहिए। आंदोलन चलते हैं कि अश्लील पोस्टर हटाओ। लेकिन यह कोई नहीं पूछता कि अश्लील पोस्टर को जो लोग देखने को तैयार हैं, उनके मन में कहीं कोई बुनियादी भूल हो गयी, अन्यथा अश्लील पोस्टर को देखने को तैयार कौन होता?

और कोई अश्लील पोस्टर आज बनाये जा रहे हैं? फिल्म आज बन रही है, दुनिया की पुरानी से पुरानी किताबें अश्लील हैं और दुनिया के पुराने से पुराने मंदिरों के ऊपर इस तरह के चित्र हैं, जो कोई फिल्म आज भी नहीं बना सकती है। जाओ खजुराहो देखो, जाओ पुरी और कोणार्क देखो, और पूछो अपने से कि फिल्में अश्लील हैं कि इन मंदिरो को बनाने

वाले लोग अश्लील रहे होंगे? तो कौन अश्लील है और क्यों अश्लील है? सवाल यह है।

पोस्टर मिटाने से कुछ भी न होगा और खुजराहो के मंदिरा गिरा देने से कुछ भी न होगा। फिर आदमी नया तैयार कर लेगा। अगर मन की मांग है, तो आप कुछ रोक नहीं सकते। कालिदास और भवभूति जैसे बड़े-बड़े साहित्यकारों का सारा साहित्य सेक्स से भरा हुआ है। क्या करोगे? ऐसे अश्लील कि पता न चले! यह जो सारा का सारा रोग पैदा हुआ है, यह हुआ क्यों है? यह सारा साहित्य, यह सारा संगीत, ये सारे नृत्य, ये सारे चित्र, ये सारी मूर्तियां, ये क्यों सेक्स के आसपास खड़ी हो गयी हैं? यह आदमी के बुनियादी जीवन में कोई भूल हो गयी है, इसलिए।

अगर एक गांव को कुछ दिनों तक भूखा रखा जाये, तो उस गांव में पता है, सपने लोग किस चीज के देखेंगे? औरतों के? नहीं। रोटी के, राज-भोग के, महलों के, जहां राजा ने बुलाया है भोजन के लिए। अगर एक गांव को निरंतर भूखा रखा जाये, तो उस गांव के साहित्यकार किस चीज के गीत गायेंगे स्त्रियों के? नहीं, रोटी के। वह गांव रोटी ही रोटी के पास घूमने लगेगा। उस सारे गांव की चेतना रोटी से ही पकड़ी जायेगी।

एक जर्मन कवि हेन ने लिखा है कि एक बार मुझे तीन दिन भूखा रह जाना पड़ा। जब तक मेरा पेट भरा था, जब तक चांद में मुझे अपनी प्रेयसी की तस्वीर दीखती थी। जब तीन दिन भूखा रहा, तो चांद मुझे ऐसा लगा जैसे रोटी आकाश में लटकी हुई है। तब मुझे पहली दफा पता चला कि चांद न तो प्रेयसी का चेहरा है, न तो रोटी है। मन में जो होता है, वह वहां दिखायी पड़ने लगता है।

मनुष्य के चित्त के संबंध में सेक्स के बाबत सबसे बड़ी भूल हो गयी है। और यह भूल अच्छे लोग, ऋषि-मुनि लोग करवाते रहे हैं। इसका

जिम्मा और पाप किन्हीं के ऊपर है, तो उनके ऊपर है। अब तक आदमी को सेक्स के संबंध में स्वस्थ, विज्ञानयुक्त दृष्टि नहीं मिल सकी है। अब तक हम घबड़ाये हुए हैं और भागे हुए हैं और हम भागे हुए रहेंगे।

मैं आपसे यह कहना चाहता हूं : कि धार्मिक व्यक्ति वह है, जो जीवन के सारे तथ्यों को स्वीकार करता है। उनके मूल्य को समझता है और समझने की कोशिश करता है कि किसी चीज का जीवन में क्या स्थान है।

सेक्स जीवन में केंद्रीय तथ्य है। आपकी निंदा से वह केंद्र से नहीं हट जायेगा। सिर्फ इतना होगा कि आप रुग्ण हो जायेंगे। सेक्स जीवन में केंद्रीय तथ्य है। इस केंद्रीय तथ्य को किसने स्थापित कर दिया है केंद्र में? शैतान ने? पश्चिम के वैज्ञानिकों ने? फिल्म इंडस्ट्री के मालिकों ने? अश्लील किताबें लिखने वालों ने? किसने स्थापित कर दिया बीच में? वह है।

परमात्मा की यह सारी प्रकृति...। फूल भी पैदा होते हैं, पक्षी भी पैदा होते है, पौधे भी पैदा होते हैं, सारे पैदा होने की प्रक्रिया, यौन-प्रक्रिया है। जीवन उसी धारा से बहता है, उसी गंगोत्री से बहता है। तो जहां से जीवन निकलता है, उस मूल-स्रोत की निंदा करेंगे तो रुग्ण हो जायेंगे, अस्वस्थ हो जायेंगे, परेशान हो जायेंगे और फिर वह दमन दूसरे रास्ते खोजेगा, नये-नये रास्ते खोजेगा।

मैं आपसे क्या कहना चाहता हूं? मैं आपसे यह कहना चाहता हूं कि पहली तो बात यह है कि सेक्स के प्रति अत्यंत सम्मान, समादर का भाव चाहिए निंदा और शत्रुता का नहीं। सेक्स को उसी भांति लेना चाहिए, जैसे परमात्मा को उतनी ही पवित्रता से, क्योंकि सृष्टा कहते हैं हम, परमात्मा को। सेक्स सृष्टि है, उतने ही सम्मान और आदर से...। और जब आपकी पत्नी, जिसे आप प्रेम करते हैं, वह जब आपके लिए इतनी सम्मान की पात्र हो जायेगी नर्क का द्वार नहीं...। क्योंकि नर्क का द्वार

कहने वाले लोग अधार्मिक लोग रहे होंगे। जब वह इतने सम्मान का भाव ले लेगी, तो आप पायेंगे कि सेक्स खिलवाड़ नहीं रह गया, क्योंकि जिस बात को हम जितने सम्मान और श्रद्धा से देखते हैं, वह बात उतनी ही गुरु-गंम्भीर हो जाती है। वह खेल नहीं रह गया, वह भोग नहीं रह गया। वह पवित्रम घटना है। वह प्रभु की प्रक्रिया में प्रविष्ट होना है। तो उसकी तैयारी चाहिए। उसके लिए पवित्र और शांत और मौन हृदय चाहिए।

संभोग की घटना उतनी ही मूल्यवान है, जितनी ध्यान और समाधि की घटना, जितनी प्रार्थना की घटना। जो व्यक्ति संभोग की प्रक्रिया में इतनी शांति और पवित्रता से जाता है, जैसे मंदिर में, वह आदमी जान पाता है कि सेक्स क्या है। और जो सेक्स को जान पाता है, वह जिस दिन चाहे उसी दिन उससे मुक्त हो सकता है, एक क्षण भी रुकने की कोई जरूरत नहीं।

और फिर यह भी स्मरण रखें कि इतनी निंदा के बावजूद भी सेक्स हटता तो नहीं है ओर इतनी निंदा के बावजूद सेक्स से जो बच्चे पैदा होते हैं, अगर वे बच्चे दीन-हीन, कुरूप, अस्वस्थ, रुग्ण, मन से विक्षिप्त पैदा होते हों, तो आश्चर्य नहीं है। क्योंकि उनके मां-बाप दोनों ने ही जन्म की प्रक्रिया की निंदा की है और दुश्मन की तरह भाव से देखा है। लेकिन अगर मां-बाप दोनों ने पवित्रता के भाव से सेक्स को देखा हो, पूज्य भाव से, परमात्मा के भाव से, तो शायद ये बच्चे बिल्कुल दुसरे ढंग के पैदा होते।

यह तो सारी मनुष्यता रुग्ण होती जा रही है बीमार और अस्वस्थ और परेशान और बेचैन और विक्षिप्त होती जा रही है, उसका और कोई कारण नहीं है। सेक्स के प्रति अपमान का भाव उसका बुनियादी कारण है। एक नया मनुष्य पैदा हो सकता है, जिस दिन हम यौन के प्रति, काम के प्रति पवित्रता की दृष्टि और प्रार्थना के भाव को अपना लेंगे। प्रेयरफूल मूड चाहिए। और जो व्यक्ति उतने पवित्रता से देखता है, उस पवित्रता में ही निंदा में दमन पैदा होता है, पवित्रता में मुक्ति पैदा होती है और

उतनी पवित्रा से देखने पर एक ट्रांसफार्मेशन, एक मन के भीतर एक बुनियादी रूपांतरण होता है। वह रूपांतरण यह है कि सेक्स की सारी ऊर्जा प्रेम में परिवर्तित हो जाती है। सेक्स की सारी ऊर्जा प्रेम में परिवर्तित हो जाती है।

जैसे किसी घर के पास किसी आदमी ने कचरे का, खाद का ढेर लगा रखा हो और गंदगी फैल गयी हो, सारे घर में दुर्गंध भर गयी हो, पास-पड़ोस के लोगों का निकलना मुश्किल हो गया हो, राहगीर घबड़ा जाते हों। और वही आदमी उस खाद को अपनी बगिया में डाल दे और बीज बो दे फूलों के, तो थोड़े ही दिनों में बगिया हरियाली से भर जायगी, फूलों से भर जायेगी नाचते हुए, और राह पर सुगंध बिखर जायेगी। यह सुगंध भी उस खाद की दुर्गंध का रूपांतरण है। लेकिन खाद को घर में रख लें, तो दुर्गंध फैल जाती है। और खाद फूल बन जाये, तो सुगंध बन जाती है। वही खाद सुगंध की तरह छितर जाती है, चारों तरफ। जो भी निकलता है, धन्यवाद देता जाता है, इतनी सुगंध!

ब्रह्मचर्य सेक्स का विरोध नहीं है, रूपांतरण है। वह ट्रांसफार्मेशन है। सेक्स ही जब पवित्रतम भाव ले लेता है, सम्मान और प्रार्थनापूर्ण हो जाता हे, ध्यान युक्त हो जाता है, मेडिटेटिव हो जाता है, तब तक क्रांति होती है भीतर और वह क्रांति यह होती है कि सेक्स प्रेम में बदल जाता है। ये जो दुनिया में इतने बड़े-बड़े प्रेमी हुए हैं बुद्ध या क्राइस्ट जैसे लोग, इनका क्या हुआ? इनके भीतर जो सेक्स था, वही रूपांतरित हुआ है। जितनी ज्यादा सेक्स की शक्ति है मनुष्य के भीतर, उतनी ही उसके जीवन में प्रेम के रूपांतरण की संभावना है।

सेक्स तो संपदा है। उससे लड़कर उसको नष्ट मत कर लेना। उसे प्रेम से और आहिस्ता से बदलने की कीमिया है। खोजना है, उसकी केमिस्ट्री कि कैसे बदल जाये। और मैं कहता हूं, उस कीमिया के दो सूत्र हैं पहला सूत्र, सम्मान का भाव। और दूसरा सूत्र है, प्रमे का निरंतर विकास। जितना प्रेम बढ़ेगा, उतनी सेक्स की शक्ति प्रेम के मार्गों से

प्रवाहित होने लगेगी और धीरे-धीरे आप पायेंगे सारी सेक्स की शक्ति प्रेम के फूल बन गयी है, और जीवन प्रेम के फूलों से भर गया है।

सिर्फ प्रमे को उपलब्ध व्यक्ति ब्रह्मचर्य को उपलब्ध होता है। जितना बड़ा प्रेम उतना बड़ा ब्रह्मचर्य। लेकिन जिनको हम ब्रह्मचारी कहते हैं, वे तो प्रमे से ऐसे भागते हैं, जैसे कि कोई जंगली जानवर से या भूत-प्रेत से भागता हो।

एक छोटी-सी घटना, फिर मैं अपनी बात पूरी करूं।

रामानुज एक गांव में ठहरे थे। एक आदमी उनके पास आया और उसने कहा कि मैं परमात्मा को पाना चाहता हूं। मैं क्या साधन करूं? रामानुज ने उसे नीचे से ऊपर तक देखा। शायद वे पहचान गये। और उन्होंने कहा कि 'इसके पहले कि मैं तुझे कुछ बताऊं, तुझसे मैं पूछता हूं तूने कभी किसी को प्रेम किया है?' वह आदमी बोला, 'आप भी कहां की बातें कर रहे हैं! कहां की फिजूल बातें! छोड़िए। मैं ईश्वर को पाना चाहता हूं, प्रेम-व्रेम से क्या लेना-देना? मैंने कभी किसी को प्रेम नहीं किया।' उसने समझा होगा कि अगर मैं कहूं कि मैंने प्रेम किया, तो यह एक डिसक्वालिफिकेशन, एक अयोग्यता होगी, धर्म की दुनिया में। वहां प्रेम-वेम करनेवालों की कहां सुविधा है! वहां तो रूखे-सूखे लोग चाहिएं, पत्थर की तरह, जिनके जीवन में कभी प्रेम का अंकुर न खिला हो, वही लोग वहां जा सकते हैं।

उस आदमी ने कहा कि 'नहीं नहीं, प्रेम वगैरह से मेरा कोई संबंध-नाता नहीं रहा। आप तो मुझे प्रभु का रास्ता बताइये!' रामानुज ने कहा, 'मैं फिर पूछता हूं एक बार। कभी भी किसी को भी प्रेम किया हो?' उस आदमी ने कहा, 'नहीं; सच मानिये, मैंने कभी किसी को प्रेम नहीं किया है। मुझे प्रभु का रास्ता बताइये।' रामानुज ने कहा, 'मैं तीसरी बार पूछता हूं तुझसे, न किया हो प्रेम कभी किसी के प्रति, सिर्फ अनुभव किया हो भाव में?' उसने कहा कि 'नहीं। में तो ईश्वर को खोजना चाहता हूं।'

रामानुज उदास हो गये और उन्होंने कहा, 'फिर तू कहीं और जा। अगर तूने किसी को भी प्रेम किया होता, तो उसी प्रेम को और बड़ा बनाया जा सकता था, ताकि वह प्रार्थना बन जाये, वह प्रभु की यात्रा बन जाये। लेकिन तू कहता है, प्रेम तूने किया ही नहीं। तो तेरे पास बीज ही नहीं है, वृक्ष कैसे बना सकता है? मुझे क्षमा कर, तू कहीं और जा। तूने किसी को भी प्रेम किया होता, तो उस प्रेम को और बड़ा किया जा सकता था, और विराट किया जा सकता था, अनंत किया जा सकता था। लेकिन तू कहता हे, प्रेम है ही नहीं तेरे भीतर, तो फिर मैं असमर्थ हूं। फिर कुछ भी नहीं किया जा सकता है।'

एक व्यक्ति को भी जो प्रमे करता है, एक क्षुद्रतम व्यक्ति को भी प्रेम करता है, उसने भी परमात्मा की तरफ पहला कदम उठा लिया। हां, यहीं रुक जाये, तो पहले कदम पर कोई यात्रा पूरी नहीं होती। प्रेम किया है वह एक को, एक पर किया गया प्रेम धीरे-धीरे अनेक पर फैलता चला जाये, अनंत पर फैलता चला जाये। प्रेम जितना विराट होता चला जायेगा, उतना ही भीतर सेक्स और काम रूपांतरित होगा। और धीरे-धीरे आप पायेंगे, जिस दिन प्रेम की सुगंध चारों तरफ आपके बरसने लगी, उस दिन आपके भीतर कोई वासना नहीं रह गयी।

ब्रह्मचर्य ऐसा आंखें फोड़ने से नहीं उपलब्ध होता। और ब्रह्मचर्य ऐसा जंगलों में भाग जाने से नहीं उपलब्ध होता। और ब्रह्मचर्य स्त्रियों की तरफ पीठ कर लेने से या स्त्रियों के पुरुषों की तरफ पीठ कर लेने से उपलब्ध नहीं होता है। और ब्रह्मचर्य राम-राम के जप से उपलब्ध नहीं होता। अपने को भुलाने की कोशिश मत करिये।

आदमी को ठंड लगती है, नदी में नहाता है, तो जोर-जोर से कहने लगता है, 'हरे राम, हरे राम!' वह ठंड को भुलाने की कोशिश कर रहा है। किसी आदमी को गली में, अंधेरे में डर लगता है, तो कहता है, 'जय हनुमान, जय हनुमान!' वह डर को भुलाने की कोशिश कर रहा है। ये जितने लोग सेक्स को भुलाने के लिए राम-राम-राम जप रहे हें, ये सिर्फ

भुलाने के लिए कोशिश कर रहे हैं; ये कहीं भी नहीं पहुंच सकते। ये कभी नहीं पहुंच सकते, पहुंचने का कोई इनके लिए कोई उपाय नहीं है।

एक अंतिम बात, जो और बहुत मित्रों ने पूछी है, वह मैं कह दूं। फिर हम ध्यान के लिए बैठें। राम-राम के जप से मुझे खयाल आ गया।

अनेक मित्रों ने पूछा है कि क्या जप का कोई भी स्थान नहीं है? हम ओम् को जपते हैं, हम गायत्री को जपते हैं, कोई राम-राम, कोई नमोकार, कोई कुछ, कोई कुछ। इनका क्या उपयोग नहीं है? आप तो इनके जप की कोई बात नहीं कहते!

इनका उपयोग तो कोई भी नहीं है, लेकिन इनसे पैदा होने वाली बाधा बहुत बड़ी है। किसी भी शब्द की पुनरुक्ति, किसी भी शब्द को बार-बार रिपीट करना, दोहराना मनुष्य के मन में ज़ड़ता पैदा करता है; ज्ञान नहीं, स्टुपिडिटी पैदा करता है; बुद्धिहीनता पैदा करता है; मंद बुद्धि पैदा करता है; मन की चैतन्य शक्ति को क्षीण करता है, शिथिल करता है। यह हम सबको अनुभव है, लेकिन खयाल नहीं।

अगर यहां बैठकर मैं एक ही शब्द को घंटेभर तक दोहराता रहूं, तो आपके भीतर क्या होगा? दो बातें होंगी कुछ लोग तो बहुत ऊब जायेंगे, उठकर चले जायेंगे। कुछ लोग ऊब जायेंगे, लेकिन शिष्टतावश उठेंगे नहीं तो सो जायेंगे। बस दो ही बातें हो सकती हैं, तीसरी कोई बात नहीं हो सकती।

एक मां को अपने बच्चे को सुलाना होता है, तो उसके पास बैठ जाती है। कहती है, 'राजा बेटा सो जा, राजा बेटा सो जा, राजा बेटा सो जा।' वह गायत्री का प्रयोग कर रही है! राजा बेटा घबड़ा जाता है, थोड़ी देर में कि क्या बकवास लगा रखी है कि राजा बेटा सो जा, राजा बेटा सो जा! अब राजा बेटा उठकर कहीं जा भी नहीं सकता है! छोटा-सा बच्चा है, कहां भागेगा? एक ही रास्ता है उसका भागने का कि वह नींद में भाग जाये। सो जाये कि यह बकवास बंद हो, इससे छुटकारा हो। मां

समझती है कि हमारी लोरी की बहुत मधुरता की वजह से राजा बेटा सो गये हैं। राजा बेटा बोर्डम की वजह से, ऊब की वजह से सो गये हैं। राजा बेटा तो अलग, राजा बेटा के बाप के साथ यही किया जाये, तो वे भी सो जायेंगे।

आदमी ऊबता है रिपीटीशन से। पुनरुक्ति से ऊब पैदा होती है, घबराहट पैदा होती है, बेचैनी पैदा होती है, नींद आ जाती है। एक आदमी बैठा हुआ राम-राम, राम-राम कर रहा है सिर्फ नींद खोज रहा है, आटो-हिप्नोसिस खोज रहा है, सम्मोहन खोज रहा हे, खुद को सुलाने की तरकीब खोज रहा है। थोड़ी देर के लिए तंद्रा पैदा हो जायेगी, अगर ऐसा दो-चार महीने जपते रहें तो। लेकिन तंद्रा ध्यान नहीं है और तंद्रा परमात्मा तक जाने का मार्ग नहीं है। इसीलिए, जिन मुल्कों में इस तरह की रटंत की प्रक्रिया है, उन मुल्कों की बुद्धि क्षीण हो गयी।

भारत में कोई विज्ञान पैदा नहीं हो सका यह राम-राम की जप जैसी प्रक्रियाओं की वजह से। भारत की सारी प्रतिभा नष्ट हो गयी, क्योंकि पुनरुक्ति से प्रतिभा नष्ट होती है। दोहरायें और प्रतिभा नष्ट होगी। प्रतिभा चाहती है नया, प्रतिभा चाहती है नवीन। और पुराने को दोहराने से घबराहट पैदा होती है और नींद पैदा होती है।

कोई जप कहीं नहीं ले जा सकता। मौन ले जाता है; और जप मौन नहीं है। शून्य भाव, मौन भाव, साइलेंस, चुप हो जाना प्रभु तक ले जाता है। यह जप वगैरह सब बकवास है। एक ही शब्द बार-बार दोहरायें या अनेक शब्दों को अलग-अलग दोहरायें, कोई भी स्थिति में मौन नहीं होता, हर हालत में मौन टूट जाता है। मौन पहुंचायेगा। मौन है प्रार्थना, मौन है द्वार, मौन है मार्ग जप नहीं।

और अब तो सारी दूनिया इस तथ्य को अनुभव कर रही है। नया मनोविज्ञान और नई-नई खोजें कर रहा है, और उन खोजों में, सबसे महत्वपूर्ण खोजों में से एक यह है कि पुनरुक्ति मनुष्य की चेतना को क्षीण

करती है, डल करती है, शिथिल करती है, विकसित नहीं करती। इसीजिए धार्मिक लोग जगत में कोई प्रतिभा का लक्षण नहीं प्रगट कर पाते। होना तो यह चाहिए कि धार्मिक मनुष्य के भीतर ऐसी प्रतिभा का जन्म हो कि सारा जगत आलोकित हो, लेकिन यह नहीं हो पाता। यह नहीं हो पाने का कारण है।

किसी नाम का मैं विरोध नहीं कर रहा हुं। मेरा राम से कोई विरोध नहीं है। आप यह मत समझ लेना कि मैं राम-राम जपने को नहीं कह रहा हूं, तो मैं राम का विरोधी हूं। नहीं, कोई भी शब्द राम हो, अल्लाह हो, ओंकार हो, ओम् हो, कुछ भी। और शब्द कोई भी काम कर सकता है। अगर बैठकर आप 'कुर्सी, कुर्सी, कुर्सी' कहे तो भी वही फल होगा, जो राम-राम कहने से होता है। उसका जो फल है चेतना पर, वह शब्द की पुनरुक्ति का परिणाम है। इसलिए कोई भी शब्द की पुनरुक्ति कर लें। अल्लाह-अल्लाह कर लें, राम-राम कर लें, कुछ भी करें, कुछ भी! और उससे वही फल हो जायेगा। यह फल कोई ध्यान नहीं है। यह फल कोई प्रार्थना नहीं है। यह फल कोई मुक्ति का मार्ग नहीं है।

ध्यान या प्रार्थना का अर्थ मेरे लिए मौन है, साइलेंस है।

तो घड़ी, आधा-घड़ी को चौबीस घंटे में बिलकुल मौन होकर रह जायें और चुपचाप जीवन के साथ एकता का अनुभव करें, वही प्रभु-स्मरण है। यह नाम-जप वगैरह प्रभु-स्मरण नहीं है। फिर प्रभु का कोई नाम है कि आप उसका नाम जप करेंगे?

नाम तो आदमियों के भी झूठे हैं। आप पैदा हुए, तब आपको नाम दिया गया। आये आप बिना नाम के अनाम। फिर मां-बाप काम चलाने के लिए नाम दे देते हैं कि इनका नाम राम है, इनका नाम विष्णु है; इनका नाम कृष्ण है। ये नाम सब कामचलाऊ हैं, झूठे हैं, ऊपर से चिपकाये गये हैं।

किसी आदमी का कोई नाम नहीं है। यह सामने वृक्ष खड़ा है, इसका

कोई नाम है? वृक्ष का कोई नाम नहीं है। सब नाम आदमियों के दिये हुए हैं।

अगर पृथ्वी पर आदमी समाप्त हो जाये, तो किसी चीज का कोई नाम रह जायेगा? किसी चीज का कोई नाम नहीं रह जायेगा। फिर भी दरख्त होंगे, आम होगा; फिर भी होगा। चांद-तारे होंगे, लेकिन नाम नहीं होगा। नाम अभी भी नहीं है उनका।

नाम कहीं है ही नहीं जगत में, सिर्फ आदमी की ईजाद है। और हम इतने होशियार हैं कि हमने चीजों के लिए नाम रख लिए, और परमात्मा का भी नाम रख लिए। नाम जैसी चीज बिलकुल मिथ, बिलकुल कल्पना है। तो परमात्मा का कोई नाम नहीं है। सिवाय मौन के, शून्य भाव के उससे मिलन नहीं हो सकता है। इसलिए शून्य भाव को, मौन भाव को ही मैं ध्यान कहता हूं।

और बहुत से प्रश्न रह गये हैं। प्रश्न तो हमेशा रह जाते हैं। मेरी इच्छा भी नहीं है कि मैं सारे प्रश्नों का उत्तर दूं। मेरी इच्छा तो इतनी है कि आप सोचने-विचारने में समर्थ हो जायें। मैंने इतने जो प्रश्नों के उत्तर दिये, उसका यह मतलब नहीं कि मैं जो उत्तर दे रहा हूं, वही उत्तर है। यह मतलब नहीं है। यह मैं अपना उत्तर दे रहा हूं। यह आपके भी उत्तर बनें, यह जरूरी नहीं है। आप इन पर विश्वास करें, यह बिलकुल आवश्यक नहीं है। आप इन पर सोचें, विचार करें, तो आपके सोचने और विचारने से आपके भीतर वह विवेक पैदा होगा, जो आपके जीवन-पथ पर दीया बन जायेगा और आपको ले जायेगा।

मेरे उत्तर का कोई सवाल नहीं है, कोई मूल्य नहीं है। आपका प्रश्न मूल्यवान है। और जिस दिन आपके भीतर अपना उत्तर आयेगा, उसी दिन वह उत्तर भी मूल्यवान होगा। लेकिन वह उत्तर आयेगा कैसे? जब तक आप दूसरों के उत्तर पकड़ते रहेंगे, तब तक आपका अपना उत्तर नहीं आ सकता है। जिस दिन आप सब उत्तर छोड़ देंगे और अपने उत्तर की तलाश

में शांत और शून्य होकर खोज करेंगे, उस दिन वह उत्तर आयेगा, जो आपके जीवन का समाधान बन जाता है।

तो मेरी बातों पर विश्वास कर लेने की कोई आवश्यकता नहीं है। इसलिए मेरी बातों से क्रुद्ध होने की भी कोई आवश्यकता नहीं है। मेरी बातों पर सिर्फ सोच सकें, विचार कर सकें, चिंतन कर सकें वे फिजूल मालूम पड़े, फेंक दें उन्हें। और अगर उनमें से कोई चीज आपको अपने विचार से ठीक मालूम पड़ी, तो फिर वह मेरी नहीं रह गयी, वह आपकी अपनी हो गई।

जो आपके विचार से आपको ठीक मालूम पड़ी, वह आपकी अपनी हो जाती है। और वही मूल्य सत्य का है, जो आपका अपना है। जो उधार और दूसरे का है, वह व्यर्थ है। अपने सत्य की खोज में प्रभु आपको ले जाये, यह अंतिम कामना करता हूं। इसके बाद हम ध्यान के लिए बैठेंगे।

इन तीन दिनों में मेरी इतनी बातें सुनीं, इतने प्रेम से, इतनी शांति से उससे बहुत-बहुत अनगृहीत हूं और अंत में सबके भीतर बैठे परमात्मा को प्रणाम करता हूं, मेरे प्रणाम स्वीकार करें।

जीवन क्या है

मेरे प्रिय आत्मन्

जीसस से कोई पूछ रहा था कि आपका जन्म कब हुआ? तो जीसस ने जो उत्तर दिया वह बहुत हैरानी का है। यहूदियों का एक बहुत पुराना पैगंबर हुआ है अब्राहम, जीसस से कोई दो हजार साल पहले। अब्राहम यहूदियों के इतिहास में पुराने से पुराना नाम है। जीसस ने कहा, 'अब्राहम था, उसके भी पहले मैं था।' विश्वास नहीं होगा सुननेवालों को। क्योंकि विश्वास हमें केवल उसी बात का होता है, जिसका हमें अनुभव हो। बात पहेली मालूम पड़ी होगी, क्योंकि अब्राहम के पहले जीसस के होने की कोई संभावना नहीं मालूम होती। शरीर तो हो ही नहीं सकता, लेकिन जीसस जैसा आदमी व्यर्थ ही झूठ बोले यह भी संभव नहीं है।

लाओत्से से एक दिन किसी ने पूछा कि 'तुम्हारा जन्म कब हुआ? तुम्हारे जन्म की तिथि कौन-सी है?' तो लाओत्से ने कहा, 'जहां तक मैं जानता हूं, मेरा जन्म कभी नहीं हुआ और मेरे जन्म के संबंध में अगर दूसरे कहें, तो उनका भरोसा मत करना, क्योंकि अपने जन्म के संबंध में जितना मैं जानता हूं, उतना कोई दूसरा नहीं जान सकता।'

लेकिन हम सब तो दूसरे जो हमें बताते हैं, उस पर भरोसा करते हैं। यह बहुत ही मजाक की बात है लाओत्से ने जो कही, क्योंकि आपको भी अपने जन्म का पता नहीं है, सिवाय दूसरों की बतायी हुई बात के। दूसरे कहते हैं कि आप कभी पैदा हुए। समझें कि दूसरे न कहें, समझें

कि एक बच्चे को न बताया जाये कि वह कभी पैदा हुआ है। तब कोई भी उपाय है कि बच्चा अपनी तरफ से पता लगा ले कि वह पैदा हुआ? अगर बाहर से सूचना न दी जाए, तो आपको कभी पता भी चलता है कि आप कभी जन्में? और बड़े मजे की बात है कि जन्मे आप हैं और सूचना बाहर से दे दी गयी। और जिन्होंने सूचना दी है, उन्हें भी अपने जन्म की कोई खबर नहीं; उनको भी उनके जन्म की खबर दूसरों ने दी है। और ऐसा ही और भी आगे है।

जन्म एक झूठी बात है, लोकोक्ति है। लोग कहते हैं कि आप पैदा हुए। कोई आदमी कभी पैदा नहीं होता। फिर इसी तरह लोग कहते हैं कि मर गये। जिन्होंने अपना जन्म भी नहीं जाना, वे अपनी मृत्यु कैसे जान सकते हैं? लेकिन जन्म हमें दूसरे बता देते हैं कि कभी पैदा हुए, फलां तिथि, फलां तारीख में। और फिर कोई मरता है चारों तरफ और हम सोचते हैं कि शायद हम भी मरेंगे। दूसरों के मरने की घटना को देखकर हम अपने बाबत भी विचार कर लेते हैं कि हम भी मरेंगे। स्वयं के जन्म की खबर दूसरों से दी गयी सूचना, और मरना एक अनुमान, इन्फरेंस 'चूंकि और कोई मरा है, इसलिए मैं भी मरूंगा।' लेकिन जब हम किसी आदमी को मरते देखते हैं, तब हम क्या देखते हैं? सच में हम क्या देखते हैं?

दक्षिण में एक संन्यासी था ब्रह्मयोगी। उसने आक्सफोर्ड, रंगून और कलकत्ता विश्वविद्यालय में तीन बार एक बहुत अद्भुत प्रयोग किया उसने मरने का प्रयोग किया। वह दस मिनट के लिए मर जाता था, मर जाता था मेडिकली, जिसे चिकित्सक कह सकें कि मौत हो गयी। कलकत्ता यूनिवर्सिटी में जब उसने प्रयोग किया, तो दस बड़े चिकित्सक मौजूद थे। कलकत्ता यूनिवर्सिटी के सबसे बड़े चिकित्सक, सर्जन, सब मौजूद थे। और जब ब्रह्मयोगी दस मिनट के लिए मर गया, तो उन दसों ने दस्तखत किये हैं सर्टिफिकेट पर कि यह आदमी मर गया है, इसकी हम गवाही देते हैं। सांस खो गयी, हृदय की धड़कनें खो गयीं, खून की गति खो

गयी, मरने के सारे के सारे लक्षण पूरे हो गये। दस मिनट बार वह आदमी वापस लौट आया, और उस आदमी ने कहा कि अगर यह तुम्हारा सर्टिफिकेट सही है, तो मैं वापस नहीं लौट सकता। और अगर मैं वापस लौट आया हूं, तो तुमने अब तक जितने मृत्यु के सर्टिफिकेट दिये सब झूठ थे। क्योंकि इन दो के सिवाय और क्या मतलब होगा? और उन डाक्टरों ने दूसरी बात भी लिखकर दी है, उन्होंने लिखकर यह दिया है कि 'जहां तक हम समझते हैं और जहां तक हमारा विज्ञान जानता है, यह आदमी मर गया था। लेकिन हम अपनी आंखों को झूठा नहीं कह सकते, और यह आदमी फिर जिंदा है।'

और इस घटना ने सारी दुनिया के चिकित्सकों को चिंता में डाल दिया था। क्योंकि इसका मतलब क्या होता है? जिसको हम मृत्यु कहते हैं, वह कुछ कामों का बंद हो जाना है। श्वास नहीं चलती, खून नहीं बहता, हृदय नहीं धड़कता।

अगर जिंदगी इन्हीं चीजों का जोड़ है, तो जरूर मौत इनके बंद हो जाने से घटित हो जाती। लेकिन किसने कहा कि जिंदगी इनका जोड़ है? जिंदगी इससे बहुत बड़ी बात है। जन्म पर जो शुरू होती है, मौत पर बंद हो जाती है। लेकिन न तो जन्म पर जिंदगी शुरू होती है और न मौत पर जिंदगी समाप्त होती है। लेकिन हम तो अपने शरीर की घड़कन, खून की गति, नाड़ी का चलना, इनको ही अपना होना समझते हैं। इससे बड़ी जटिलता पैदा हो जाती है।

इसलिए दो झूठ के बीच हम जीते हैं एक जन्म का झूठ और एक मृत्यु का झूठ। पृथ्वी पर इनसे बड़े झूठ नहीं हैं। लेकिन ये सबसे बड़े सत्य मालूम पड़ते हैं, क्योंकि अधिकतम लोग, कहना चाहिए सभी, इन्हें स्वीकार करते हैं। और जो असत्य भी स्वीकृत हो जाता है, वह सत्य मालूम पड़ने लगता है। लेकिन कभी-कभी कोई संदेह पैदा कर देता है।

सिकंदर हिंदुस्तान आया और जब वापस लौट रहा था, तो हिंदुस्तान की सीमा को पार करते समय उसे खयाल आया कि यूनान में उसके मित्रों ने उससे कहा था कि लौटते समय एक संन्यासी को भी ले आना भारत से। और सब तो लाओगे ही, लेकिन धन, हीरे-जवाहारात, मोती, वे सब यूनान में भी हैं, एक संन्यासी भी ले आना। सिकंदर ने और सब तो लूट की, संन्यासी की याद न रही, आखिरी क्षण में याद आयी, तो उसने कहा, 'जाओ, किसी संन्यासी को पकड़ लाओ।'

सिपाही गांव में गये, उन्होंने गांव के लोगों से पूछा, तो गांव के लोगों ने कहा, 'संन्यासी तो गांव में एक है, लेकिन तुम ले जा सकोगे, इसकी हमें उम्मीद नहीं है!' उन्होंने कहा, 'इसकी तुम फिक्र छोड़ो। हम सिकंदर के सिपाही हैं। हम अगर पहाड़ों को कहें कि चलो, तो पहाड़ भी चलते हैं। ये नंगी तलवारें देखी है? संन्यासी क्या कर सकेगा?' उन्होंने कहा, 'इसीलिए हम चिंतित है कि तुम्हारी तलवारें संन्यासी के साथ कुछ कर सकेंगी या नहीं कर सकेंगी! खैर, तुम जाओ और एक कोशिश कर लो।'

वे गये। गांव के बाहर नग्न एक संन्यासी तीस वर्षों से नदी के तट पर था। यूनानी इतिहासकारों ने उसका नाम दंडानीस लिखा है। पता नहीं, उसका नाम क्या होगा? यूनानी नाम उन्होंने दंडानीस दिया है। हो सकता है। हो सकता है 'दंडी साधु' या ऐसा कुछ; 'दंडी स्वामी' ऐसा कुछ उस आदमी का नाम रहा हो। दंडे वाला साधु, ऐसा कुछ नाम रहा हो।

उन सिपाहियों ने जाकर दंडानीस को घेर लिया और उससे कहा कि 'सिकंदर की आज्ञा है कि हमारे साथ चलो।' वह फकीर नंगा हंसने लगा। उसने कहा, 'हमने उसी दिन से आज्ञायें माननी छोड़ दी जिस दिन से हम संन्यासी हुए। हम आज्ञायें तब तक मानते थे, जब तक हम डरते थे। जो नहीं डरता, उससे आज्ञा नहीं मनवायी जा सकती।' 'पर,' उन्होंने कहा, तुम्हें पता नहीं है, नंगी तलवारें देखते हो, हम तुम्हारी गर्दन काट

देंगे!' तो उस संन्यासी ने कहा कि 'तुम काट दोगे वह बहुत ठीक है, तुम काट सकते हो। हम कोई एतराज भी न करेंगे लेकिन तुम्हारी गर्दन काटने से डरेंगे नहीं। क्योंकि गर्दन काटने से केवल वही डरता है, जो गर्दन कटने को मृत्यु समझता है।'

ऐसे आदमी के सामने पहली दफा तलवारों पर जंग खा गयी! नंगी तलवारें हाथ में थीं, लेकिन हाथ एकदम सुस्त हो गये। जो आदमी ऐसे मरने से राजी हो, इतनी मौज से, उसे मारना बिलकुल बेकार है। और जो आदमी इतनी मौज से मरने को राजी न हो, उसको जिंदा रखना भी बिलकुल बेकार है। सिकंदर से जाकर उन्होंने कहा कि 'वह आदमी ले जाया नहीं जा सकता। बड़ा अजीब आदमी है! हमने बहुत लोग देखे मरनेवाले, मारनेवाले, भाग जानेवाले। यह कुछ तीसरे तरह का है। न तो वह भागता है, न वह लड़ता है। उसके पास लड़ने को कुछ है ही नहीं लेकिन वह भयभीत भी नहीं होता है।' सिकंदर ने कहा, 'मैं खुद चलूंगा।' और सिकंदर ने कहा कि 'हम तुम्हें स्वागत देंगे, सम्मान देंगे, शाही व्यवस्था देंगे जो तुम चाहोगे देंगे।' उस फकीर ने कहा, 'तुम कुछ न दे सकोगे, क्योंकि हम कुछ चाहते नहीं हैं।'

बहुत बार भिखारी सम्राटों के सामने अपमानित हुए, क्योंकि भिक्षा देने से सम्राटों ने इनकार कर दिया। कभी-कभी ऐसे मौके आते हैं कि सम्राट भिखारियों के सामने अपमानित हो जाते हैं, क्योंकि भिखारी कुछ लेने से इनकार कर देता है!

उसने कहा, 'तुम्हारे पास कुछ भी नहीं है, क्योंकि हमें कुछ चाहिए नहीं।' सिकंदर ने कहा, 'तब भी कोई बात नहीं। चलना तो पड़ेगा ही, अन्यथा यह तलवार तुम्हारी गर्दन पर मैं रखता हूं। उस फकीर ने कहा, 'रखो।' सिकंदर ने कहा, 'तुम नासमझ हो, गर्दन कटेगी और नीचे गिर जायेगी!' उस संन्यासी ने कहा, 'हम संन्यासी उसी दिन हुए, जिस दिन हमने देख लिया कि गर्दन कट जाये और नीचे गिर जाये, तो भी हम नहीं

कटते हैं। अन्यथा हम संन्यासी ही नहीं होते। गर्दन गिरेगी, तो तुम भी देखोगे कि गर्दन गिर रही है, और मैं भी देखूंगा कि गर्दन गिर रही है। हालांकि तुम मुझे न देख पाओगे। मैं तुम्हें देखता रहूंगा।'

सिकंदर ने अपने इतिहासकारों को कहा कि लिख ली जाये यह बात 'संन्यासी नहीं ले जाया जा सका।' क्योंकि आखिरी उपाय था कि मौत से डरा दिया जाये।

जन्म और मृत्यु हमारी जिंदगी के छोर हैं, इसलिए हमारे पास जिंदगी जैसी कोई चीज नहीं है। सिर्फ जिंदगी का एक भ्रम है। ऐसा लगता है कि जी रहे हैं! जन्म से मौत की तरफ सरक जाते हैं और ऐसा लगता है कि जी लिए। एक क्षण भी जिंदगी की किरण नहीं फूटती, और एक क्षण भी जिंदगी के फूल नहीं खिलते, और एक क्षण भी जिंदगी का संगीत नहीं बजता। और एक क्षण भी पता नहीं चलता कि हम क्या थे, क्या हैं। इस क्षण भी पता नहीं है।

हम सभी यहां जिंदा हैं, कोई भी यहां मरा हुआ नहीं है। हम सब जिंदा हैं। लेकिन जिंदगी का हमको पता क्या है? और अगर हमको पता है, तो बुद्ध और महावीर पागल थे। फिर वे किस जिंदगी को खोज रहे थे! और अगर हमें पता है, तो फिर ये कृष्ण और क्राइस्ट, ये किस जिंदगी को खोज रहे हैं! या तो जिसे हम जिंदगी कहते हैं, वह जिंदगी नहीं है, और या फिर ये कृष्ण, क्राइस्ट, बुद्ध, महावीर विक्षिप्त और पागल हैं। हम बुद्धिमान हैं!

हम अपने को बुद्धिमान भी नहीं कह पाते, नहीं कह सकते। बुद्धिमान का अगर कोई अंतिम मापदंड हो सकता है, तो हमारे जीवन का आनंद हो सकता है। जो बुद्धिमानी आनंद तक न ला पाये, वह और क्या ला सकेगी? और तब मैं कहता हूं, कि अगर बुद्ध और महावीर पागल भी रहे हों, तो उनका पागलपन स्वीकार कर लेने जैसा है, क्योंकि वह

अपरिसीम आनंद से और जीवन के अभय से भर जाता है।

यह मैं क्यों कह रहा हूं? यह मैं इसलिए कह रहा हूं कि जन्मदिन के बहाने हम यहां इकट्ठे हुए। इससे कोई फर्क नहीं पड़ता कि अ का जन्मदिन है, कि ब का जन्मदिन है, कि स का जन्मदिन है। असल में जन्मदिन को हम उत्सव क्यों बना लेते हैं? उत्सव बना लेते हैं इसलिए कि जीवन का तो हमें कोई पता नहीं। अगर जीवन का हमें पता हो, तो प्रतिपल हमारा उत्सव हो जाये, फेस्टिवल हो जाये। जीवन का तो कोई पता नहीं है, क्योंकि जीवन महोत्सव है। अगर उसका हमें पता हो जाये, तो मैं समझता हूं कि जन्म का उत्सव फिर हम न मनायें, क्योंकि जन्म तो सिर्फ एक शुरुआत है। और जिस जीवन में हम जी रहे हैं, अगर वह आनंद नहीं है, तो जीवन की शुरुआत कैसे आंनद हो सकती है! गंगोत्री आनंद हो सकती है और काशी के घाट पर बहती हुई गंगा में कोई आनंद नहीं है। काशी की गंगा अगर आनंदित नहीं है, तो गंगोत्री को कौन-सा आनंद होगा? यही गंगा और सिकुड़ी होकर और छोटी होकर वहां है।

जिसको हम जन्म कहते हैं, वह है क्या? वह हमारा यही जीवन बिलकुल प्राथमिक है। इस जीवन में जब कि गंगा पूरी फैल गयी है, कोई आनंद नहीं है, तो जन्म में क्या आनंद हो सकता है? सिर्फ जन्म जाना कोई आनंद हो सकता है? नहीं, लेकिन हम झुठलाने में कुशल हैं। जीवन में दुख है, तो झूठे सुख कल्पित करते हैं कि जन्म में बड़ा सुख है, जन्मदिन में बड़ा सुख है! अगर हम कहें, जीवन में बड़ा सुख है, तो हमारी आंखें कह देंगी कि कहां है! अगर हम कहें, जीवन में आनंद है, तो हमारे पैर बता देंगे कि नृत्य कहां है? अगर हम कहें जीवन ही खुशी है, तो हमारे हृदय की धड़कनें कह देंगी कि कहां है? हम कहते हैं, जन्म बड़ा खुशी का दिन है। अगर कोई जन्म तो आज नहीं है, कभी था। उसको पकड़ा भी नहीं जा सकता, जांचा भी नहीं जा सकता, पहचाना भी नहीं जा सकता।

फिर हम सब एक-दूसरे को धोखा देने में भी सहयोगी होते हैं। यह जो हमारी दुनिया है। झूठ की यह बहुत म्यूचुअल अंडरसटैंडिंग या म्यूचुअल मिस अंडरस्टैंडिंग पर खड़ी हुई है। उसमें हम एक-दूसरे को सहारा देते हैं। इसमें हम सब एक-दूसरे के जन्म पर इकट्ठे होकर उत्सव मना लेते हैं। फिर वे ही लोग हमारे जन्म के उत्सव पर भी आ जायेंगे। हमने उन्हें धोखा दिया, वे हमें भी दे जायेंगे। और ऐसे हम जीते हैं! इधर जन्म खुशी हो जाती है, तो मृत्यु दुख हो जाता है। वह उसी की कोरोलरी है, वह उसी तर्क का दूसरा हिस्सा है। जिसकी दुनिया में भी जन्म सुख है, उसकी दूनिया में मृत्यु दुख होगी। और ध्यान रखें, जन्म तो हो चुका, मृत्यु होने को है। इसलिए जन्म की खुशी तो ना कुछ है, मृत्यु का दुख भारी है। शायद यह भी कारण है कि हम मृत्यु के दुख को भुलाने के लिए जन्म का उत्सव मनाये चल जाते हैं।

ऐसे प्रत्येक जन्मदिन जन्म की कम याद दिलाता है, आनेवाली मौत का ज्यादा स्मरण कराता है। लेकिन हम पीछे की तरफ देख रहे हैं, हम आगे की तरफ नहीं देखते हैं। हर जन्मदिन का मतलब सिर्फ यह है कि एक वर्ष और आदमी मरा, एक वर्ष और मरने की पूरी हुई। जिंदगी से एक़ वर्ष और रिक्त हुआ और चुका और समाप्त हुआ। लेकिन हम पीछे देखते हैं। और पीछे देखकर हम आगे देखने से बच तो नहीं रहे हैं? यह कोई शुतुर्मुर्ग का उपाय तो नहीं है कि रेत में सिर छिपाकर खड़े हो गये हैं, ताकि आगे दिखायी न पड़े? लेकिन हम कितनी ही जन्मों की बातें करें, मौत चली आती है। हर जन्म के ऊपर पैर रखकर मौत चली आती है। हर जन्म को सीढ़ी बनाकर मौत चली आती है। हर जन्म के पीछे मौत की छाया खड़ी है। इसलिए जो जन्म में खुश है, वह ध्यान रखे, मृत्यु में दुखी होगा। असल में वह मौत के दुख को भुलाने के लिए जन्म की खुशी मनाये चल जा रहा है।

यह आत्मवंचना है। लेकिन यह जीवन इतना दुखी है कि हम इसमें

कहीं ओएसिस, इस मरुस्थल में कहीं मरुद्यान खोज लेना चाहते हैं, झूठा ही सही, सपना ही सही, वहीं तो हम अपनी खुशी को अटका लें! लेकिन अटकायी हुई खुशियां कम नहीं पड़ सकतीं। इसलिए मैंने उचित समझा कि आपको कहूं कि जब तक जीवन का पता न चल जाये...।

और जीवन का पता चल सकता है, क्योंकि जीवित हम हैं। अगर कुछ भी हमारे निकटतम है, तो वह जीवन है। अगर कुछ भी हमारे ठीक हाथ में है, तो वह जीवन है। अगर कुछ भी इस वक्त धड़क रहा है, तो वह जीवन है। अगर कुछ भी इस वक्त बोल रहा है, सुन रहा है, तो वह जीवन है। श्वास भीतर आ रही है, बाजार जा रही है, वह जीवन है। जीवन निकटतम है, हम जीवन हैं। लेकिन उससे हमारा कोई परिचय नहीं है, उससे हमारी कोई पहचान नहीं है। और हम न मालूम किन-किन बातों में इस मौके को गंवाते चले जाते हैं, परिचित होने के मौके को गंवाते चले जाते हैं। नहीं, पीछे लौटकर देखने का कोई प्रयोजन नहीं है।

जन्म के दिन से कुछ अर्थ नहीं है। अर्थ तो जो अभी, उससे अर्थ है। अगर कुछ भी जानने, पाने जैसा है, तो वह जो अभी है जानने-पाने जैसा है। लेकिन मन की एक तरकीब है कि जो मौजूद है, उसको चूकते चल जाओ; जो मौजूद नहीं है, उसे सोचते चले जाओ। इसलिए मैंने कहा कि हम सब जन्म हैं, लेकिन हमें जन्म का पता नहीं है। हो सकता है, मैं कहता हूं; हो सकता है आपकी तरफ से...। अपनी तरफ से तो कहता हूं, ऐसा है।

असल में जब आप जन्म ले रहे होते हैं, तब पिछली मृत्यु की याद आपके मन पर गहरी होती है और चूक जाते हैं। पिछली मौत, इस जन्म के पहले जहां आप मरे हैं अभी, वह इतनी गहरी होती है और चूक जाते हैं। पिछली मौत, इस जन्म के पहले जहां आप मरे हैं अभी, वह इतनी गहरी होती है मन पर कि मन वहीं अटका रहता है और जन्म का क्षण आप देखने से चूक जाते हैं। उसका भी कारण यही है, जो कारण अभी

है। अभी जीवन दखेने से चूक जायेंगे, क्योंकि मन फिर पीछे अटका है। फिर मौत आ जायेगी, मौत भी देखने से चूक जायेंगे, क्योंकि मन फिर पीछे अटका होगा; बाजार में होगा, दुकान में होगा। मकान में, मित्रों में, प्रियजनों में, दुश्मनों में, कहीं और होगा, जिंदगी में होगा।

अब यह बड़े मजे की बात कि जो आदमी जिंदगीभर जी रहा था, वह जिंदगी को कभी न जाना, जब वह मरने लगता है, तब उसका मन जिंदगी में है, और तब मौत सामने आ रही है। वह चूके जा रहा है। अगर वह मौत को जान ले, तब वह जन्म को जान ले। अगर वह जीवन को जान ले, तो एक बात भर पक्के रूप से पता चल जाती है कि जो भी हमारे भीतर है, उसका कोई जन्म है, न कोई मृत्यु है। लेकिन उसका यह मतलब मत समझ लेना... मैं सदा डरता हूं। जब मैं कहता हूं, उसका कोई जन्म नहीं है, उसकी कोई मृत्यु नहीं है, और आपकी तरफ देखता हूं, तो मैं डर जाता हूं। क्योंकि आपको लगता है कि आपका कोई जन्म नहीं है, आपकी कोई मृत्य कुछ नहीं है। यह मैं नहीं कह रहा हूं। आप तो मरेंगे ही, मैं जो यहां दिखायी पड़ रहा हूं, वह तो मरेगा ही। इसलिए जब मैं कहता हूं, उसका कोई जन्म नहीं है, उसकी कोई मृत्यु नहीं है, तो आपकी बात नहीं कह रहा हूं। आपके भीतर कोई है, उसकी बात कर रहा हूं, जिसका आपको भी कोई पता नहीं है।

इसलिए हम बड़े आश्वस्त हो जाते हैं सुनकर कि नहीं कोई मृत्यु नहीं, नहीं कोई जन्म, तो हम सोचते हैं कि ठीक है, बचेंगे। आप नहीं बचेंगे, आपके बचने का कोई उपाय नहीं है। आप तो जायेंगे ही। आप तो जा ही रहे हैं। यह भी कहना गलत है कि जायेंगे यह हमारी भाषा की भूलें हैं, इसलिए हम ऐसे शब्द उपयोग करते हैं। जा ही रहे हैं, जायेंगे इसमें तो ऐसा लगता है कि भविष्य में कोई घटना घटनेवाली है। नहीं, यह ठीक ऐसा है, जैसा हम कहते हैं, नदी है। कहना नहीं चाहिए 'नदी है।' कहना चाहिए 'नदी हो रही है।' क्योंकि नदी प्रतिपल हुई चली जा

रही है। 'है' की हालत में नदी कभी होती नहीं। 'इज' की हालत में दुनिया में कोई चीज कभी नहीं होती। सभी चाजें बह रही हैं। हम कहते हैं, 'फलां आदमी जवान है।' है नहीं। कहना चाहिए जवान हो रहा है या बूढ़ा हो रहा है। कुछ हो रहा होगा। है की हालत में कुछ ठहरता नहीं है।

इसलिए जब मैं कहता हूं कि आप तो जा ही रहे हैं, तो कारण है। कारण सिर्फ इतना ही है कि आप प्रफुल्लित न हों, इस बात को जानकर कि नहीं, मरना नहीं है। धार्मिक लोग बहुत दिनों से बहुत प्रफुल्लित हैं इस बात को जानकर कि मरना नहीं है। इससे ऐसा नहीं है कि कुछ हमको पता चल गया है। इससे कुल इतना ही मतलब है कि वह सोचते हैं कि जब मरना ही नहीं, तो ठीक है, जैसे जी रहे हैं, वैसे ही जीये चले जाना है!

नहीं, आप तो जायेंगे, मैं जाऊंगा। मैं और तू के नाम से जिन्हें हम जानते हैं, वे तो पानी पर खींची गयी रेखाओं से मिट जायेंगे। इधर खिंच भी नहीं पाते और मिटना शुरू हो जाते हैं। लेकिन फिर भी पीछे कुछ है, जो बच रहा है। उस द रिमेनिंग, वह जो पीछे शेष रह जाता है, उसकी खोज ही धर्म है उसकी खोज ही सत्य है। उसकी खोज ही मनुष्य को आत्मवान बनाती है उसे पहली दफा पता चलता है कि कुछ और भी है, जो नहीं बदलता। जिस दिन उस न बदलने वाले पर हमारे पैर पड़ जाते हैं, उसी दिन हम किसी चट्टान पर खड़े होते हैं। उसके पहले सब रेत है। हम आंख कितनी ही बंद करें, अपने को समझायें कितना ही, उससे अंतर नहीं पड़ता; वह सब रेत की तरह खिसकता चला जाता है। लेकिन याद नहीं आता। याद ही नहीं आता। स्मरण ही नहीं आता।

जुंग ने कहीं कहा है कि ऐसा मालूम पड़ता है कि आदमी मृत्यु से इतना घबड़ा गया है कि उसने मृत्यु को अपने चेतन मन से बाहर कर दिया है। वह उसकी बात नहीं करता, उस पर चिंतन नहीं करता, उस

पर सोचता नहीं, उसको खयाल में नहीं लाता। क्योंकि उसके सारे हाथ-पैर कंप जायेंगे। वह अभी यहीं खड़ा-खड़ा गिर पड़ेगा। उसके भीतर कोई चीज कंपने लगेगी और डोलने लगेगी। उसका सारा आश्वासन खो जायेगा। उसकी सब पक्की मंजिलें, सब एकदम ताश के पत्ते हो जायेंगे। जरा से हवा के झोंके, और गिरने लगेगा।

यह डर है, शायद इसलिए मृत्यु को हम बाहर रखते हैं और जन्म को भीतर रखते हैं। जन्म हमारे चित्त में बड़ा गहरा होकर बैठा रहा है। जन्म है मित्र का, तो हम फूल भेंट देते हैं। अभिनंदन कर आते हैं। सब भलीभांति जानते हुए कि कोई अभिनंदन काम नहीं पड़ेगा, कोई फूल काम नहीं करेंगे, कोई शुभ-कामनायें काम नहीं करेंगी।

नहीं, यह नहीं कह रहा हूं कि ऐसा मत करें। जिंदगी आपकी शुभकामनाओं के बिना ही काफी बुरी है। उनको और घटा दें तो कुछ अच्छा नहीं हो जायेगा, यह नहीं कह रहा हूं। यह भी नहीं कह रहा हूं कि फूल मत दें किसी के जन्मदिन पर। फूल के अलावा भेजने को और हो भी क्या सकता है! ऐसे फूल हैं बड़ा सुंदर प्रतीक। वह खबर ले जाता है कि आया नहीं कि कुम्हलाना शुरू हो गया! जन्मदिन पर फूल भेजना ही चाहिए, क्योंकि वह खबर भी लाता है साथ में। बड़ी से बड़ी भेंट फूल की हो सकती है। कीमती से कीमती भेंट फूल की हो सकती है। क्योंकि साथ खबर भी लाता है। सुबह आया नहीं कि सांझ उसे फेंक देना भी पड़ेगा। सुबह वह जन्मदिन की खबर लेकर आया था, सांझ मृत्यु के दिन की खबर लेकर जा चुका है।

नहीं, फूल तो जरूर भेजते जायें। अभिनंदन भी जरूर करें, शुभकामना भी जरूर करें। लेकिन इससे किसी भ्रांति को जन्म न दें। ये हमारी शुभकामनायें ऐसी ही हैं, जैसा मैंने सुना कि जब भगतसिंह को फांसी की सजा हुई, तो उसके और दो-चार मित्र भी बंद थे, जिनको फांसी की सजा थी। वे रोज सुबह उठकर एक-दूसरे को शुभकामना करते थे। जब

जिनको फांसी की सजा हुई हो, सेटेंस टु डेथ, रोज सुबह सूरज का उग आना और फिर...। लेकिन शुभकामना भी तो सीधी नहीं कर सकते थे। हम भी नहीं कर पाते। अपनी-अपनी कोठरियों में बंद सिर्फ दीवालों को खटखटाकर नियम बना लिया था कि इतने खटके, तो समझना कि अभी हम जिंदा है, और शुभकामना भेजते हैं कि परमात्मा तुम्हें जिलाये। तो वे नियम के खटके बना लिये थे, वे खटके बजाते थे। फिर कोठरियों में खुशी फैल जाती थी कि सब साथी जिंदा हैं। लेकिन कैसी विडंबना कि वह जीना सिर्फ मरने के लिए है। आज नहीं कल, कल नहीं परसों, फांसी तो होने ही वाली है। वह जीना सिर्फ कल मरने के लिए है। फिर भी एक दिन ओर तो खुशी की लहर फैल जाती है। गीत गाने लगते हैं, क्योंकि कोई साथी मरा नहीं सब दरवाजों से खटके की आवाज आ गयी, अभी सब साथी जिंदा हैं। सबने एक-दूसरे को शुभकामना पहुंचा दी कि हम जीवित हैं, परमात्मा का धन्यवाद है!

लेकिन किसलिए जीवित हैं? वह फांसी कल, कल नहीं परसों, वह फांसी राह देखती है। सिर्फ मरने के लिए? हमारी हालत भी बहुत भिन्न नहीं है भगतसिंह से और उनके साथियों से। थोड़ा-सा फर्क है। वह फर्क यह है कि वे कम से कम अपनी मौत के प्रति आश्वस्त भी थे। हम उतने आश्वस्त भी नहीं, वह भी पक्का नहीं है।

लेकिन हम जिस जगह खड़े हैं, वहां करीब-करीब हालतें वैसी हैं, जैसे किसी कारागृह में फांसी पर जानेवाले लोग क्यू में खड़े हैं। लेकिन कितना उपद्रव मचा लेते हैं उन थोड़े से क्षणों में, कितना फैलाव कर लेते हैं, कितना विस्तार कर लेते हैं! कितना क्या कुछ कर डालते हैं हम थोड़े से क्षणों में! सिर्फ एक चीज छोड़ जाते हैं कि वह थोड़े से क्षण में हम उस तत्व को जान सकते थे, जो न आया था और न जायेगा, उसको नहीं जान पाते। बस, उससे वंचित रह जाते हैं।

तो आप शुभकामनायें लाये, उसके लिए धन्यवाद। लेकिन उस

शुभकामना से आप अपने जीवन के प्रति आश्वस्त होकर मत चले जाना। मुझे उससे कोई आश्वासन मिलने की बात नहीं है। लेकिन आप मत सोचते हुए चले जाना कि जीवन है, जन्म है। मृत्यु को अलग काटकर मत रख देना। अच्छी दुनिया हो, तो मैं मानता हूं कि मृत्यु-दिन ही मनाना चाहिए। लेकिन हम तो मृत्यु-दिन तब मानते हैं, जब आदमी मर जाता है। तब मानने का कोई मतलब नहीं रहता। हमें मनाना ही ऐसा चाहिए, आदमी पांच साल को हो गया, तो कहना चाहिए मृत्यु पांच साल करीब आ गई। दस साल का हुआ, तो दस साल करीब आ गयी। बीस साल का हुआ, तो बीस साल करीब आ गयी।

और मृत्यु का दिन मनाना चाहिए। वह ज्यादा रियलिस्टिक है, यथार्थ है। और शायद हम मृत्यु के दिन मनाने लगें, तो शायद हमारे जीवन में अंतर पड़े, क्योंकि हर वर्ष हमें याद आये कि मौत एक वर्ष करीब आ गयी। तो हम वही न हो सकें, जो हम बने रहते हैं।

हम मरघटों को, कब्रिस्तानों को गांव के बाहर बनाये हुए हैं, इसी डर से कि वे दिखायी न पड़ जायें। मेरा वश चले, तो गांव के बीच में ही होने चाहिएं। हम दिन में दस बार निकलें, तो हमें मरघट दिखाई पड़े। दस बार खयाल आये कि मौत है। क्योंकि बड़े दुख की बात है कि मौत ही अकेला एक तत्व है, जिसकी पीड़ा हममें घनी हो जाये, तो हमारा जीवन परिवर्तित हो सकता है, अन्यथा नहीं। मौत ही एकमात्र दंश है, कांटा है, जो गहरा हमारी छाती में चुभ जाये, तो शायद कोई ट्रांसफार्मेशन, कोई क्रांति घटित हो जाये, अन्यथा नहीं। मौत ही हमें घेर ले और जोर से पकड़ ले, तो शायद हम कोई छलांग लगायें, अन्यथा नहीं।

इसलिए बुद्ध के पास जब कोई भिक्षु आता था और कहता कि मैं परमात्मा की खोज पर आया हूं, सत्य की खोज पर आया हूं आत्मा को जानना चाहता हूं, तो बुद्ध कहते, 'बंद करो, बंद करो ये बातें। पहले मैं तुमसे पूछता हूं, मौत को खोजने का कोई खयाल है?' वह आदमी कहता,

'मौत से क्या लेना-देना? मुझे आत्मा खोजनी है। परमात्मा खोजना है।' बुद्ध कहते, 'नहीं पहले मौत खोज लो। क्योंकि जो मौत को जान लेगा, वह परमात्मा को भी जान लेगा।' लेकिन जो मौत को नहीं जानेगा, वह परमात्मा को भी नहीं जान सकता।

मौत जिंदगी की जरूरी सिचुएशन है, वह जरूरी स्थिति है, जिसमें से हमारे भीतर सब कुछ पैदा होता है। तो बुद्ध उससे कहते कि 'तू जाकर कुछ दिन मरघट पर रहकर आ, फिर लौट आ। फिर अगर तू ब्रह्म की जिज्ञासा करेगा, तो मैं उत्तर दूंगा। फिर तू आत्मा को पूछेगा, तो हम बात करेंगे। पहले तू मरघट पर रह आ।'

अक्सर भिक्षुओं को वे मरघट पर भेज देते कि तुम वहीं चौबीस घंटे रहो। चौबीस घंटे मरघट पर रहना। फिर कोई मुर्दा आया, फिर कोई जला। फिर कोई मरा, फिर कोई रोता हुआ आया। दिनभर, रात आधी रात भी, सुबह भी, न कोई समय, न कोई असमय, लोग मरते ही चले जाते हैं, मरघट पर आते ही चले जाते हैं! वह आदमी कब तक देखेगा, कितनी देर तक देखेगा! अंततः उसे खयाल आ जाता है कि मैं भी इस क्यू में कहीं खड़ा हूं। यह ज्यादा देर की बात नहीं है।

तो मरघट हमारी चेतना के बाहर है। इसलिए हमें कभी पक्का पता नहीं चलता। और जब एक आदमी मरता है, तो हम कहते हैं, बेचारा! हमें पता नहीं लगता कि हम क्यू में थोड़े से आगे बढ़ गये। उस आदमी ने जगह खाली कर दी।

हर मौत, हमारी ही मौत है। हर मौत, हमारी ही मृत्यु का स्मरण है। और अगर यह स्मरण बन सके, गहरा हो सके, तो शायद हम जीवन को भी जानने में सफल हो सकते हैं।

तो दो-तीन बातें आज मैं आपसे कह दूं। एक, जिसे जन्म कहते हैं, उसे जन्म मत समझ लेना। वह सिर्फ एक सोशल मिथ, एक सामाजिक

पुराण-कथा है। जिसे मृत्यु कहते हैं, उसे मृत्यु मत समझ लेना, वह केवल हमारे अज्ञान का दूसरा नाम है। जिसे जीवन कहते हैं, उसे जीवन मत समझ लेना, क्योंकि रोज सुबह उठ आना और रोज सांझ सो जाना; रोज वही भोजन, वही कमाना, वही मित्र, वही शत्रु, वही सारा जाल, उसकी निरंतर पुनरुक्ति, अंतहीन पुनरुक्ति...! बड़ी आयचर्यजनक बात है कि उसकी अंतहीन पुनरुक्ति भी हम करते चले जाते हैं, ऊबते भी नहीं हैं।

कामू ने अपनी एक किताब का प्रांरभ एक अजीब से वाक्य से किया है। कहा है कि दि ओनली मेटाफिजिकल प्राब्लम बिफोर मैन इज स्युसाइड। एक ही आध्यात्मिक समस्या जो मनुष्य के सामने है, वह आत्महत्या है। ओर जब उससे किसी ने पूछा कि 'यह तुमने क्या लिखा है!' तो उसने कहा कि जब से मैं थोड़े होश से भरा, तब से मैं पूछ रहा हूं अपने से कि अगर यही जिंदगी है, तो आत्महत्या में बुराई क्या है? अगर यही जिंदगी है, जो मैं कल जीया था, परसों जिया था। इसी को कल फिर दोहराना है, परसों फिर दोहराना है, तो यह सोचकर कि इसी को दोहराये चले जाना है, मैं सोचता हूं, आत्महत्या में बुराई क्या है? अगर यही जिंदगी जिंदगी है...।

लेकिन हममें से कितनों ने सोचा है यह कभी? कि जिसे हम जिंदगी कहते हैं, अगर यही जिंदगी है...। हमें तो अगर कोई भगवान मिल जाये और कहे कि यह जिंदगी हम तुम्हें दुबारा देते हैं, तो हम कहेंगे, बिलकुल हम राजी हैं। साठ साल ओर फिर यही करेंगे। द सेम डेड रूटिन, फिर यही करेंगे। लेकिन इसका मतलब कुल इतना है कि हमारे पास कोई संवेदनशील चिंतन नहीं है, कोई सेन्सिटिविटी नहीं है कि हम क्या कर रहे हैं। इसलिए आप चकित न होना कि दुनिया में जो लोग आत्महत्या कर लेते हैं, अनिवार्य नहीं कि कायर हों, इसकी भी संभावना है कि आपसे ज्यादा संवेदनशील हों। और आप यह मत समझ लेना कि आत्महत्या नहीं करते हैं, तो बड़े बहादुर हैं। संभावना बहुत यही है कि मरने की भी

हिम्मत नहीं जुटा पाते, जीने की तो बात अलग है। इसलिए जीये चले जाते हैं। मरने के लिए भी तो सोचना पड़ेगा, कुछ डिसीजन लेना पड़ेगा। और जिंदगी है, तो सिर्फ बहते चले जाते हैं, बहते चले जाते हैं।

कभी बैठकर थोड़ा-सा लेखा-जोखा कर लेना चाहिए। कभी बैठकर थोड़ा लेखा-जोखा करना चाहिए कि पचास साल जीया, इस पचास साल में कितने क्षण हैं, जो जीवन के क्षण हैं। जिनको मैं अगर फिर से परमात्मा हो, तो मांगना चाहूं, तो हाथ से रेत खिसकती मालूम पड़ेगी। एक क्षण भी ऐसा नहीं लगेगा, जिसे दुबारा मांगने का मन हो। इतना बासा है जीवन! इतना स्टेल! लेकिन हम बासी जिंदगी पर, जैसे सड़ी हुई मछली पर कोई टमाटर सॉस ऊपर से डालकर खाये चला जा रहा हो ऐसे हम सड़ी हुई जिंदगी पर, बस, रोज आशाओं के सॉस डालते हुए चले जाते हैं।

कल कुछ होगा, परसों कुछ होगा! और मजा यह है कि आप ही कल भी होंगे। तो आप तो कल भी थे। कल आपने क्या किया? परसों भी आप थे, परसों आपने क्या किया? आप ही कल भी होंगे। और ध्यान रहे, आज से कमजोर होंगे। रोज शक्ति चुकती चली जाती है, रोज क्षण कम होते चले जाते हैं। समय क्षीण होता चला जाता है, अवसर क्षीण होते चले जाते हैं, शक्ति क्षीण होती चली जाती है। अगर कल आज नहीं पा सके, तो आनेवाले कल आप बिलकुल भी नहीं पा सकेंगे। इससे यह मत समझ लेना कि मैं आपको निराश कर रहा हूं। इससे यह मत समझ लेना कि कोई निराशावादी हूं, दुखवादी हूं कि कुछ भी नहीं हो सकेगा। मैं आपसे सिर्फ इतना कह रहा हूं कि जिस आशा में आप जी रहे हैं, उस आशा में जाने से कभी कुछ न हो सकेगा। अगर आपको निराशा भी पकड़ ले, तो कुछ हो सकता है।

ध्यान रहे, इस पृथ्वी पर सिवाय बुद्धुओं के और कोई आशावान नहीं हो सकता। नहीं, जिंदगी ऐसा मौका नहीं देती, जिंदगी ऐसा मौका नहीं

देती है। जिंदगी को जो भी देखेगा, वह निराश होगा, होना चाहिए। और निराशा जब इतनी गहरी हो जाती है कि जिंदगी बिलकुल बेकार मालूम पड़ती है, तभी पहली दफा छलांग लगाने का मन होता है कि हम कोई और जिंदगी खोजें।

बुद्ध एक आदमी से कह रहे हैं कि 'तू अब छोड़ यह सब।' वह कहता है कि 'कुछ देर और रुक जायें। अगले वर्ष लड़की की शादी कर लूं, फिर मैं आता हूं।' बुद्ध ने कहा कि 'समझ कि साल बीता, लड़की की शादी हो गयी। पक्का है आयेगा?' उसने कहा, 'साल तो बीत जाने दो!' बुद्ध ने कहा, 'समझ कि साल बीता, लड़की की शादी हो गयी क्या खयाल है?' उसने कहा, 'लेकिन अभी कैसे कह सकता हूं। सालभर बाद हजार सवाल उठ सकते हैं।' बुद्ध ने कहा, 'मैं बचा तो अगले वर्ष आऊंगा।'

बुद्ध उस गांव से फिर निकले। वह आदमी सुनने बुद्ध को नहीं आया, क्योंकि वह डरा। उसने सोचा कि 'पता नहीं, वह आदमी फिर पहचान ले! और ऐसे आदमी भूलते नहीं, पहचान लेते हैं। और पकड़ लें, पहचान लें; साल बीत गया! लेकिन कहीं वे फिर कहें...! सवाल तो कुछ भी हल नहीं हुए।' सवाल और बढ़ गये, क्योंकि एक साल में सवाल और पैदा किये। आदमी तो वही है, जो सवाल पैदा कर ले।

बुद्ध बैठे हैं, लोग आ गये हैं और बुद्ध किसी की राह देख रहे हैं। लोगों ने कहा, 'अब आप शुरू करिये, समय बीता जाता है!' बुद्ध ने कहा, 'एक आदमी ने वायदा किया था आपके गांव में, वह कहां है?' उन्होंने कहा, 'बड़ी मुश्किल है, वह आपसे बच रहा है!' 'उसको बुला लाओ', बुद्ध ने कहा। 'क्योंकि पता नहीं, अगले साल मैं बचूं या न बचूं। उसका तो मामला अगले साल तक टल ही गया होगा।' उस आदमी को लाया गया। उसने कहा, 'माफ करिये। बड़ी गलती हो गयी। मगर दूर के बहुत सवाल उठ गये हैं। अब लड़का भी बड़ा हो गया है, मां की तबियत ठीक

नहीं रहती, पिता बूढ़े हैं, घर में बहुत काम हैं लेकिन अगले वर्ष जब आप आयेंगे...!'

बुद्ध ने और लोगों से कहा कि 'देखते हो इस आदमी को! असल में इस आदमी के मन में अब तक जगत के प्रति कोई निराशा नहीं जन्मी है। अभी इसे ऐसा नहीं लग रहा है कि जगत में आग लगी है, तो क्या यह पोस्टपोन कर सकता है, स्थगन कर सकता है? अगर इस मकान में आग लग जाये, तो यहां एक आदमी नहीं मिलेगा, जो कहेगा कि थोड़ी देर, दस मिनट बाद में आता हूं! आग लगी तो यहां जो होड़ होगी, वह यह होगी कि कौन पहले निकल जाय। कोई पीछे होने को राजी नहीं होगी।'

लेकिन जीवन के सत्य की तरफ एसी कोई होड़ नहीं दिखायी पड़ती। सच तो यह है कि जीवन के सत्य की खोज अकेला एकमात्र क्षेत्र है, जहां कोई कम्पीटीशन, कोई प्रतियोगिता नहीं है। आप चले जाइए अकेले और बिलकुल अकेले नंबर एक आ जाइए, तो कोई रोकने वाला नहीं है। कोई दूसरा होता ही नहीं!

निराशा! जीवन जैसा है उसे देख लें, तो निराशा पकड़ेगी। क्या है हमारा प्रेम? क्या है हमारी मित्रता? प्रेम को बहुत तलाश करेंगे, तो दो-चार आंसुओं के सिवाय भीतर कुछ मिलता नहीं। और जब आंसू खुद के अनुभव में आते हैं, तो जैसा सागर का पानी तिक्त और कड़ुवा है, वैसे होते हैं। मित्रता! क्या है मित्रता? जिसे हम जानते हैं, वह क्या है मित्रता!

रवींद्रनाथ ने एक कविता लिखी है। लिखा है कि एक बौद्ध भिक्षु एक गांव से निकल रहा है, संन्यासी। एक वेश्या उस पर मोहित हो गयी है। और उसने नीचे उतरकर उस भिक्षु को कहा कि 'आओ। यह पहला मौका है कि मैं किसी को निमंत्रण देती हूं। अब तक लोगों ने मुझे

निमंत्रण दिया है और मेरे द्वार पर दस्तक दी है। सभी के लिए द्वार नहीं खुलते हैं।'

साम्राज्ञी थी एक अर्थ में वह। सारा नगर उसके लिए दीवाना था, नगरवधू थी। सुंदरतम थी। सभी सम्राट भी उससे मिल पायें, यह आवश्यक नहीं था। भिक्षु खड़ा हो गया, उसने कहा कि जब जरूरत होगी, तब मैं आ जाऊंगा।

पर उस स्त्री ने कहा कि 'जरूरत! मैं तुम्हें प्रेम का निमंत्रण दे रही हूं।' तो उस भिक्षु ने कहा, 'निमंत्रण मैंने सुन लिया और स्वीकार कर लिया। लेकिन अभी उनको आने दो, जो तुम्हारे मित्र हैं, तुम्हारे प्रेमी हैं। कल ऐसा क्षण भी आ जायेगा, न मित्र मिलेगा, न प्रेमी। तब मेरी जरूरत हो, तो मैं आ जाऊंगा। मैं तब तक प्रतीक्षा कर सकता हूं।'

बात आयी-गयी हो गयी। वेश्या दुखी और पीड़ित...। फिर वर्ष बीत गये। फिर जो होना था, जो होता है, वह हुआ। वह वेश्या कोढ़ग्रस्त हो गयी। गांव ने उसे निकालकर बाहर फेंक दिया। उसके शरीर गल-गलकर अंग उसके गिरने लगे। कोई उसके पास न आता, दूर तक उसकी बदबू पहुंचती। उस रास्ते से लोग न निकलते कि वह किसी को पुकार न दे, क्योंकि ये वे ही लोग थे, जिन्होंने कभी उसके द्वार पर दस्तक दी थी, आधी रात।

अमावस की रात है, वह तड़प रही है। उसे प्यास लगी है, कोई पानी देनेवाला भी नहीं है। और तभी कोई हाथ उसके माथे पर पहुंच गया। कोई पानी उसके मुंह में डालने लगा। उसने पूछा आंख खोलकर, पानी पीकर कि 'तुम कौन हो?' तो उसने कहा, 'मैं वही भिक्षु हूं जो कई वर्ष पहले तुम्हारे द्वार से गुजरा था। एक मैत्री तुमने जानी थी, एक मैत्री मैं भी जानता हूं।

पर उस वेश्या ने कहा, 'अब व्यर्थ ही आये, अब तो मेरे पास देने

को कुछ भी नहीं!' उस भिक्षु ने कहा, 'जो मैत्री लेने को आती है, वह मैत्री नहीं है। मैं लेने को कुछ नहीं आया।'

लेकिन हमने कोई एसी मैत्री जानी है, जो लेने को न आयी हो?

असल में हमने दो तरह की शत्रुताएं जानी हैं अपनों की और परायों की। अपनों की शत्रुता को हम मैत्री कहते हैं, परायों की शत्रुता को हम शत्रुता कहते हैं। दोनों ही हमसे लेने को आतुर हैं। अपनों के ढंग जरा प्रीतिकर हैं, परायों के ढंग जरा क्रोध से भरे हैं। ये दोनों ही लेने को तत्पर हैं।

मैत्री हमने जानी नहीं, प्रेम हमने जाना नहीं, जीवन हमने जाना नहीं। शांति और आनंद की हमें कोई खबर नहीं है। यद्यपि खोज उसी की है। और वह खोज तब तक पूरी न होगी, जब तक जो व्यर्थ है वह व्यर्थ न दिखायी पड़ जाये।...तब तक सार्थक की खोज नहीं हो सकती।

यहीं पास, जरा मुड़ें तो शायद मिल जाये। बस, किनारे पर, कोने पर ही। और जब तक वह जीवन न मिल जाये, तब तक जन्म-दिन मत मनायें। तब तक सोचें मत जन्म की बात। क्योंकि जिसको आप जन्म कह रहे हैं, वह सिर्फ मृत्यु का छिपा हुआ चेहरा है। हां, जिस दिन जिसको मैं जन्म कह रहा हूं, उसकी आपको झलक मिल जाये, उस दिन मनायें। उस दिन फिर प्रतिपल जन्म है क्योंकि उसके बाद फिर जीवन ही जीवन है शाश्वत, अनंत; फिर उसका कोई अंत नहीं है। ऐसे जन्म की यात्रा पर आप निकलें, ऐसी परमात्मा से प्रार्थना करता हूं।

मेरी बातों को इतने प्रेम और शांति से सुना, उससे अनुगृहीत हूं। सबके भीतर बैठे परमात्मा को प्रणाम करता हूं, मेरे प्रणाम स्वीकार करें।

परंपराओं से मुक्ति

मेरे प्रिय आत्मन्

एक मित्र ने पूछा है कि अतीत को छोड़ देने पर, परंपरा को छोड़ देने के लिए मेरा इतना आग्रह क्यों है?

एक आदमी हाथ में कंकड़-पत्थर लिए चल रहा हो, उसके हाथ कंकड़-पत्थर से भरे हों और हमें पता हो कि उसी रास्ते पर तो हीरे-जवाहरात भी मिल सकते हैं और उस आदमी से हम कहें कि तुम अपने हाथ खाली कर लो, कंकड़-पत्थर छोड़ दो। वह आदमी पूछने लगे कि 'आप मेरे हाथों के कंकड़-पत्थर छुड़ाने के लिए इतना आग्रह क्यों करते हैं?' कंकड़-पत्थरों से मुझे कोई भी आग्रह नहीं है। लेकिन कंकड़-पत्थर से जो हाथ भरे हैं, वे हीरे-जवाहरातों से नहीं भर सकते हैं। हीरे-जवाहरातों से भर जायें, इसके लिए मेरा आग्रह जरूर है, लेकिन उसके लिए खाली हाथ चाहिएं।

परंपरा को छोड़ देने पर कोई आग्रह नहीं है, लेकिन परंपरा को जो पकड़े हुए हैं, अतीत को, बीते हुए को जो पकड़े हुए हैं, उसका भविष्य हाथों से छूट जाता है। अतीत को जो पकड़े हुए हैं, उसका वर्तमान भी हाथों से छूट जाता है। जितना आदमी पीछे की तरफ देखता रहता है, उतना ही जो मौजूद है और जो होनेवाला है वह उसे दिखायी पड़ना बंद हो जाता है। तो जिसके हाथ में बीते हुए कंकड़-पत्थर हैं, वह जीवन के वर्तमान के और भविष्य के हीरे-जवाहरातों को नहीं बीन पाता है, इसलिए

यह मेरा जोर है। वह जोर, वह एम्फेसिस अतीत हो छोड़ देने पर नहीं है। वह जोर वर्तमान को और भविष्य को उपलब्ध कर लेने पर है। लेकिन एकदम से शायद यह दिखायी नहीं पड़ता है।

एक सुबह, एक घुड़सवार एक रेगिस्तानी रास्ते से निकल रहा था। एक आदमी सोया हुआ है और उस घुड़सवार ने देखा, उस आदमी का मुंह खुला हुआ है और एक छोटा-सा सांप उसके मुंह में चला गया। वह घुड़सवार उतरा। उसके पीछे उसके दो साथी थे। उनको उसने बुलाया। उस आदमी को उठाया और जबरदस्ती उसे घसीटकर पास ही नदी के किनारे ले गये और जबरदस्ती उन तीन-चार लोगों ने उसे पानी पिलाना शुरू किया।

वह आदमी चिल्लाने लगा, 'तुम क्या मनुष्यता के शत्रु हो, तुम क्यों मुझे पानी पिला रहे हो? तुम क्यों मुझे परेशान कर रहे हो? क्या जबरदस्ती है यह?'

लेकिन उन्होंने बिलकुल भी नहीं सुना। वे जबरदस्ती पानी पिलाते गये। वह नहीं पीने को राजी हुआ, तो उन्होंने धमकी दी कि वे उसे कोड़ों से मारेंगे। उस गरीब आदमी को जबरदस्ती पानी पीना पड़ा। लेकिन वह पानी पीता गया और चिल्लाता गया, विरोध करता गया कि 'तुम क्या कर रहे हो? मुझे पानी नहीं पीना है!'

जब बहुत पानी वह पी गया, तो उसे उल्टी हो गयी और उस पानी के साथ वह छोटा-सा सांप भी बाहर निकला। तब तो वह हैरान रह गया। वह आदमी कहने लगा कि 'तुमने पहले क्यों न कहा? मैं खुद ही अपनी मर्जी से पानी पी लेता।'

उस घुड़सवार ने कहा, 'मुझे जीवन का अनुभव है। पहली तो बात : अगर मैं तुमसे कहता कि सांप तुम्हारे मुंह में चला गया है, तो तुम हंसते और कहते, क्या मजाक करते हैं? सांप और कहीं मुंह में जा सकता

है! दूसरी बात : अगर तुम विश्वास कर लेते, तो यह भी हो सकता था कि तुम इतना घबड़ा जाते कि तुम बेहोश हो जाते। और तुम्हें बचाना मुश्किल हो जाता। तीसरी बात : यह भी हो कि तुम पानी भी पीने को राजी होते, तो हमारे समझाने-बुझाने में इतनी देर लग जाती कि फिर उस पानी पीने का कोई अर्थ न रहता। मुझे क्षमा करना,' उस घुड़सवार ने कहा, 'मजबूरी में हमें तुम्हारे साथ जोर करना पड़ा। उसके लिए क्षमा कर देना।'

लेकिन वह आदमी धन्यवाद देने लगा हजार-हजार धन्यवाद देने लगा। यही आदमी थोड़ी देर पहले चिल्ला रहा था कि 'क्या तुम आदमियत के शत्रु हो, तुम यह क्या कर रहे हो? एक अनजान आदमी के साथ यह क्या जबरदस्ती हो रही है!'

मैं जब आपसे कहता हूं कि परंपरा, अतीत, बीते हुए को छोड़ दें, तो एकसा ही लगता है कि मैं व्यर्थ ही आपको आग्रह कर रहा हूं, कोई जबरदस्ती कर रहा हूं। मनुष्यता का शत्रु ही मालूम होता हूं। लेकिन थोड़ा सोचेंगे, थोड़ा समझेंगे, थोड़ा विचार करेंगे, तो एक बात दिखायी पड़नी शुरू हो जायेगी कि मनुष्य का चित्त यदि अतीत से बंधा हो, तो भविष्य की ओर उन्मुख नहीं हो सकता। यह इम्पासिबिलिटी है, यह असंभावना है। या तो अतीत की ओर उन्मुख होता है मनुष्य का चित्त और या भविष्य की ओर उन्मुख होता है।

और स्मरण रहे कि जो व्यक्ति अतीत की ओर उन्मुख होता है, वह वर्तमान की ओर भी उन्मुख नहीं होता। वही वर्तमान उसे दिखायी पड़ता है, जो अतीत बन जाता है। वर्तमान प्रतिक्षण अतीत बन रहा है। अतीत की तरफ देखनेवाले आदमी को वर्तमान का भी वही हिस्सा दिखायी पड़ता है, जो अतीत बन चुका होता है। जो भविष्य की ओर उन्मुख होता है, उसे वर्तमान का वह हिस्सा दिखायी पड़ता है, जो अभी अतीत नहीं बना। जो अभी है, इस क्षण जो मौजूद है।

जीवन की अनुभूति वर्तमान के साक्षात में है। लेकिन परंपराओं को पकड़ लेने के संबंध में मैं तो आग्रह नहीं कर रहा हूं कि छोड़ दें, लेकिन हम सबका आग्रह जरूर है कि हम पकड़े रहेंगे। वह हमारा आग्रह क्यों है इतना? क्यों हम इतने पागल की तरह बीते हुए को पकड़ लेना चाहते हैं? कुछ वजह होगी। कुछ एक-दो बातें समझ लेनी जरूरी हैं।

पहली बात तो यह, जिन्हें भविष्य को कोई भरोसा नहीं होता, वे अतीत की स्मृतियों में ही अपने को भुलाये रखना चाहते हैं। बच्चे हमेशा भविष्य की तरफ देखते हैं, बूढ़े हमेशा अतीत की तरफ देखते हैं। बच्चों का कोई अतीत नहीं होता, कोई पास्ट नहीं है उनका, जो भी है भविष्य है। बच्चा हमेशा आगे की तरफ देखता है। बूढ़े हमेशा पीछे की तरफ देख रहे हैं। उनका कोई भविष्य नहीं है, जो कुछ है अतीत है। बूढ़े अतीत की ओर देखते हैं, इससे यह सूत्र भी समझ ले सकते हैं कि जो भी अतीत की ओर देखता है, वह बूढ़ा हो जाता है। वह लक्षण बुढ़ापे का है। और बुढ़ापा मृत्यु की ओर उठाया हुआ जीवन का अंतिम कदम है।

बुढ़ापा मृत्यु की ओर उठाया हुआ जीवन का अंतिम कदम है। और जिसने पीछे की तरफ देखना शुरू कर दिया; समझ लेना, उसने जीना बंद कर दिया है। वह आदमी मरना शुरू हो गया है, या मर चुका है। जब तक भविष्य होता है देखने को, तब तक कोई पीछे की तरफ नहीं देखता हैं। जवान कौमें भी पीछे की तरफ नहीं देखती हैं। बूढ़ी कौमें ही पीछे की तरफ देखती हैं। और जितना वे पीछे की तरफ देखती हैं, उतनी ही बूढ़ी होती चली जाती हैं, एक व्हीसियस सर्किल पैदा होता है। एक दुष्चक्र पैदा होता है।

क्यों हम पीछे की तरफ देखते हैं? क्या हमें भविष्य में कुछ भी दिखायी नहीं पड़ता? क्या वर्तमान में हमें कोई आनंद के क्षण मालूम नहीं होते, जो हम पीछे-पीछे लौटकर देखते रहें, और उन बातों को सोचते रहें जो कभी बीत चुकीं? और बड़े आश्चर्य की बात तो यह है कि जब वे

बातें बीत रही थीं, तब भी हम उनको नहीं देख रहे थे। तब हम और पीछे देख रहे थे।

न हमने महावीर को देखा, न हमने बुद्ध को देखा, न हमने राम को देखा, न हमने कृष्ण को देखा। जब राम मौजूद हैं, तब हम पीछे की तरफ देख रहे हैं, उन लोगों को जो राम के पहले हो चुके हैं। जब बुद्ध मौजूद हैं, तुम हम पीछे की तरफ देख रहे हैं, उन लोगों को जो बुद्ध के पहले हो चुके हैं। बुद्ध को देखा हमने? क्राइस्ट को देखा हमने? क्राइस्ट को नहीं देखा। क्राइस्ट के सामने जो लोग मौजूद थे, उन्होंने तो उसे फांसी लगा दी। लेकिन दो हजार साल से दूसरे लोग लौट-लौटकर क्राइस्ट को देख रहे हैं।

बुद्ध को गांव से भागना पड़ा, महावीर को पत्थर मारे गये, सुकरात को जहर पिला दिया, उन्हीं लोगों ने जो मौजूद थे। लेकिन दो हजार साल से सुकरात की पूजा चलती है, सुकरात का आदर चलता है। और आज सुकरात पैदा हो जाये, तो मैं आपको विश्वास दिलाता हूं, हम फिर वही करेंगे सुकरात के साथ, जो हमने पहले किया था! क्योंकि हम जिंदा आदमी के साथ, मौजूद के साथ ठीक सलूक करना जानते ही नहीं हैं। हम तो मरे हुए के साथ व्यवहार करना जानते हैं।

यह जो हमारी पीछे लौटकर देखने की आदत है, आप शायद सोचते होंगे कि यह हमारी महापुरुषों को आदर देने की आदत है? झूठी है यह बात। इसमें महापुरुषों के प्रति कोई आदर नहीं है। केवल मुर्दों के प्रति आदर है। महापुरुष जिंदा हों तो कोई आदर नहीं है। वही हम करेंगे, जो हमने पहले किया था।

दोसतोवस्की ने एक छोटी-सी कहानी लिखी है। उसने लिखा है, जीसस क्राइस्ट ने अठारह सौ वर्ष बाद सोचा कि अब तो करीब-करीब एक तिहाई दुनिया ईसाई हो गयी है। अब मैं वापस जाऊं। अब तो मेरा

स्वागत हो सकेगा, अब तो लोग मेरी बात सुन सकेंगे। अब तो वे पुरोहित न रहे, जिन्होंने मुझे फांसी दी थी। अब तो वे लोग न रहे जो हंसे थे और मजाक उड़ाया था। अब तो वे लोग न रहे, जिनके सामने मैं असफल हो गया और मेरी मृत्यु के सिवास कुछ भी फलित न हुआ था। मैं जाऊं।

जेरुसलम में एक सुबह, रविवार के दिन जब कि लोग चर्च से वापस लौट रहे हैं, जीसस क्राइस्ट एक झाड़ के नीचे उतरकर खड़े हो गये। चर्च से लौटते हुए लोग जो चर्च में जीसस क्राइस्ट की प्रार्थना करके आ रहे थे, उन्होंने जीसस क्राइस्ट को खड़े देखा, तो भीड़ लगा ली और वे हंसने लगे ओर वे कहने लगे कि 'यह कोई अभिनेता मालूम होता है, बिलकुल जीसस क्राइस्ट बनकर खड़ा हुआ है!' जीसस क्राइस्ट ने कहा, 'मैं कोई अभिनेता नहीं, मैं कोई एक्टर नहीं, मैं खुद जीसस क्राइस्ट हूं!'

वे लोग हंसने लगे। उन्होंने कहा, ऐसे पागलपन की बातें मत करो। जीसस क्राइस्ट सिर्फ एक बार हुए हैं और हो चुके हैं। अब दुबारा नहीं हो सकते।' जीसस क्राइस्ट ने कहा, 'मैं खुद कह रहा हूं, मैं जीसस क्राइस्ट हूं, तुम नहीं मानते!' उन्होंने कहा, 'कहां लिखा है बाइबिल में कि तुम दुबारा आओगे। और इन तारीखों में आओगे! किस शास्त्र में लिखी है, तुम्हारे आने की खबर? जरूर कोई धोखेबाज आदमी मालूम होते हो!'

जीसस क्राइस्ट तो मन में बहुत घबड़ाने लगे। यह तो वही की वही बातें हैं, जो अट्ठारह सौ वर्ष पहले के लोगों ने कही थीं। लेकिन तब तो पुरोहित दूसरों के थे, मंदिर दूसरों के थे, शास्त्र दूसरों के थे। अब तो पुरोहित मेरे हैं, शास्त्र मेरे हैं, ये लोग मेरे हैं। ये भी मुझ से वही बातें कह रहे हैं! जीसस क्राइस्ट को पता नहीं था, जिंदा आदमी के साथ हमेशा वही बातें कही जाती हैं।

और तभी चर्च का पादरी भीड़ लगी देखकर बाहर आ गया। लोगों ने तो जीसस क्राइस्ट को कोई आदर नहीं दिया, लेकिन झुक-झुककर उस पादरी को नमस्कार करने लगे, जो जीसस क्राइस्ट का पादरी है, जो

जीसस क्राइस्ट का पादरी हैं, जो उनका क्रास अपने गले पर लटकाये हुए है। लोग झुक-झुककर नमस्कार करने लगे। जीसस को बड़ी हैरानी हुई कि मैं स्वयं मौजूद हूं, लेकिन लोग मुझे आदर नहीं कर रहे, इस पुरोहित को...!

लेकिन जीसस क्राइस्ट को पता नहीं, पुरोहित को आदर नहीं दिया जा रहा है। पुरोहित मुर्दा आदमी है। पुरोहित अपनी तरफ से बोले तो अभी अनादर शुरू हो जायेगा। वह परंपरा की तरफ से बोल रहा है, इसलिए उसको आदर है। मुर्दे का आदर है। वह जो डेड है, जो समाप्त हो गया है, उसका आदर है। जीवित का कोई आदर नहीं है।

उस पुरोहित ने कहा, 'उतर बदमाश, नीचे आ। क्यों खड़ा है? कौन है तू?' जीसस हंसे और उन्होंने कहा, 'तू भी मुझे नहीं पहचान रहा है? तू तो सुबह से सांझ मेरी प्रार्थनायें करता है।' और तभी उस पुरोहित ने कहा, 'चार आदमी इसे पकड़कर नीचे उतारो। कोई शरारती आदमी मालूम पड़ता है!' ले जाकर चर्च की एक कोठरी में जीसस क्राइस्ट को बंद कर दिया गया। जीसस तो अपने मन में बहुत हैरान हुए। क्या फिर से फांसी लगाई जायेगी! क्या दुबारा सूली पर लटकना पड़ेगा?

दिन बीत गया, जीसस बंद हैं कोठरी में। आधी रात वह पुरोहित आया। उसने ताला खोला। अंधेरे में जाकर लालटेन रखी। जीसस के पैरों पर गिर पड़ा। जीसस ने कहा, 'क्या करते हो? क्या तुम्हें समझ में आ गया?' उसने कहा, 'समझ में मुझे वहां भी आ गया था लेकिन बाजार में हम तुम्हें नहीं पहचान सकते हैं। तुम हमारा सारा धंधा खराब कर दोगे। हम मुश्किल से अट्ठारह सौ साल में दुकान जमा पाये, आप फिर आ गये। आप जैसे लोग हमेशा डिस्टर्ब करते हैं हमेशा गड़बड़ कर देते हैं। सब जमा हुआ उखाड़ देते हैं। हम भीड़ में आपको नहीं पहचान सकते हैं। आप स्वर्ग में रहो, वह बहुत अच्छा, हम पूजा करेंगे। जमीन पर आपकी कोई भी जरूरत नहीं, हम आपका काम भलीभांति सम्हाल लेते हैं।

आपके यहां आने की कोई जरूरत नहीं। नहीं तो याद रखना, फिर वही होगा, फिर हमें सूली लगानी पड़ेगी। और मैं तुम्हें बताये देता हूं,' पुरोहित ने कहा, 'जिन पुरोहितों ने तुम्हें पहले सूली लगायी थी, वे भी भलीभांति पहचानते थे कि तुम आदमी ठीक हो। लेकिन ठीक आदमी हमेशा गड़बड़ करते हैं। आप कृपा करें, आपका स्वर्ग में ही निवास अच्छा है, पृथ्वी पर आने की कोई भी जरूरत नहीं है।'

शायद जीसस क्राइस्ट उसकी बात से राजी हो गये होंगे, क्योंकि उस कोठरी के बाद क्या हुआ, फिर कुछ भी पता नहीं। वे वापस लौट गये होंगे।

अगर महावीर वापस लौट आयें, तो मैं आपसे कहता हूं, जैनियों के अतिरिक्त और कोई भी उन्हें पहचान सकता है, जैनी उन्हें नहीं पहचान सकते। अगर राम वापस लौट आयें, तो हिंदुओं के अतिरिक्त कोई भी उन्हें पहचान सकता है, लेकिन हिंदू उन्हें नहीं पहचान सकते। हमारी आंख अतीत के प्रति इतने व्यामोह से घिरी है कि वर्तमान को कभी नहीं देख पाती।

यह झूठा है आपका खयाल कि अतीत के प्रति आदर, महापुरुषों के प्रति आदर है। महापुरुषों के प्रति नहीं मुर्दों के प्रति, मृत के प्रति, जो बीत गया है उसके प्रति।

मृत के प्रति हम क्यों आदर देते हैं, उसके पीछे भी कारण है। मृत के हम पूरे मालिक हो सकते हैं, ओनरशिप हो सकती है। जीवित के हम मालिक नहीं हो सकते। अगर राम जिंदा हैं, तो हम कुछ भी नहीं कर सकते कि राम क्या करेंगे और क्या नहीं करेंगे। लेकिन मरे हुए राम क्या करेंगे और क्या नहीं करेंगे, हम उसकी व्याख्या कर सकते हैं, निर्णय कर सकते हैं। मरे हुए राम हमारे विरोध में कुछ भी नहीं कह सकते। मरे हुए राम हमारे हाथ की कठपुतली हैं।

सब मृत महापुरुषों को हमने हाथ की कठपुतली बनाया हुआ है। जिंदा छोटा-सा आदमी भी हाथ की कठपुतली नहीं हो सकता, महापुरुष तो हाथ की कठपुतली कैसे हो सकते हैं! इसलिए मृत को हम आदर दे पाते हैं, क्योंकि वह हमारे हाथ में होता है, पूरे हमारे शिकंजे में होता है। वह कैसे उठे, कैसे बैठे, हम सब निर्णय कर सकते हैं। वह क्या बोले और क्या न बोले, इसका हम निर्णय कर सकते हैं। वह कपड़े पहने या ना पहने, इसका हम निर्णय कर सकते हैं।

हम सब निर्णय कर सकते हैं मृत के बाबत, क्योंकि मृत विरोध करने को नहीं आ सकता लेकिन जीवित के बाबत हम कुछ भी निर्णय नहीं कर सकते। और जितना जींवत व्यक्ति होगा, उतना ही अनिर्णीत होता है। उसके बाबत हम कोई घोषणा नहीं कर सकते हैं। यह महापुरुषों के प्रति आदर नहीं है, यह अपने अहंकार की तृप्ति है। उनको हम अपनी मुट्ठी में बंद करके बैठ जाते हैं। ओर वे बेचारे कोई विरोध नहीं कर सकते, क्योंकि जीवित होते तो विरोध करते।

हम बदला ले रहे हैं महापुरुषों से। जब वे जीवित थे, तब हम उनको अपने हाथों में बंद नहीं कर सके, उनको अपना गुलाम नहीं बना पाये, उन पर हम जंजीरें नहीं पहना पाये। जब से वे मर जाते है, तब से हम उनके मालिक हो जाते हैं। और हम हर तरह की जंजीरें और हम हर तरह की गुलामी लेकर पूरा बदला चुका देते हैं। यह महापुरुषों के प्रति आदर नहीं, रिवेंज है, बदला है।

गांधी जिंदा हैं, तो हम गांधी को मुट्ठी में नहीं बांध सकते। गांधी मर जायें बस, फिर हमारी मुट्ठी काम करना शुरू कर देगी। फिर गांधी के पंडित और गांधी के अनुयायी और गांधी के वाद को मानने वाले पीछे खड़े हो जायेंगे। वे गांधी के ऊपर सब तरह का शिकंजा कस लेंगे। गांधी फिर उनकी मुट्ठी की चीज हैं। गांधी से क्या बुलवाना है, वे गांधी बोलेंगे। क्योंकि मुर्दा गांधी क्या कर सकता है!

जीवित व्यक्ति बहुत अनिश्चित घटना है। उस पर हमारा कोई कब्जा नहीं होता। यह परंपरा के प्रति हमारा जो मोह है, आप सोचते होंगे, शायद यह हमारे जीवन को सुधारने की कला के प्रति मोह है, शायद हम जीवन को समृद्ध करना चाहते हैं?

एक दूसरे मित्र ने पूछा है कि अगर परंपरा को हम छोड़ दें, संस्कृति को छोड़ दें, तो फिर जीवन का संस्कार कैसे होगा, हमारा जीवन विकसित कैसे होगा?

यह मामला वैसे ही है जैसे कोई बीमार आदमी कहे कि अगर मैं बीमारी को छोड़ दूं, तो मैं स्वस्थ कैसे होऊंगा! संस्कृति इतने दिनों से है, मनुष्य संस्कृत हुआ? परंपरायें इतने दिनों से हैं, मनुष्य के जीवन में कौन-सी सभ्यता आ गयी है? मनुष्य के जीवन में क्या अवतरित हो गया? इतने हजारों साल से बातें सिखायी गयी हैं, आदमी वही का वही हैं। आदमी में कौन-सा बुनियादी भेद पड़ गया है? आदमी की चोरी बदल गयी है? आदमी की बेईमानी बदल गयी है? आदमी की अनैतिकता बदल गयी है? क्या बदल गया है? कौन-सी बात बदल गयी है?

आदमी वही का वही है, आदमी में कोई बुनियादी फर्क नहीं पड़ गया है। और मैं आपसे कहना चाहता हूं, यह फर्क पड़ेगा भी नहीं, क्योंकि जिस चीज को हम इलाज समझ रहे हैं, वह बीमारी का कारण है।

पुराने संस्कारों के कारण आदमी का जीवन नहीं बदलता। आदमी का जीवन बदलता है, जीवंत चेतना के विकसित होने से। संस्कारों से चेतना क्षीण होती है, दबती है। जैसे दर्पण पर कोई धूल जमा दे, तो धूल से दर्पण निखरता नहीं; दब जाता है, ओझल हो जाता है, फिर उसमें प्रतिबिंब बनने बंद हो जाते हैं। धूल दर्पण को सजाती नहीं है, मिटाती है। धूल संस्कार करती है उसके ऊपर, लेकिन हम सारी धूल को झाड़ते हैं। दर्पण अकेला रह जाये, तो दर्पण प्रतिबिंब पकड़ने में समर्थ हो जाता

है, स्वच्छ हो जाता है।

मनुष्य की चेतना पर संस्कार जितने शून्य हो जायें, चेतना का दर्पण उतना ताजा, उतना जीवंत, उतना नया होता है; उतनी फ्रेशनेस चेतना को उपलब्ध होती है। चेतना पर संस्कारों की कोई भी जरूरत नहीं है। चेतना पर तो जितने संस्कार शून्य हों, चेतना जितनी अनकंडीशंड हो; उतनी ही चेतना जीवंत, ताजी और नयी होती है।

लेकिन इसका क्या मतलब? क्या मैं यह कह रहा हूं कि मनुष्य की स्मृति मिटा दी जाये? नहीं, मनुष्य की स्मृति अलग बात है और मनुष्य की चेतना का संस्कारों में दबा होना अलग बात है।

स्मृति चेतना का हिस्सा नहीं है। जैसे आप अपने घर में घर के कूड़े-कबाड़ को इकट्ठा करने के लिए एक स्टोर रूम बना रखते हैं, वहां, सब जो घर में व्यर्थ है, इकट्ठा कर देते हैं। कभी जरूरत होती है, तो निकाल लाते हैं। अन्यथा उसे बंद रखते हैं। न मेहमानों को उसके भीतर ले जाते हैं, न घर में आये लोगों को उस स्टोर रूम में घुमाते हैं। हम शो को इस भांति रखते हैं कि किसी को पता ही न चले कि स्टोर रूम भी है। वह बैठकघर नहीं है, जिस स्टोर रूम में आप सामान रखे होते हैं।

स्मृति स्टोर रूम है चेतना का। चेतना ने जो जान लिया, उसे स्मृति के स्टोर रूम में इकट्ठा कर देती है। जरूरत होगी तो निकाल लेगी, नहीं जरूरत होगी तो स्टोर रूम बंद पड़ा रहेगा। स्मृति चेतना पर छानी नहीं चाहिए। स्मृति चेतना का स्टोर रूम है। जो जान लिया गया है, उसे छोड़ दिया गया है। कभी जरूरत होगी, उसे हम निकाल लेते हैं।

जब मैं यह कहता हूं कि अतीत को भूल जाइये, तो इसका मतलब यह नहीं कि अभी आप यहां से उठकर जायेंगे, तो आप भूल जायें कि आपका घर कहां है, क्योंकि वह तो अतीत हो गया! कि आप रास्ते पर भूल जायें, कि बायें चलना है कि दायें चलना है! यह मैं नहीं कह रहा

हूं। ये आपकी स्मृति के हिस्से हैं। ये आपके एक कोने में मन के रखे हुए हैं। चेतना को जरूरत होती है, इन्हें निकाल लेती है। लेकिन ये चेतना के ऊपर छाये हुए नहीं रहते। ये चेतना के ऊपर चेतना को ढांके हुए नहीं रहते। चेतना मुक्त है निरंतर।

और वही चेतना स्मृति का ठीक उपयोग कर सकती है, जो स्मृति से मुक्त हो। जितनी स्मृति से बंधी होगी, उतनी ही स्मृति का ठीक उपयोग करना मुश्किल हो जाता है। आपको याद होगा; एक मित्र दिखायी पड़ता है, आपको खयाल आता है, चेहरा पहचाना हुआ है, नाम भी मालूम है, लेकिन भूल गया है। लगता है कि मालूम है कहीं, लेकिन स्मरण नहीं आ रहा है। आप पूरी कोशिश करते हैं याद करने की और याद नहीं आता। फिर आप छोड़ देते हैं खयाल। आप बैठकर चाय पीने लगते हैं या अपनी बगिया में काम करने लगते हैं, अचानक आप पाते हैं, आधी घड़ी बाद वह नाम चेतना में उठकर ऊपर आ गया है। आपको खयाल आ गया है, उस आदमी का नाम क्या है।

क्या हुआ?

जब आप याद करने की कोशिश कर रहे थे, तब याद नहीं आया और जब आपने याद करने की कोशिश छोड़ दी, तब याद आया। यह क्यों हुआ? जब आप याद करने की कोशिश कर रहे थे, तब स्मृति चेतना से जकड़ गयी। जब आप याद करने की कोशिश नहीं कर रहे थे, चेतना मुक्त हो गयी। मुक्त चेतना स्मृति का ज्यादा उपयोग कर पाती है बंधी हुई चेतना की बजाय। जो जितना व्यक्ति की चेतना स्मृतियों से, संस्कारों से मुक्त होगी, उतना ही सम्यक उपयोग जीवन में जो जाना है, उसका किया जा सकता है। लेकिन उसके साथ बंधने की कोई भी आवश्यकता नहीं है।

एक छोटे बच्चे को हम स्कूल में सिखाते हैं ग गणेश का; उसे हम

सिखाते हैं, ग गणेश का। एक-एक शब्द सिखाते हैं कौन किसका। अगर बड़ा होकर भी जब वह पढ़े, तो पढ़े कि ग गणेश का, तो हम कहेंगे, यह बच्चा पागल है। भूल जाना था यह कि ग गणेश का। गणेश भूल जाना था; ग रह जाना था। गणेश को भी अगर पकड़ लिया जाये, तब तो बहुत मुश्किल हो जायेगा। जो तरकीब हमने ग सिखाने के लिए ईजाद की थी, वही तरकीब ग को नष्ट करने का कारण हो जायेगी।

स्मृतियां, संस्कार उपयोगितायें हैं, उनकी यूटिलिटी है। लेकिन वे चेतना के बंधन नहीं बन जाने चाहिए। चेतना उनसे जकड़ नहीं जानी चाहिए। चेतना हमेशा मुक्त होनी चाहिए। जितनी चेतना मुक्त होगी, उतने प्रतिक्षण जीवन से आते नये संस्कारों को अंगीकार कर सकेंगे। जितनी मुक्त होगी, उतना अंगीकार कर सकेगी। और अंगीकार करके अगर उनसे जकड़ जायेगी, तो आगे के द्वार फिर बंद हो जायेंगे। संस्कारों को आने दे और स्मृति के कोश-गृह में जाने दें और चेतना को मुक्त रहने दें, तो चेतना निरंतर जानने को मुक्त है। द्वार खुला है, ओपन है, जीवन जो भी लायेगा, हम उसे स्वीकार करने को हमेशा तैयार हैं। अन्यथा फिर हम जकड़ जाते हैं।

एक घटना मुझे स्मरण आती है। पेरिस महानगरी का एक मेयर न्यूयार्क गया था। उसे जाकर स्वतंत्रता की प्रतिमा, न्यूयार्क के मेयर ने उसे दिखायी। सवतंत्रता की प्रतिमा जब वह देख रहा था, तब न्यूयार्क के मेयर ने उससे पूछा कि 'मित्र, आपको इस प्रतिमा को देखकर किस बात की याद आती है?' उस फ्रेंच मेयर ने कहा, 'आई एम रिमाइन्डेड आफ सेक्स।' उसने कहा, 'मुझे सिर्फ सेक्स की याद आती है!' वह न्यूयार्क का मेयर थोड़ा हैरान हुआ। उसने कहा, 'मुझे कामवासना की याद आती है इस मूर्ति को देखकर।' फिर उसने सोचा, न्यूयार्क के मेयर ने, 'हो भी सकता है, स्त्री की प्रतिमा है, स्मरण आ सकता है।' फिर उसे वह यू एन ओ की बिल्डिंग दिखाने ले गया और उसने उससे पूछा कि

'आपको इस भवन को देखकर किस बात की याद आती है?' उसने कहा, 'सेक्स!' वह तो बहुत हैरान हुआ। उसने फिर कहा कि 'मुझे कामवासना की याद आती है।' उस न्यूयार्क के मेयर ने कहा, 'अब तो मेरे बरदाश्त के बाहर है। इस भवन को देखकर आपको सेक्स की याद आती है?' उस फ्रेंच मेयर ने कहा, 'एवरी थिंग रिमाइंड्स मी आफ सेक्स, बिकाज आई एम ए फालोअर आफ सिग्मंड फ्रायड। मुझे तो हर चीज पर सेक्स की याद आती है क्योंकि मैं सिग्मंड फ्रायड का अनुयायी हूं। मुझे तो हर चीज में बस एक ही चीज की याद आती है।'

एक सिद्धांत ने उसकी चेतना को जकड़ लिया। अब हर चीज को देखता है, तो वही सिद्धांत बीच में खड़ा हो जाता है। हर चीज को देखता है तो वही...। वह फालोअर है किसी का। कोई संस्कार उसने जोर से पकड़ लिया, चेतना पर एक संस्कार छा गया। हमें क्रोध आयेगा उस आदमी पर, हमें हैरानी होगी। लेकिन गीता से जो पकड़ जाता है, उसे हर चीज में गीता की ही याद आती है, तब हमें हैरानी नहीं होती। जो आदमी रामायण से जकड़ जाता है। उसे जीवन को कोई भी मसला हो, रामायण की चौपाई फौरन याद आती है। तब हमें खयाल नहीं आता है कि यह आदमी जकड़ गया है। जो आदमी मार्क्स से जकड़ जाता है, उसे कुछ भी बात हो जाये, उससे कम्युनिज्म निकलता हुआ मालूम होता है।

ये सारी चेतनायें कंडीशंड हो गयी हैं। ये किसी संस्कार से जकड़ गयी हैं। इन्होंने किसी परंपरा को पकड़ लिया है, अपनी स्वतंत्रता खो दी है। और अब जीवन को जिस ढंग से भी देखेंगे, वह पुराना नक्शा, वह पुरानी पकड़ हमेशा बीच में आ जायेगी। कोई चश्मा आंख पर हो गया है, उससे ही वे देखेंगे। यह देखना दूषित देखना है, यह देखना दर्शन नहीं है, यह देखना अंधापन है।

एक आदमी बहुत दिन से गाय खरीदने की सोच रहा था। उसने बहुत पैसे इकट्ठे किये, फिर एक गाय खरीद लाया। लेकिन वह बहुत

गरीब आदमी था। जहां से गाय खरीदकर लाया था, वह राजमहलों की गाय थी। उसे अच्छे घास खाने को मिलता था। उस गरीब के पास तो सूखा भूसा था। उसके पास हरी घास नहीं थी। उसने गाय के सामने रखी। गाय ने खाने से इनकार कर दिया। गाय को तो हरी घास खाने की आदत थी। सूखा भूसा भी भोजन हो सकता है, उसकी कल्पना के बाहर था। उसने देखा, वहां हरी घास नहीं है, उसने मुंह एक तरफ फेर लिया।

एक दिन बीत गया, दो दिन बीत गया, वह गरीब आदमी तो घबड़ा गया। गाय तो बीमार पड़ने लगी। उसने गांव के एक फकीर से जाकर पूछा कि 'मैं क्या करूं, मैं बड़ी मुश्किल में पड़ गया हूं, मैं गरीब आदमी हूं। मैं राजमहल की गाय खरीद लाया!' गरीब आदमी अक्सर ऐसी भूल में पड़ जाते हैं। राजमहलों की गायें खरीद लाते हैं। फिर पीछे पछताते हैं कि मैं क्या करूं!

उस फकीर ने कहा, 'तू एक काम कर। बाजार से जाकर एक हरे रंग का चश्मा खरीद ला और गाय हो पहना दे।' उसने कहा, 'क्या गाय धोखा खा जायेगी!' फकीर ने कहा, 'आदमी धोखा खा जाता है, गाय का क्या है? बस चश्मा हरे रंग का खरीद ला। गाय कंडीशंड है। गाय को हरी घास ही भोजन मालूम पड़ती है, और कोई चीज भोजन नहीं मालूम पड़ती है। हरी घास देखने की पकड़ है उसकी चेतना पर, हरी घास दिखायी पड़नी चाहिए, काम हो जायेगा।'

उस आदमी को विश्वास तो नहीं हुआ, लेकिन मजबूरी थी, एक चश्मा खरीद लाया और गाय की आंख पर पहना दिया। वह देखकर हैरान हुआ। गाय चश्मे के लगाते ही भूसे को चरना शुरू कर दी। अब उसको अपनी आंख से देखने की जो आदत थी वह दिखायी पड़ने लगा, हरी चीलें दिखायी पड़ने लगीं।

हम सब भी इसी तरह कंडीशंड हैं। अगर कुरान हमारे सामने कोई रख दे, तो गीता पढ़नेवाले को कुरान में कुछ भी दिखायी नहीं पड़ता है। 'सूखा-भूसा' दिखायी पड़ता है, 'हरी घास' दिखायी नहीं पड़ती। लेकिन कोई विनोबा या कोई और कुरान में से वे पंक्तियां निकालकर रख दे, जो गीता में लिखी हैं, फिर हरी घास दिखायी पड़नी शुरू हो जाती है! फिर दिखायी पड़नी शुरू हो जाती है कि ठीक बात है।

हमारी आंखें निर्णीत हो गयी हैं। हमने द्वार बंद कर लिए हैं। हमारी प्रिज्युडिस, हमारा पक्षपात मजबूत और पक्का हो गया है। इसको हम परंपरा कहते हैं। और इस परंपरा से जो आदमी जकड़ा हुआ है, उसे सत्य का साक्षात कैसे हो सकता है? फिर वह इन्हीं कंकड़-पत्थरों में जीयेगा, हीरे जवाहरात उसे नहीं मिल सकते।

एक और मित्र ने पूछा है कि अगर हम परंपरा को छोड़ दें, तब तो सारा ज्ञान ही छूट जायेगा!

ज्ञान परंपरा से न तो मिलता है और न छूट सकता है। परंपरा से ज्ञान मिलता होता, तो परंपरा के छोड़ने से ज्ञान छूट जाता। परंपरा से मिलते हैं केवल शब्द, कोरे और थोथे शब्द, और मिलता है अहंकार इस बात का कि मैं जानता हूं। ज्ञान नहीं मिलता।

आपने ईश्वर के संबंध में इतनी बातें सुनी हैं, क्या आपको ईश्वर का ज्ञान हो गया है? ईश्वर के संबंध में कितनी किताबें पढ़ी हैं, ईश्वर का ज्ञान हो गया है? नहीं, शब्द इकट्ठे हो गये हैं। और कोई आपसे पूछेगा, ईश्वर को जानते हैं, तो शायद अहंकारवश यह कहना भी मुश्किल हो कि मैं नहीं जानता हूं। कहें कि जानता हूं, ईश्वर है। अगर कोई कहे, ईश्वर नहीं है, तो विवाद करने को और झगड़ा करने को भी खड़े हो सकते हैं। और अभी नहीं पूछेंगे कि आप जानते क्या हैं? जानते हैं हम ईश्वर को? बिलकुल भी नहीं।

जानने के तल पर हमारी कोई भी समझ नहीं है। लेकिन शब्द इकट्ठे हो गये हैं। और कोई भी आदमी यह बात मानने को राजी नहीं होना चाहता कि मैं नहीं जानता हूं। इसलिए हम उन बातों को भी हां भरते चले जाते हैं, जिन्हें हम नहीं जानते हैं सिर्फ अहंकार के कारण। और इस तरह दुनिया में हजारों झूठ प्रचलित हो गये हैं। और बच्चों को हम बचपन से ही झूठ सिखाना शुरू कर देते हैं। जो हम नहीं जानते, वह भी बच्चों से कहते हैं कि हम जानते हैं। और उनको भी कहते हैं कि तुम भी मानो। मानने से धीरे-धीरे तुम भी जान लोगे! मानने से कभी कोई जानता है? मानने से धीरे-धीरे यह भूल जायेगा कि मैं नहीं जानता हूं। जान नहीं सकेगा। मानने से शुरू करेगा, तो धीरे-धीरे भ्रम पैदा हो जायेगा कि मैं जानता हूं। फिर इनकार करना उसे मुश्किल हो जायेगा।

दूसरे महायुद्ध में, किसी देश में सैनिकों की भर्ती हो रही थी। जल्दी-जल्दी सैनिक चाहिएं थे। हर कोई भर्ती हो रहा था। एक आदमी सैनिक-भर्ती के दफ्तर में गया, एक जवान आदमी। उसने फार्म भरा। जो अफसर उसे भर्ती करने को था, वह नौ सेना का, जल-सेना का अधिकारी था और जल-सेना की भर्ती कर रहा था। उसने पूछा कि 'मित्र, तुम अब तक कौन-सा काम करते रहे हो?' उस आदमी ने कहा, 'आई एम एन ऊगल-गूगल मेकर। मैं ऊगल-गूगल बनानेवाला आदमी हूं।'

अब यह 'ऊगल-गूगल' कभी उस अफसर ने जीवन में सुना भी नहीं था कि क्या चीज है। यह ईश्वर, आत्मा जैसा शब्द मालूम पड़ा। लेकिन अगर वह यह कहे कि मैं नहीं जानता हूं कि ऊगल-गूगल क्या है, तो यह आदमी सोचेगा! इतना बड़ा आफिसर, और जानता नहीं कि ऊगल-गूगल क्या है। उसने कहा, 'अच्छा-अच्छा, तो तुम ऊगल-गूगल बनाते हो? जल-सेना में तो जरूरत भी होती है ऐसे आदमियों की!' उसने जल्दी से उसको फार्म दिया कि कहीं इसे पता ने चल जाये कि मैं नहीं जानता हूं कि ऊगल-गूगल क्या होता है। उसने सोचा जरूर जल-सेना में कोई चीज

होती होगी ऊगल-गूगल!

उस आदमी को उसने, जो जल-सेना का इंजीनियर था, उसके स्टाफ में, उसके पास भेजा। उसने भी पूछा, 'आप क्या करते हैं?' उसने कहा, 'मैं ऊगल-गूगल बनाता हूं।' उस आदमी ने सोचा, जब बड़े अफसर ने इसे भर्ती किया है, तो ऊगल-गूगल जरूर कोई चीज होती होगी। और मैं क्यों फंसूं कि मैं नहीं जानता। मैं हूं इंजीनियर, मुफ्त फंस जाऊंगा कि तुम इंजीनियर हो, तुम्हें यह भी पता नहीं कि ऊगल-गूगल क्या होता है! उसने कहा, 'अच्छा तो आप ऊगल-गूगल बनाते हैं। यह काम तो सीधे कैप्टन के अंतर्गत आता है। आप कैप्टन के पास चले जाइये।'

वह आदमी कैप्टन के पास पहुंच गया। उसने पूछा क्या बनाते हैं?' उसने कहा, 'मैं ऊगल-गूगल बनाता हूं।' कैप्टन ने सोचा, 'दो आदमियों ने इसे भेज दिया है, उन्होंने इस बात को स्वीकार नहीं किया कि हम नहीं जानते हैं। मैं क्यों फंसूं।' उसने कहा, 'अच्छा, तो आप ऊगल-गूगल बनाते हैं! तो बाजार में जैसे ऊगल-गूगल बिकते हैं, वैसे ही बनाते हैं कि कोई स्पेशल क्वालिटी बनाते हैं?' उस आदमी ने कहा कि 'मैं तो जरा अलग ही ढंग की चीज बनाता हूं।' कैप्टन ने कहा, 'अच्छी बात है, तो आपके लिए क्या सामान की जरूरत होगी बनाने के लिए? क्योंकि जहाज में बड़ी जरूरत होती है ऊगल-गूगल की।'

उसने कहा, मुझे छोटी-सी वर्कशाप चाहिए कुछ नहीं, एक छोटा कमरा चाहिए और ताला चाहिए, ताकि मैं भीतर बैठकर काम कर सकूं और मेरा सीक्रेट किसी को पता न चल जाये। यह दरवाजा बंद रहना चाहिए।' 'एक ऊगल-गूगल कितने दिन में बन जाता है?' उस कैप्टन ने पूछा। उसने कहा, 'तीन दिन लगते हैं।' 'सामान क्या चाहिए?' उसने कहा, 'औजार मेरे पास हैं, सिर्फ टीन के कुछ चद्दर मुझे चाहिए। वह आप पहुंचा दें।' 'आप शुरू करिये। ऊगल-गूगल हमने बहुत देखे, लेकिन विशेष आप बनाते हैं, तो हम देखना चाहते हैं।' और मन में प्राण चिंतित

हो रहे हैं कि यह ऊगल-गूगल बला क्या है? लेकिन कोई इस बात को मानने को राजी नहीं होना चाहता है कि मैं नहीं जानता हूं।

उस आदमी को एक कैबिन दे दी गयी, ताला डाल दिया गया। वह भीतर तीन दिन तक ठोंक-पीट करता रहा। बड़ी आवाजें आती रहीं। पूरे जहाज पर खबर फैल गयी, ऊगल-गूगल! लेकिन सब अपने मन में सोचते थे कि ऊगल-गूगल क्या है? ईश्वर क्या है? आत्मा क्या है? मोक्ष क्या है? लेकिन कौन कहे कि ऊगल-गूगल क्या है, क्योंकि जो पूछेगा, वही समझा जायेगा अज्ञानी; बाकी लोग हंसेंगे। बाकी लोग सब ऐसे मालूम पड़ रहे हैं कि जानते हैं। कौन फंसे? सब कहते थे, 'भई, ऊगल-गूगल बन रहा है, तीन दिन के भीतर बन जायेगा।'

कोई पूछता नहीं था कि ऊगल-गूगल है क्या! तीन दिन में तो सारे जहाज में एक ही हवा हो गयी। हर आदमी उत्सुक हो गया। लोगों की नींद खो गयी कि बला क्या है ऊगल-गूगल!

तीसरा दिन आ गया। सारे लोग कैबिन के आसपास इकट्ठे हो गये। अंदर ठोंक-पीट चल रही है। फिर कैप्टन की भी हिम्मत टूट गयी। उसने आकर दरवाजा ठोंका और कहा, 'भाई, तीन दिन हो गये, अगर बन गया हो तो बाहर आओ।' उसने कहा, 'पांच मिनट और। चीज तैयार हुई जा रही है।' फिर आखिरी चोटें हुईं। सारी भीड़ इकट्ठी हो गयी है। कोई किसी से नहीं कह रहा है कि ऊगल-गूगल क्या है? सब जानना चाहते हैं, क्या है! किसी को पता नहीं है।

फिर दरवाजा खुला, वह आदमी बाहर निकला। सब उसकी तरफ देखने लगे। कैप्टन ने पूछा, 'कहां है ऊगल-गूगल?' उसने अपने पीठ से पीछे से एक चीज निकाली, जैसे कोई टीन के डब्बे को सब तरह से पीटा गया हो, इस तरह की शक्ल थी उसकी। उसने कहा, 'यह ऊगल-गूगल है।' अब सब बड़े हैरान हुए। उन्होंने कहा, 'इसका उपयोग क्या है? यह

किस काम में आता है?' उसने कहा, 'आइये मेरे साथ।' वह जाकर जहाज के किनारे ले गया और उसने अपने ऊगल-गूगल को पानी में फेंका। जब वह डब्बा पानी में डूबने लगा, तो उससे आवाज निकली, 'ऊगल-गूगल!' यह ऊगल-गूगल था।

लेकिन एक भी आदमी उस जहाज में यह नहीं कह सका, 'यह क्या बेवकूफी है! किस चीज का नाम है?' क्योंकि हमारे भीतर यह अहंकार बड़ा प्रबल है कि हम जानते हैं।

एक आदमी ईश्वर के बाबत बातें करता रहता है, पुनर्जन्म के बाबत। मृत्यु के बाद मोक्ष, नर्क और स्वर्ग। और लोग बैठे सुनते रहते हैं, जैसे कि वह आदमी किन्हीं चीजों की बात कर रहा हो, जिनको जानता है। सुनने वाले भी ऐसे सुनते हैं कि हम भी जानते हैं। बोलने वाला भी शब्द जानता है, सुनने वाले भी शब्द जानते हैं। उनके शब्द मेल भी खाते हैं, परिचित मालूम होते हैं। वे दोनों राजी मालूम होते हैं बिलकुल ठीक, बिलकुल ठीक, बिलकुल ठीक। यह बात बिलकुल सही कही जा रही है!

दुनिया में एक गहरा डिसेप्शन है, एक प्रवंचना, एक धोखा चल रहा है, शब्दों के नाम पर ज्ञान का। परंपरा से कोई ज्ञान उपलब्ध नहीं होता, केवल शब्द उपलब्ध होते हैं। और शब्दों को हम ज्ञान समझकर बैठ जाते हैं।

इसलिए जब मैं कहता हूं : छोड़ दें, तो डर लगता है कि हमारा ज्ञान छूट जायेगा। ज्ञान है ही नहीं। क्योंकि स्मरण रखें, अगर ज्ञान है, तो इस दुनिया में उसे कोई भी छीन नहीं सकता है। उसके छूटने का कोई उपाय नहीं है। ज्ञान से आप छूट नहीं सकते हैं। जो छूट सकता है, वह अज्ञान है। जो नहीं छूट सकता है, उसका नाम ज्ञान है।

ज्ञान है स्वभाव, उसे आपसे अलग नहीं किया जा सकता। अज्ञान आपसे अलग किया जा सकता है। तो अगर किसी ज्ञान के छूटने का डर

हो, तो फौरन समझ लेना कि छूटने का डर इस बात की खबर देता है कि वह ज्ञान नहीं है। जो चीज छूट सकती है, वह ज्ञान नहीं हो सकती। आपके पास कोई ऐसा ज्ञान है, जिसके छूटने का डर पैदा नहीं होता हो?

धर्मग्रंथ कहते हैं : विरोधी की बात मत सुनना, कान बंद कर लेना। क्योंकि उनकी बात सुनने से ज्ञान छूट जाता है। ईश्वर विश्वासी कहते हैं : नास्तिक की बातें मत सुनना, बातें सुनने से विश्वास डिग जाता है। मजे की बातें हैं! हिंदुस्तान हिंदुस्तान के बाहर भी हिंदुस्तान में जैनों और हिंदुओं के बीच पुराने विवाद रहे सिद्धांतों के, शब्दों के, परंपराओं के। तो हिंदुओं के ग्रंथों में लिखा हुआ है कि अगर कोई पागल हाथी भी किसी हिंदू के पीछे दौड़ रहा हो और जैन मंदिर आ जाये, तो जैन मंदिर में शरण मत लेना। पागल हाथी के पैर के नीचे दबकर मर जाना बेहतर है, लेकिन जैर मंदिर में शरण मत लेना, वह ज्यादा बड़ा पाप है। क्योंकि ऐसी बातें सुनायी पड़ सकती हैं, जिससे तुम्हारा सारा ज्ञान गड़बड़ हो जाये।

ठीक यही बात हिंदुओं के ग्रंथ में लिखी है, यही बात जैनों के भी ग्रंथ में लिखी है। जैनों के ग्रंथ भी यही कहते हैं कि हिंदु मंदिर में शरण मत लेना, पागल हाथी के पैर के नीचे दब जाना। दुनियाभर के धर्म यह कहते हैं, 'दूसरे की बात मत सुनना, दूसरे की किताब मत पढ़ना, दूसरे से बचना, कहीं तुम्हारा ज्ञान गड़बड़ न हो जाये!' और कोई भी यह नहीं पूछता कि जो चीज गड़बड़ हो सकती है, उसे ज्ञान कहने को कोई भी कारण है? जो चीज डगमगा सकती है, उसे भी ज्ञान मानने की कोई वजह है?

असल में वह ज्ञान ही नहीं है; केवल शब्द हैं। और विपरीत शब्दों से शब्द कट सकते हैं। वह ज्ञान नहीं है, केवल आर्ग्युमेंट हैं, केवल तर्क हैं और विपरीत तर्क से तर्क कट सकते हैं। वह ज्ञान नहीं है, केवल परंपरा है और भिन्न परंपरा से दूसरी परंपरा कट सकती हैं। परंपरा परंपरा को काट सकती है, शब्द शब्द को काट सकते हैं, तर्क तर्क को काट सकते

हैं, लेकिन ज्ञान को कोई काट नहीं सकता है। ज्ञान अकाट्य है। जब आप कुछ जानते हैं वस्तुतः तो इस जगत में कुछ भी उसे नहीं काट सकता। ज्ञान सब कुछ काट देता है, लेकिन ज्ञान स्वयं अकाट्य है। और अगर ज्ञान भी कटता हो, तो दो कौड़ी मूल्य का है। उसे सम्हाल रखने की कोई भी जरूरत नहीं है।

ज्ञान नहीं नष्ट हो जायेगा, शब्द नष्ट हो जायेंगे। और शब्द नष्ट हो जायें, तो ज्ञान के जन्म की संभावना शुरू होती है। जितना निःशब्द मन हो, शब्दों पर जितनी पकड़ कम हो, उतना ही मन शांत, शून्य में प्रवेश करता है। और उस शून्य से उसका जन्म हो सकता है, जिसे हम ज्ञान कहते हैं।

ज्ञान के लिए शब्दों से भरा मन नहीं, निःशब्द चेतना चाहिए। ज्ञान के लिए शांत मन चाहिए, साइलेंट मांइड चाहिए इतना चुप कि कोई शब्द न हो। जैसे अंधेरी रात में घनी चुप्पी है, किसी जंगल में मौन है ऐसा मौन, ऐसी शांति जब भीतर हो, तब उस तरफ हमारे पैर पड़ते हैं, जो ज्ञान का मंदिर है।

लेकिन हम शब्दों को इकट्ठा करके सोचते हैं कि हमने ज्ञान पा लिया है। इससे बड़ी भूल और कुछ भी नहीं हो सकती है। शब्दों से आज तक ज्ञान नहीं मिला है और न मिल सकता है। शब्द केवल संकेत हैं। शब्द केवल संकेत हैं, संकेतों से कोई ज्ञान नहीं मिलता। ज्ञान तो मिलता है अनुभूति से, एक्सपीरिएंस से, और अनुभूति बड़ी और बात है।

एक आदमी तैरने के संबंध में सारे शास्त्र पढ़ डाले और उसे ले जाकर आप अगर भाषण करवाना चाहें तो वह तैरने के बाबत भाषण कर सके। अगर पीएच. डी. की थीसिस लिखवानी हो, तो वह तैरने के संबंध में थीसिस लिख सके। अगर विवाद करवाना हो, तो तैरने के संबंध में विवाद कर सके। लेकिन भूलकर भी उसे समुद्र में धक्का मत दे देना।

उसका पढ़ा हुआ ज्ञान तैरने के काम नहीं आ सकता। उसके तैरने के संबंध में दिये गये व्याख्यान और थीसिस तैरने की जगह नहीं ले सकते। वह आदमी डूबने लगेगा और चिल्लाने लगेगा कि मुझे बचाओ, मैं तैरना नहीं जानता हूं।

वह तैरना जानता है या नहीं जानता है। यह तो सागर में उतरने पर पता चलेगा। यह कोई शब्दों से पता नहीं चल सकता है। लेकिन जीवन के संबंध में हमने सब कुछ सीख रखा है। और उन शब्दों से ही हम समझते हैं कि हम जीवन का सागर पार हो जायेंगे।

मैं आपसे कहता हूं: एक तैरना न जाननेवाला हो सकता है नदी पार भी हो जाये, लेकिन जीवन के सत्य को न जाननेवाला जीवन के सागर को पार नहीं हो सकता।

लेकिन यह धोखा चल जाता है। यह धोखा इसलिए चल जाता है कि हमारे आसपास शब्दों को जाननेवाले लोग भी होते हैं। यह धोखा इसलिए चल जाता है कि वे शब्द हम जानते हैं, उन्हीं को हमारा पड़ोसी भी जानता है। हम दोनों म्यूचुअल डिसेप्शन में सहयोगी हो जाते हैं, पारस्परिक धोखा पूरा हो जाता है।

इसलिए तो हिंदू हिंदू के घर में शादी करता है, मुसलमान मुसलमान के घर में, जैन जैन के घर में, पारसी पारसी के घर में। क्यों? क्योंकि वह जो पारस्परिक धोखा चल रहा है ज्ञान का, वह एक से शब्द जानने वालों में ठीक रहता है; अन्य शब्द जाननेवालों में बड़ी गड़बड़ पैदा हो जाती है।

वह जो धोखा चल रहा है पारस्परिक, वह अपनी ही कम्युनिटी के भीतर आसान है। दूसरे के समुदाय के भीतर जाने पर बहुत मुश्किल हो जायेगी। इसलिए दुनियाभर में लोगों ने अपने-अपने घेरे बना रखे हैं, शब्दों के घेरे हैं वे। जिन शब्दों से मैं परिचित हूं उन शब्दों से आप परिचित हैं, तो हमारे बीच फिर दोस्ती बन जाती है, मित्रता हो जाती है, प्रेम हो जाता

है, विवाह हो सकता है, हम एक दूसरे के सुख-दुख में सम्मिलित हो सकते हैं, क्योंकि हम दोनों एक पारस्परिक धोखे में सम्मिलित हैं। लेकिन दूसरे शब्दोंवाला आदमी कठिनाई खड़ी कर देता है, क्योंकि उसकी मौजूदगी मेरे ज्ञान पर शक हो जाती है; मेरी मौजूदगी उसके ज्ञान पर शक हो जाती है। हम दोनों सही कैसे हो सकते हैं? कोई एक ही सही हो सकता है।

इस धोखे के कारण ही दुनिया में सेक्ट पैदा हुए हैं, संप्रदाय पैदा हुए हैं। संप्रदाय शब्दों के पारस्परिक धोखे के लिए पैदा किये गये हैं, अन्यथा उनकी कोई भी जरूरत नहीं है। और शब्द और परंपराएं अगर आदमी छोड़ दे और शांत और निःशब्द में प्रवेश करे, तो दुनिया में कोई संप्रदाय नहीं होगा। दुनिया में धर्म होगा, लेकिन संप्रदाय नहीं होंगे। दुनिया में ज्ञान होगा, लेकिन परंपराओं के थोथे घेरे नहीं होंगे! मनुष्यता होगी, लेकिन मनुष्यता को बांटनेवाली दीवालें नहीं होंगी।

एक बात, और अपनी चर्चा मैं पूरी करूंगा।

शब्दों के अतिरिक्त मनुष्य और मनुष्य के बीच और कोई दीवाल नहीं है। परंपराओं के अतिरिक्त मनुष्य और मनुष्य को तोड़नेवाला कोई फासला, कोई दूरी नहीं है। संस्कारों और जिसको हम संस्कृति कहते हैं, उसके अतिरिक्त एक मनुष्य को दूसरे मनुष्य का शत्रु बनानेवाला कोई भी नहीं है। सारा जगत मित्रों का एक देश हो सकता है और यह सारी पृथ्वी प्रेम करनेवाले लोगों का एक समाज हो सकती है। यह सारी पृथ्वी एक परिवार हो सकती है, अगर आदमी इस बात के लिए तैयार हो जाये कि वह शब्दों के आग्रह को छोड़ देगा; मृत के आग्रह को छोड़ देगा; जो जीवित है, जो जीवंत है, उसे देखेगा और पहचानेगा, तो मनुष्य के जीवन में, सारी मनुष्यता के जीवन में एक आमूल क्रांति संभव हो सकती है।

ये थोड़ी-सी बातें मैंने कहीं। आपने मेरी बातों को इतने शब्द

आपके भीतर घिरे हैं, इतनी परंपरा आपके भीतर बैठी है, इतने पक्षपात आपके हैं फिर भी मेरी बातों को इतनी शांति से आप सुनते हैं, इससे बहुत आशा बंधती है। क्योंकि जो अंधा होता है, जो पक्षपाती होता है, वह तो सुनने को भी राजी नहीं होता। लेकिन ऐसा न हो कि आपके कान सुनते हों और आपकी चेतना तक ये बातें न पहुंच पायें। कान सुन सकते हैं और चेतना बंद हो सकती है। चेतना बंद है या खुली, उसका तो हमें कोई पता नहीं चल सकता। कान जरूर खुले हुए दिखायी पड़ते हैं।

परमात्मा करे, जैसे कान खुले हैं, वैसे चेतना भी खुली हो। नये के लिए, अज्ञात के लिए अपरिचित के लिए हमारे मन में विरोध, पक्ष बंधी हुई धारणा न हो, तो जीवन निश्चित ही रोज-रोज नये-नये आयाम में ऊपर उठ सकता है।

मेरी बातों को सुनने के लिए बहुत-बहुत धन्यवाद। अंत में सबके भीतर बैठे परमात्मा को प्रणाम करता हूं, मेरे प्रणाम स्वीकार करें।

भारत में विचार-क्रांति

मेरे प्रिय आत्मन्,

भारत के संबंध में कुछ भी सोचना, निश्चित ही चिंता से भरता है। भारत के संबंध में सोचता हूं, एक कड़ी मेरे मन में इस तरह घूमने लगती है, जैसे कोई कागज की नाव पानी की भंवर में फंस जाये और चक्कर खाने लगे। वह कड़ी न मालूम किसकी है। उस कड़ी के आगे और क्या कड़ियां होंगी, वह भी मुझे पता नहीं। लेकिन जैसे ही भारत का खयाल आता है, वह कड़ी मेरे मन में चक्कर काटती है, वह मेरे मन में घूमने लगती है। और वह कड़ी यह हैः

'हर शाख पे उल्लू बैठे हैं, अन्जामे-गुलिस्तां क्या होगा?'

अगर किसी फुलवारी में हर पौधे की शाखाओं पर उल्लू बैठे हों, तो उस फुलवारी का क्या होगा? उन उल्लूओं की तरफ देखो तो फुलवारी का क्या होगा, चिंता पैदा होती है। भारत में कुछ ऐसा ही हुआ। बुद्धिहीनता के हाथों में भारत की पतवार है। जड़ता के हाथ में भारत का भाग्य है। नासमझियों का लंबा इतिहास है। अंधविश्वासों की बहुत पुरानी परंपरा है। अंधेपन की सनातन आदत है। और उस सबके हाथ में भारत का भाग्य है।

लेकिन यह खयाल उठता है, यह सवाल भी कि आखिर भारत का यह भाग्य अंधेपन के हाथ में क्यों चला गया? भारत का यह सारा भाग्य अंधकार के हाथों में क्यों है? सौभाग्य क्यों नहीं है भारत के जीवन में,

दुर्भाग्य क्यों है? हजार साल तक दास रहे कोई देश। हजारों साल तक गरीब, दीन-हीन रहे कोई देश। हजारों वर्ष के विचार के बाद भी किसी देश का अपना विज्ञान पैदा न हो सके, अपनी क्षमता पैदा न हो सके! नये-नये देशों के सामने प्राचीनतम देश को हाथ फैलाकर भीख मांगनी पड़े!

अमेरीका की कुल उम्र तीन सौ वर्ष है। तीन सौ वर्ष जिनकी संस्कृति की उम्र है, उनके सामने जिनकी संस्कृति की उम्रों को सनातन कहा जा सके, कोई दस हजार वर्ष पुरानी, उनको भीख मांगनी पड़े! तो दस हजार वर्ष से हम क्या कर रहे थे? दस हजार वर्षों मे हमने पृथ्वी पर क्या किया है? हमारे नाम पर क्या है? हम दस हजार वर्ष से चुपचाप बैठे रहे हैं। हमने आंख बंद करके दस हजार वर्ष गंवा दिये हैं। और आगे स्थिति और विकृत होती चली जाती है।

एक अमरीकी विचारक ने अभी एक किताब लिखी है, उन्नीस सौ पचहत्तर। उस किताब का सारी दुनिया में चर्चा है, सिर्फ हिंदुसतान को छोड़कर। 1975 में उसने हिंदुस्तान के बाबत बातें की हैं। और हिंदुस्तान में उसकी कोई चर्चा नहीं।

उन्नीस सौ पचहत्तर में उसने लिखा है कि 1975 और 78 के बीच हिंदुस्तान में इतना बड़ा अकाल पड़ेगा, जितना बड़ा अकाल मनुष्य के इतिहास में किसी देश में कभी भी नहीं पड़ा है। उस अकाल में उसके हिसाब से अंदाजन दस करोड़ से लेकर बीस करोड़ तक लोगों के मरने की संभावना भारत में पैदा हो जायेगी। उसके आंकड़े दुरुस्त थे। भूल हो सकती है थोड़ी-बहुत लेकिन वह भूल इसमें नहीं होगी कि कम लोग मरेंगे, वह भूल इसमें होगी कि ज्यादा लोग मर सकते हैं।

दिल्ली में एक बड़े नेता से मैंने उस किताब की बात कही। उनसे मैंने कहा, आपने उन्नीस सौ पचहत्तर पढ़ी है? उसमें भारत में दस वर्षों के भीतर दस करोड़ से लेकर बीस करोड़ तक के लोगों के मरने की

अकाल की संभावना की बात की गयी है!' वे नेता कहने लगे, 'उन्नीस सौ पचहत्तर! उन्नीस सौ पचहत्तर तो अभी बहुत दूर है।' जिनको 1975 दूर दिखता हो, उनके पास देखनेवाली आंखें हैं, ऐसा नहीं कहा जा सकता।

देश की जिंदगी में वर्ष ऐसे बीत जाते हैं, जैसे आदमी की जिंदगी में क्षण बीतते हैं। देश की जिंदगी में सदियां ऐसे बीतती हैं, जैसे एक आदमी की पूरी जिंदगी बीत जाती है। पता भी नहीं चलता देश की उम्र में सदियों का। लेकिन आंखें हों तो आगे दिखायी पड़ सकता है, आंखें न हों तो आगे दिखायी नहीं पड़ पाता है।

1975 निकट आता चला जायेगा। हम बच्चे पैदा करते चले जायेंगे। और कुछ हम पैदा नहीं करते हैं सिवाय बच्चों के। असल में हमने भौतिक चीजें पैदा न करने को तय कर रखा है।

हम कुछ भौतिकवादी लोग तो हैं नहीं, मटीरियलिस्ट तो हैं नहीं, जो हम भौतिक चीजें पैदा करें। हम तो सिर्फ आदमी पैदा करते हैं। आध यात्मिक चीज पैदा करते हैं। और बच्चे पैदा करते चले जा रहे हैं। संख्या आसमान को छूने लगी। और हमारी कोई पैदावार नहीं है दूसरी, और हम हाथ पसारकर, भीख मांगकर काम चला रहे हैं। लेकिन उस गड्ढे की तरफ भी हम न देखेंगे, जिसकी तरफ हम चलते जा रहे हैं।

नेता कहते हैं, 'वह बहुत दूर है।' साधु-संन्यासी कहते हैं, 'बच्चे भगवान पैदा करता है, उसमें आदमी की क्या बात है! और जो भगवान पैदा करता है, वह फिक्र भी करेगा। उसने हमेशा फिक्र की है, आगे भी फिक्र करेगा।' साधु-संन्यासी यह समझाते हैं। नेता कहते हैं, कोई मुसीबत...। नेताओं को सिवाय चुनाव के दूसरी कोई मुसीबत दिखायी नहीं पड़ती है। उनकी आंखों में सिर्फ चुनाव दिखायी पड़ता है और कुछ उनको दिखायी नहीं पड़ता है, और उनको चुनाव इसलिए दिखायी पड़ता है कि उनको सिर्फ कुर्सियां दिखायी पड़ती हैं, और कुछ दिखायी नहीं

पड़ता है। यह सारी की सारी दशा जरूर किसी बुनियादी भूल के कारण पैदा हो गयी है। और वह बुनियादी भूल यह है कि हजारों साल से भारत को 'विचार नहीं करना है', ऐसी शिक्षा दी जा रही है। वह हमारे दुर्भाग्य का मूल सूत्र है। भारत में विश्वास करना है, विचार नहीं करना है। श्रद्धा करनी है, विवेक नहीं करना है। मान लेना है, सोचना नहीं है। यह सिखाया जा रहा है।

गुरुओं की लंबी परंपरा एक ही काम कर रही है कि हर आदमी से विचार के बीजों को उखाड़कर फेंक दो और विश्वास के कचरे की जड़ें जमा दो। हमें यही समझाया जाता रहा है कि विश्वास करना परम धर्म है। और मैं आपसे कहना चाहता हूं कि जो आदमी विश्वास करता है, वह आदमी धार्मिक तो कभी नहीं हो पाता। आदमी भी नहीं हो पाता है, धार्मिक होना तो बहुत दूर है।

विचार की शक्ति ही मनुष्य को मनुष्य बनाती है। जागा हुआ विवेक ही मनुष्य की आत्मा है। भारत की आत्मा खोती चली गयी, क्योंकि विवेक और विचार के हम दुश्मन हैं।

हम कहते हैं, बस, मान लेना चाहिए। गीता को इसलिए मान लेना चाहिए कि वह कृष्ण कहते हैं। और गांधीवाद को इसलिए मान लेना चाहिए, क्योंकि गांधी जी कहते हैं। बुद्ध के वचन इसलिए मान लेने चाहिए, क्योंकि बुद्ध भगवान हैं। और महावीर के वचन इसलिए मान लेना चाहिए कि वे तीर्थंकर हैं। लेकिन कौन तय करता है कि कौन तीर्थंकर है, लेकिन कौन तय करता है कि कौन तीर्थंकर है, कौन महात्मा है, कौन भगवान है? यह भी मान लेना चाहिए, क्योंकि वह किताबों में लिखा हुआ है। और फिर जो भी कहा जाये, और चाहे वह बुद्धिपूर्ण हो अबुद्धिपूर्ण हो, योग्य हो अयोग्य हो, हितकर हो अहितकर हो, उसको मान लिया जाना चाहिए। मान लिया जाना ही एक योग्यता है हमारी। जो नहीं मानता वह नास्तिक है, वह भागता हुआ है।

मैं आपसे कहता हूं, कि माननेवाले लोग स्वयं तो अंधे हो ही जाते हैं, क्योंकि माननेवाले को आंख खोलने की जरूरत नहीं रहती। माननेवाले को आंख खोलने की क्या जरूरत है? आंख खोलने की जरूरत तो उसके लिए है, जो देखना चाहता है और खुद सोचना चाहता है, चलना चाहता है, समझना चाहता है उसे आंख खोलने की जरूरत है। लेकिन आंख खोलना इस देश में पाप है। यहां आंख बंद करना पुण्यात्मा का लक्षण है। जिंदगी से आंख बंद कर लेना है।

दुनिया कुछ भी सोच-समझ रही हो, तुम आंख मत खोलना। तो देश अभाग्य में, दुर्भाग्य में, दुर्घटना में, अंधेरे में नहीं चलेगा तो और क्या होगा। और जब इतना अंधापन हो, इतना अंधेरा हो, तो स्वभावतः इतने अंधकार में, इतने अंधेपन में अंधेरे के रहनेवाले जीव-जंतु अगर नेतृत्व करने लगें, तो कोई आश्चर्य नहीं है।

मैंने सुना है, बंगाल के एक गांव में एक दिन सुबह-सुबह एक घटना हो गयी। एक छोटा-सा तेली है, उसकी तेल की दुकान है। वह अपने तेल की दुकान पर तेल बेच रहा था। गांव में एक विचारक रहता था। वह तेल खरीदने आया है। उसने अपना बर्तन सामने रखकर तेल तौलवाया है। तभी उसने देखा, तेली का बैल चल रहा है, बैल कोल्हू चला रहा है। लेकिन बैल को कोई हांकनेवाला नहीं है, बैल अपने आप ही चल रहा है। उस विचारक को बड़ी हैरानी हुई। उसने उस तेली को पूछा, 'तुम्हारा बैल बड़ा धार्मिक मालूम पड़ता है। कोई चला ही नहीं रहा है और यह चल रहा है। और भारत में ऐसा तो होता ही नहीं, चपरासी से लेकर राष्ट्रपति तक, जब तक पीछे कोई हांकनेवाला न हो, कोई चलता ही नहीं। यह बैल कैसा गड़बड़ है! यह भारतीय नहीं मालूम होता है। नस्ल कहां की है? यह अपने आप क्यों चल रहा है?'

उस तेली ने कहा, 'बैल शुद्ध भारतीय है। इसीलिए चल रहा है। दूसरी जाति का बैल होता, तो खड़े होकर पता भी लगाता कि कोई पीछे है कि नहीं। लेकिन शायद आप देख नहीं रहे हैं महाशय!' उस तेली ने

कहा, 'मैंने उसकी आंख पर पट्टियां बांधी हैं। उसे दिखायी नहीं पड़ रहा है कि कोई पीछे है नहीं।'

जिसका भी शोषण करना हो, उसकी आंख पर पट्टी बांध देना बहुत जरूरी होता है चाहे बैल हो, चाहे आदमी हो। आंख पर पट्टी न हो, तो आदमी का शोषण किया जाना बहुत मुश्किल है। शोषण चाहे राजनीतिक हो, चाहे धार्मिक। शोषण के लिए शोषित की आंख पर पट्टी होनी चाहिए। अंधा ही अपना खून चुसवा सकता है। आंखवाला कैसे चुसवा सकता है?

उस विचारक ने कहा, 'यह तो ठीक है, आंख पर पट्टी बांध दी। लेकिन बैल कभी रुककर भी पता तो चला सकता है कि पीछे कोई हांकनेवाला है या नहीं। रुककर तो पता चल जायेगा कि अगर नहीं हांका जायेगा, तो वह समझ सकता है कि कोई पीछे नहीं है।'

उस तेली ने कहा, 'महाशय, आप बैल को ज्यादा बुद्धिमान समझते हैं या मुझको। अगर ऐसा होता, बैल ज्यादा बुद्धिमान होता, तो वह तेल बेचता और मैं कोल्हू चलाता! मैंने उसके गले में घंटी बांध रखी है। घंटी बजती रहती है, बैल चलता रहता है। घंटी बजती रहती है, मैं समझता हूं, बैल चल रहा है। जैसे ही घंटी रुकी, मैं कूदा और मैंने बैल को हांका। मेरी पीठ है बैल की तरफ, लेकिन कान वहां लगे हैं। घंटी बजती रहती है, मैं जानता हूं बैल चल रहा है।'

वह विचारक भी जिद्दी रहा होगा। विचारक जिद्दी होते ही हैं। उसने कहा कि 'यह मैं समझ गया। ठीक है। घंटी सुनायी पड़ रही है। लेकिन बैल खड़े होकर गर्दन हिलाकर भी तो घंटी बजा सकता है?' उस तेली ने कहा, 'महाराज, जोर से मत बोलिये। बैल अगर सुन लेगा, तो मैं बहुत मुसीबत में पड़ जाऊंगा। और आप आगे की किसी और दुकान से तेल खरीद लें। ऐसे आदमियों का साथ ठीक नहीं होता, सोहबत का असर पड़ जाता है!'

भारतीय चित्त के साथ भी बैल जैसा व्यवहार किया गया है। आंख पर पट्टियां हैं, गले में घंटियां हैं, और भारत को जोता गया है। फायदा हुआ है कुछ लोगों को। फायदा नहीं होता, तो यह कभी चलता नहीं। फायदा बहुत हुआ। सत्ताधिकारियों को चाहे वे सत्ताधिकारी किसी भी तरह के हों चाहे राजनीतिक सत्ता हाथ में हो उनके, चाहे धार्मिक सत्ता हो, चाहे आर्थिक सत्ता हो, सत्ताधिकारी के लिए यह हितकर है, यह मंगलदायी है कि लोग न सोचें, न विचारें, क्योंकि सोच-विचार से आंख खुल जाती है।

आंख पर पट्टी बांधने की तरकीब है श्रद्धा करो, विश्वास करो, अनुगमन करो, पीछे चलो। अपनी बुद्धि पर कभी जोर मत देना। कृष्ण को मानो, राम को मानो, गांधी को मानो, अपने को अब कभी मत मानना। बस, एक चीज से बचना, खुद को मानने से, और सबको मानना, कोई हर्जा नहीं है। क्योंकि जो आदमी दूसरे को मानता रहता है, उसकी खुद की जानने और सोचने की क्षमता धीरे-धीरे क्षीण हो जाती है। आखिर जरूरत नहीं रह जाती उसकी, जब दूसरों ने सब कह दिया है सत्य, तो मुझे और खोजने की क्या जरूरत है? अगर एक आदमी तीन साल तक आंख बंद करके बैठ गया, तो आंखें भी रोशनी खो देंगी।

भारत ने बुद्धि का उपयोग हजारों साल से नहीं किया है और अगर भारत ने बुद्धि खो दी हो, तो कोई आकस्मिक घटना नहीं घट गयी। हजारों साल तक पंगु पड़ी है बुद्धि, कोई उपयोग नहीं कर रहा है। बाप बेटे से कह रहा है कि 'मानो जो हम कहते हैं, क्योंकि मैं बाप हूं!' बाप होने से क्या सही हो जाता है कुछ? बाप होने से कोई चीज के सही होने का सबूत है? शिक्षक विघार्थियों से कह रहा है कि 'हम जो कहते हैं मानो।' क्योंकि आप तीस साल पहले पैदा हो गये इसलिए कोई बहुत ऊंचा काम किया है? इसलिए आप जो कहते हैं सही हो जायेगा?

सही होने की कसौटी उम्र नहीं होती। न बाप होना होता है, न शिक्षक होना होता है। सही होने की कसौटी के कुछ और अर्थ होते

हैं तर्क होता है, विचार होता है, कारण होते हैं किसी चीज के सही और गलत होने के। वह कारण नहीं होते कि मैं बड़ा हूं, इसलिए सही मानो। लेकिन यही हमारा सूत्र है अब तक।

इस सूत्र के कारण भारत में बच्चे पैदा होते हैं, लेकिन उनकी प्रतिभा कुंठित हो जाती है, प्रतिभा विकसित नहीं होती। भारत का जीनियस, मेधा विकसित नहीं होती। सोच-विचार की हवा ही नहीं है। और जिंदगी से लड़ना है, तो सोचना पड़ेगा। हारना है, तो मत सोचिये। अगर जिंदगी को जीतना है, तो विचार के अतिरिक्त कोई शक्ति, कोई सूत्र आदमी के हाथ में नहीं है। अगर जिंदगी के राज जानना है, अगर पदार्थ में छिपी हुई शक्तियों के मालिक बनना है, अगर प्रकृति में छिपा हुआ रहस्य खोजना है, अगर आकाश और चांद-तारों पर ताकत लानी है, तो विचार, विचार, विचार इसके अतिरिक्त कोई मार्ग नहीं है तो दीन-हीन हो जायेंगे, दरिद्र हो जायेंगे, गुलाम हो जायेंगे।

जब हो जायेंगे, तो फिर एक ही रास्ता रहेगा कि कहें कि भाग्य में ही यह लिखा है। विश्वास करनेवाले लोगों के हाथ में भाग्य के अतिरिक्त अपील के लिए कोई अदालत नहीं रह जाती। बस भाग्य! जो भी कौम विश्वास करती है, वह भाग्यवादी हो जाता है। उसको ऐसा लगता है, जो हो रहा है, होगा।

आदमी बचपन में मर जाये, तो उसका भाग्य। अस्सी साल जी कर मर गये, तो भाग्य। बीमार रहे तो भाग्य, स्वस्थ रहे तो भाग्य। गरीब हो तो भाग्य, अमीरी हो तो भाग्य। देश गुलाम हो जाये तो भाग्य, और अंग्रेजों का दिमाग फिर जाये और देश को आजाद कर दें तो भाग्य।

हमारा इसमें क्या कसूर है! हमारा कोई कसूर नहीं है आजादी के लेने में। अंग्रेजों की गलती है। हम तो हजारों साल तक गुलाम रहने को राजी थे। अंग्रेजों के दिमाग फिर गये, न मालूम कैसी गड़बड़ हो गयी। हम तो भाग्य पर बैठे रहते, हम कभी कुछ न करते।

विश्वास की छाया है भाग्य। और जिस समाज और जिस देश के दिमाग में भाग्य बैठ गया, उसका पुरुषार्थ मर जाता है, स्युसाइड हो जाती है, आत्महत्या हो जाती है। फिर करने का कोई सवाल नहीं रह जाता। करते तो वे हैं, जो मानते हैं कि हमारे करने से कुछ होगा। जो मानते हैं, हमारे करने से कुछ भी नहीं होगा, करनेवाला कोई और है, हम तो गुड्डियां हैं जिनके धागे भगवान के हाथ में हैं, वह नचा रहा है। यह भगवान भी खूब मदारी जैसा है! काहे के लिए नचा रहा है इन गुड्डियों को? और अब तक थक भी नहीं गया और नचाये चला जा रहा है। हम थक गये, गुड्डियां थक गयीं। गुड्डियां कहती हैं, आवागमन से छुटकारा चाहिए, मोक्ष चाहिए, लेकिन वह मदारी नहीं थकता, वह नचाये चले जा रहा है। हम सब उसके हाथ के खिलौने हैं। अगर हम किसी के हाथ के खिलौने हैं, तो जिंदगी एक व्यंग्य हो गयी, मजाक हो गयी। और व्यंग्य भी बहुत खतरनाक हो गया है। लेकिन यही हमारी दृष्टि है।

विश्वास करनेवाले लोग भाग्यवादी हो जायेंगे और भाग्यवादी लोग पुरुषार्थ खो देंगे, श्रम खो देंगे, संकल्प खो देंगे, जिंदगी से लड़ने की क्षमता और साहस खो देंगे। रोना उनके हाथ में रह जायेगा। बैठकर रोयेंगे, कतार बांधकर।

और इस रोने को धर्म कहेंगे, कि हम धार्मिक कार्य कर रहे हैं! मंदिरों में कर क्या रहे हैं हम? कोई प्रार्थना कर रहा है मंदिरों में? मंदिरों में सिवाय रोने के और कोई काम नहीं किया जा रहा है। कोई अपनी बीमारी के लिए हाथ जोड़कर रो रहा है। कोई लड़के की नौकरी के लिए रो रहा है। कोई किसी और बात के लिए रो रहा है। मंदिरों में लोग रो रहे हैं! हमारी प्रार्थना रोने के सिवाय और कुछ भी नहीं है। और चौबीस घंटे हम रो रहे हैं, क्योंकि हम तो कुछ कर नहीं सकते। कुछ हो रहा है, हम चिल्ला सकते हैं।

अगर पानी नहीं गिरता है देश में, तो हम यज्ञ कर सकते हैं। यज्ञ रोना है। यज्ञ से पानी गिरने का तीन काल में भी कोई संबंध नहीं है।

तुम कितनी आग जलाते हो, कितना गेहूं जलाते हो, कितना घी जलाते हो, बादलों को जरा भी मतलब नहीं है कि तुम क्या पागलपन कर रहे हो। बादलों को पता भी नहीं होगा कि आपके ब्रह्मचारी और आपके संन्यासी आग में घी डलवा रहे हैं और पागलों की तरह चक्कर काट रहे हैं उसका, और मंत्र बोल रहे हैं! यह बादलों को पता भी नहीं होगा। और अगर पता भी होगा, तो वे बहुत हंसते होंगे मन में कि कैसे नासमझ लोग, यह क्या कर रहे हो? इससे पानी गिरने का क्या संबंध है? लेकिन भाग्यवादी लोग, विश्वासी लोग क्या कर सकते हैं? किताब में लिखा है कि ऐसा करने से पानी गिरेगा, तो वे चक्कर लगाते हैं। करते रहते हैं!

नहीं पानी गिरता, तो विश्वासी मानते हैं कि हमारे करने में कोई गलती रह गयी, नहीं तो पानी तो जरूर गिरता। कलियुग आ गया है इसलिए गड़बड़ हो गयी है, नहीं पानी तो गिरता। पानी तो ऋषि-मुनि गिरा देते थे। वहां रूस से वे बादलों को खींचकर ले आयेंगे अपनी जमीन पर। बादल लाये जा सकते हैं, जहां भी चाहा जाये, वहां लाये जा सकते हैं। बादलों को आदमी अपनी मर्जी से खींचकर कहीं भी ला सकता है। बादलों को मजबूर किया जा सकता है कि पानी गिराओ। लेकिन मंत्र से और यज्ञ से यह नहीं होता है।

यज्ञ और मंत्र हमारी नपुंसकता के प्रतीक हैं, हमारी सामर्थ्य के नहीं, इमपोटेंट के। जो कुछ भी नहीं कर सकते, वे यज्ञ वगैरह करते हैं। यह आखिरी उपाय है दीन-हीनों का। सिर पटकते हैं, व्यर्थ ही समय खराब करते हैं। लेकिन नहीं, वह जो हमें सिखाया गया है हजारों साल तक, हम शक भी नहीं करेंगे, संदेह भी नहीं करेंगे।

संदेह पैदा हो, तो विचार पैदा होगा। विचार पैदा हो, तो पुरुषार्थ पैदा होता है। संदेह पहला सूत्र है। संदेह पैदा हो, डाउन पैदा हो, तो विचार पैदा होगा। क्योंकि संदेह के साथ सोचो, क्या है फिर। अगर यह ठीक नहीं है, तो ठीक क्या है? अगर यही ठीक है, तो सोचने की कोई जरूरत नहीं, बात खत्म हो गयी। ठीक, हमारे पुरखे हमेशा के लिए तय

कर गये हैं। हमारे हाथ में अब कोई काम नहीं है। सोचने का क्या सवाल है?

संदेह पैदा होता है, तो विचार पैदा होता है। अगर विचार पैदा होता है, तो पुरुषार्थ पैदा होता है, कुछ करने का सवाल उठता है। जब विचार लेता है आदमी तो करके देखता है कि हो सकता है या नहीं हो सकता है।

अभी कुछ वर्षों पहले एक पाश्चात्य डेनिश डाक्टर हिंदुस्तान आया। उसने स्वामी शिवानंद की एक किताब पढ़ी। आप लोगों में से कई लोगों ने पढ़ी होगी, क्योंकि फिजूल किताबें पढ़ने के सिवाय हम कोई काम ही नहीं करते। स्वामी शिवानंद की किताब उसने पढ़ी। उस किताब में लिखा हुआ है कि ओम का पाठ करने से हर तरह की बीमारी तत्काल दूर हो जाती है। और यह भी लिखा है कि ओम का पाठ करने से बीमारी तो क्या, अगर कोई आदमी पूरे श्रद्धा और विश्वास के साथ ओम का पाठ करे, तो मृत्यु को भी जीत लेता है!

कई किताबों में लिखा है, स्वामी शिवानंद का कोई कसूर नहीं है, उन्होंने कापी किया होगा कहीं से। यहां हिंदुस्तान में कोई अपनी तरफ से तो कुछ लिखता नहीं, सिवाय कार्बन कापी के। इसलिए कसूर उनका कोई भी नहीं है, उनकी कोई गलती नहीं है। यह तो कई किताबों में लिखा है, उन्होंने उतार दिया होगा। हिंदुस्तान में किताब लिखने का ढंग यह है कि दस किताब पढ़ो और एक किताब लिखो, फौरन किताब पैदा हो जाये। उसमें उनकी कोई गलती नहीं है। उन्होंने तो पुरखों ने जो पहले भी कहा है, उसको ही दोहरा दिया है।

वह डेनिश डाक्टर था। और उसने जब यह सुना कि स्वामी शिवानंद भी पहले डाक्टर थे, संन्यासी होने के पहले...। लेकिन उसको पता नहीं हिंदुस्तान का कोई डाक्टर विश्वास योग्य नहीं है। डाक्टर ऊपर से रहता है भीतर वहीं हिंदुस्तानी पागल दिमाग बैठा हुआ है। कब गेरुवा वस्त्र

पहन लेगा, कुछ पता नहीं। और कब राम-राम जपने लगेगा, कुछ पता नहीं! और अभी भी दवा, इंजेक्शन लगाते वक्त भीतर-भीतर जप रहा हो, तो कोई ठिकाना नहीं है।

उसने सोचा कि शिवानंद तो डाक्टर था। यह तो जब लिख रहा है, तो कुछ सोचकर लिख रहा होगा। 'ओम के पाठ से बीमारियां दूर हो जाती हैं', जब डाक्टर है, तो कुछ सोचकर लिख रहा होगा। अगर यह कहता है कि मृत्यु तक जीती जा सकती है, तो कोई प्रयोग करके लिख रहा होगा। लेकिन उन्हें पता नहीं हमारी आदतों का। हमें इसकी फिक्र ही नहीं कि हम क्या लिखते हैं, क्या करते हैं? हम कुछ भी कह सकते हैं, हम कुछ भी लिख सकते हैं।

वह आदमी भागा हुआ हिंदुस्तान आया। हम कहेंगे, नासमझ था, आणंद शहर में कितने लोगों ने ऐसी किताबें पढ़ी हैं, कभी कोई भागकर कहीं जाता है? पढ़-लिखकर अपने घर बैठे रहते हैं! लेकिन उसको बेचैनी आ गयी कि डाक्टर ऐसा लिखता है, तो जरूर इसमें कोई मतलब होना चाहिए। वह बेचारा ऋषिकेश पहुंचा। बड़े भाव से भरा हुआ।

उसने अपनी डायरी में लिखा है कि मैं इतना पागल हो गया कि अगर ऐसा कोई सूत्र मिल गया है कि जिसके पाठ से सारी दुनिया में रोग दूर हो जाते हैं, तब तो दुनिया धन्य हो जायेगी। तब अस्पतालों की, मेडिकल कालेज की, दवा-दारुओं की, अंट-शंट सब बंद कर देंगे। एक छोटी तरकीब मिल गयी, सीक्रेट फार्मूला मिल गया। यह तो बड़ा राज है! यह इस आदमी को तो नोबल प्राइज मिलना चाहिए अभी, इसी वक्त। कहां छोटी-मोटी दवाइयां खोजनेवालों को, फला-ढिकाने को जाकर कोई नोबल प्राइज दे देते हैं। जिस आदमी ने इतनी बड़ी बात निकाल ली है, उसको तो नोबल प्राइज अभी देना चाहिए!

वह भागा हुआ ऋषिकेश पहुंच गया। उसने जाकर स्वामी शिवानंद के सेक्रेटरी को कहा कि 'मैं इसी वक्त मिलना चाहता हूं स्वामी जी से।'

सेक्रेटरी ने कहा, 'अभी नहीं मिल सकते। अभी स्वामी जी बीमार हैं और डाक्टर उन्हें देखने गया है।'

वह आदमी तो भौचक्का-सा खड़ा रह गया। 'स्वामी जी', उसने कहा, 'बीमार हैं? यह कभी नहीं हो सकता। यह कैसे हो सकता है। स्वामी जी कभी बीमार नहीं हो सकते। मैंने तो उनकी किताब पढ़ी है, उन्होंने लिखा है कि ओम के पाठ करने से आदमी बीमारियों को जीत लेगा!' सेक्रेटरी ने कहा, 'पढ़ी होगी किताब। लेकिन स्वामी जी बीमार हैं और उन्हें डाक्टर देख रहा है।'

हम कहेंगे, अगर हम होते वहां, तो हम कहते, अरे पागल! तू समझता नहीं, स्वामी जी लीला कर रहे हैं। यह तो लीला है, स्वामी जी थोड़े ही बीमार पड़े हैं। यह तो लीला दिखला रहे हैं, भक्तों की जांच कर रहे हैं कि कौन श्रद्धा रखता है, कौन अश्रद्धा रखता है! भक्तों की जांच कर रहे हैं स्वामी जी। बीमार नहीं हैं लीला कर रहे हैं और जांच कर रहे हैं कि कौन है सच्चा श्रद्धालु।

जो अभी नहीं माने कि स्वामी जी स्वस्थ हैं, जो नहीं माने, वह नास्तिक हैं। लेकिन वह डेनिश जैसे पहाड़ से गिर पड़ा। उसने अपनी किताब में लिखा है कि मैं तो दंग हो गया हूं कि लोग कैसे हैं। किस मुद्दे पर लिखा है इस आदमी ने यह! लेकिन हम कोई भी नहीं कहेंगे। हम कहेंगे, 'कहां! इसमें क्या मुद्दे की बात है!'

हमें खयाल भी नहीं आयेगा, क्योंकि विचार तो हमने बंद कर दिया है। ये सब खयाल दूसरों को आते हैं। जो विचार कर रहे हैं, वे पूछना चाहते हैं, वे संदेह करना चाहते हैं, प्रयोग करना चाहते हैं, उसका उपयोग करना चाहते हैं, नतीजे निकालना चाहते हैं। हम सिर्फ घोषणाएं करते हैं।

यह स्थिति देश में विचार को पैदा नहीं होने देती। और विचार पैदा नहीं होगा, तो भारत का कोई भी भविष्य नहीं है। हम बहुत पिछड़ गये हैं, हम और पिछड़ते चले जायेंगे। हम हर दिशा में पिछड़ गये हैं और

पिछड़ने का एक ही कारण है कि हम कुछ पकड़े बैठे हैं हजारों साल से, कभी संदेह ही नहीं करते कि हम जो पकड़े बैठे हैं, वह क्या है? आंख तो खोलें, देखें तो कि वह क्या है?

लेकिन हमें डर लगता है कि अगर हमने सोच-विचार किया, तो कहीं ऐसा न हो कि हमारे पुरखे, हमारे ऋषि-मुनि गलत सिद्ध हो जायें। तो चाहे हमारी जिंदगी नष्ट हो जाये, हमने यह कसम खा ली है कि अपने पुरखों को कभी गलत सिद्ध न होने देंगे। लेकिन ठीक होने का कोई ठेका नहीं लिया है कि वे हमेशा के लिए सही हों। वे हमको हमेशा के लिए गलत कर गये हैं, और खुद हमेशा के लिए सही हो गये हैं!

और मुर्दा, मर गये लोग अगर जिंदा लोगों को इस तरह से फंसा दें, तो बहुत मुसीबत हो जाती है। जीना हमें है, और वे जो कह गये हैं, मानना उसको है! जिंदा हमें रहना है, जिंदगी से लड़ना हमें हैं, लेकिन उसूल उनके हैं। इस तरह नहीं चल सकता है आगे।

इसलिए पहली बात, भारत के दुर्भाग्य की बुनियाद है विश्वास, बिलीफ, अंधविश्वास, आंख बंद करके माने चले जाना सब दिशाओं में। ये दिशायें कोई भी हों, इससे कोई फर्क नहीं पड़ता। इस दुर्भाग्य को तोड़ने का सूत्र है : विश्वास नहीं विचार, संदेह, सोचना।

हमारी हालत भेड़-बकरियों जैसी हो गयी है।

मैंने सुना है : एक स्कूल में एक शिक्षक बच्चों को पढ़ा रहा था और वह कुछ सवाल पूछ रहा था गणित के। फिर उसने एक सवाल दिया बच्चों को कि एक छोटी सी बगिया में चहारदीवारी के अंदर बीस भेड़ें बंद हैं। उनमें से एक भेड़ छलांग लगाकर बाहर निकल गयी तो भीतर कितनी भेड़ें बचीं?

एक बच्चा एकदम हाथ हिलाने लगा। यह बच्चा कभी हाथ नहीं हिलाता था। शिक्षक ने पूछा, 'आज तुझे क्या हो गया है?' उसने कहा,

'मेरे घर में भेड़ें हैं, इसलिए जवाब दे सकता हूं। एक भी नहीं बचेगी, सब निकल जायेंगी। पीछे एक भी नहीं बचेगी। आप कहते हैं, एक निकल गयी, पीछे एक भी नहीं बचेगी।' उसने पूछा, 'मतलब क्या, पागल! बीस भेड़ें थीं, एक निकली है।' उसने कहा, 'एक निकली होगी गणित में। भेड़ें सब निकल गयीं, पीछे एक नहीं बचती। क्योंकि भेड़ें पीछे चलती हैं।'

यही गणित भारत पर लागू होता है। इधर एक निकल जाये, फिर सारा मुल्क उसके पीछे जय-जयकार करता हुआ, जय महात्मा, जय महात्मा, झंडे हिलाता हुआ पीछे चलने लगे। कोई नहीं पूछेगा कि यह भेड़ के पीछे क्यों चले जा रहे हो। अपने बल पर खड़े होना चाहिए एक-एक आदमी को, किसी के पीछे क्यों चले जा रहे हो? लेकिन हमें यह खयाल ही नहीं रहता। हमारे पास भी भीतर कोई बुद्धि भगवान ने दी है! हम पर भी सोचने की चुनौती है। हमें भी सोचना है। क्यों पीछे चलें किसी के?

लेकिन पीछे चलने में बड़ी सुविधा है। सोचने में श्रम करना पड़ता है, पीछे चलने में कुछ भी नहीं करना पड़ता है। सोचने में इनकन्वीनियंस है, सोचने में बड़ी तकलीफ होती है, सिर पर जोर डालना पड़ता है। पीछे चलने में मजे से चले जा रहे हैं। किसी की पूंछ पकड़े हुए हैं और चले जा रहे हैं। और वह जो आगे है, उसका भी हमें पता नहीं है, वह भी किसी की पूंछ पकड़े है। क्योंकि ऐसा हो नहीं सकता कि वह न पकड़ा हो। क्योंकि उसके आगे अगर पूंछ खो जाये, तो वह भी घबड़ा जायेगा कि अब मुझे सोचना पड़ेगा। हो सकता है, जिंदों की पकड़े हो, मुर्दों की पकड़े हो, किसी न किसी की पकड़े होगा। एक कतार लगी है हजारों साल से।

बुद्ध ने कहा, एक दफा एक पहाड़ की तराई में वे ध्यान करते थे। दोपहर का वक्त था, एकदम उन्होंने देखा कि जंगल में बहुत हड़बड़ी मच गयी है। सारे जानवर भागे जा रहे हैं, सारे प्राणी भागे जा रहे हैं। थोड़ी देर तक वे आंख बंदकर ध्यान लगाने की कोशिश करते रहे, लेकिन उन्हें

बड़ी हैरानी हुई कि ऐसा तो कभी नहीं हुआ था। पक्षी आकाश में उड़ रहे हैं, कतारबद्ध भाग रहे हैं। खरगोश, सिंह, शेर, हाथी सब भागे जा रहे हैं। और फिर उन्होंने आंख खोली और एक शेर को रोका। लेकिन शेर भी रुकता नहीं, कंप रहा है एकदम! पूछा, 'भई बात क्या है? यह जंगल की पूरी किंग्डम, पूरा का पूरा जंगल का साम्राज्य कहां भागा जा रहा है?' उस शेर ने कहा, 'मुझे मत रोकिये। प्रलय आनेवाली है, हम बचने की कोशिश कर रहे हैं।' बुद्ध ने कहा, 'कहा किसने की प्रलय आनेवाली है?' उस शेर ने कहा, 'आगेवाले लोगों ने कहा।'

बुद्ध भागे, आगे पहुंचे। दूसरे जानवरों से पूछा कि 'दोस्तो, कहां भागे जा रहे हो?' तो उन्होंने कहा, 'महाप्रलय आ गयी, आपको पता नहीं? भागें, बातचीत का वक्त नहीं है यह!' 'पर', बुद्ध ने कहा। 'कहा किसने?' उन्होंने कहा, 'आगेवालों ने कहा। कहेगा कौन? आगे के जानवरों ने कहा।' बुद्ध भागते-भागते परेशान हो गये। हाथियों से पूछा, हिरणों से पूछा, लेकिन जिससे पूछा, उसने कहा, आगेवालों ने कहा।

आखिर में सांझ होते-होते आगे जाकर खरगोशों की एक कतार मिली। वे सबसे आगे भागे जा रहे थे। पूछा कि 'दोस्तो, कहां भागे जा रहे हो?' उन्होंने कहा, 'महाप्रलय आ रही है, रोकिये मत।' 'कहा किसने?' उन्होंने कहा, जो खरगोश हमारे आगे है।' आगे एक खरगोश भागा जा रहा था, छोटा-सा खरगोश। उसको रोका, वह रुकता नहीं है! सब तरफ से भागने की कोशिश करता है। चिल्लाता है कि 'मुझे रोकिए मत।' बुद्ध ने कहा, 'दोस्त, यह तो बता दे, किसने तुझे कहा?' उसने कहा, 'किसी ने नहीं।'

उसने कहा, 'मैं एक झाड़ के नीचे आंख बंद करके सोया हुआ दोपहर का सपना देख रहा था। जोर का धड़ाका हुआ। और मेरी मां ने बचपन में मुझे कहा था कि जब ऐसा धड़ाका होता है, तो महाप्रलय आ जाती है। मैं भागा। मैं भागा तो बाकी खरगोश भागे। बाकी खरगोश भागे, तो सारा जंगल भागने लगा।' बुद्ध ने कहा, 'तू किस झाड़ के नीचे

सोता था? आम का झाड़ तो नहीं था?' उसने कहा, 'आम का ही झाड़ था।' बुद्ध ने कहा, 'पागल, कोई आम तो नहीं गिरा था!' उसने कहा, 'यह भी हो सकता है।' 'चल मेरे साथ।'

उस खरगोश को लेकर झाड़ के पास गये, जहां खरगोश बैठा था। उसका चिन्ह बना था। उसके पास एक बड़ा आम पड़ा था, जितना बड़ा खरगोश था, उतना बड़ा आम था। 'यही आम तो नहीं गिरा?' उस खरगोश ने कहा, 'यही हो सकता है। लेकिन मेरी मां ने मुझ से बचपन में कहा था कि जब ऐसा धड़ाका होता है, तो महाप्रलय आती है। इसलिए मैं भाग गया।'

बुद्ध अपने भिक्षुओं से बाद में कहते थे कि जंगल के जानवर भागते थे, यह तो हंसने जैसी बात नहीं है, लेकिन मेरे पूरे मुल्क के लोग इसी तरह भाग रहे हैं। किसी से भी पूछो, वह कहेगा, आगेवाले ने! यह फलां महात्मा ने कहा, फलां साधु ने कहा है, फलां ऋषि ने कहा है। पकड़ो उस साधु को, हमेशा वह आगे इशारा करेगा।

और वहां तो बुद्ध ने खरगोश पकड़ भी लिया, यहां आगे किसी को भी पकड़ना मुश्किल है। क्योंकि आगेवाले लोग मर चुके हैं, कब्रों में कहां खोजियेगा! उनका कोई पता लगाना मुश्किल है। राख हो गये हैं वे। इसलिए आगे जाने का कोई उपाय नहीं कि पहला आदमी मिल जाये। और सब चीजों में यह शृंखला तोड़ देनी चाहिए। जितने जल्दी हम तोड़ दें...।

हम जो भी करते हैं उसका उत्तर हमारे विवेक के पास होना चाहिए, किसी दूसरे विवेक के पास नहीं। मैं जो कर रहा हूं मेरे पास उत्तर होना चाहिए कि क्यों कह रहा हूं, क्यों कर रहा हूं। अगर मैं यह कहता हूं कि दूसरे ने कहा है, तो मैंने मनुष्य होने की योग्यता खो दी। मैं डिसक्वालिफाइड हो गया उसी वक्त। उसी वक्त मेरे आदमी होने की बात खत्म हो गयी। मैं आदमी नहीं हुआ। अब मैंने आदमी के तल से अपने को नीचे गिरा

लिया। जैसे ही आप कहते हैं कि फलां आदमी ने कहा है, इसलिए। फिर गलत बात हो गयी। आपकी बुद्धि कहती है, आपका विवेक कहता है, गलत हो, कोई फिक्र नहीं। अपने विवेक से गलती करना भी शुभ है और दूसरे के विवेक से गलती से बच जाना भी अशुभ है। क्योंकि अपने विवेक से गलती करनेवाला आज नहीं कल देख लेगा कि गलती है, अपना विवेक है उसके पास, और गलती के पार हो जायेगा। लेकिन जो दूसरे के विवेक से चलता है, वह कभी भी पार नहीं हो सकता। उसके पास जांच, कसौटी कुछ भी नहीं है। उसके पास कोई मापदंड नहीं है।

इसलिए भारत के पास व्यक्तित्व पैदा नहीं हो पाया, विश्वास के कारण। इसलिए मैं कहता हूं कि विचार की फिक्र करना, सोचना। किसी मुद्दे को बिना सोचे मत मान लेना। बड़ी तकलीफ होती है, बड़ा श्रम पड़ेगा, लेकिन श्रम से बचने की जल्दी क्या है। और ध्यान रहे, विचार की दुनिया में जितना श्रम किया जाता है, उतने ही आनंद को आत्मा उपलब्ध होती है। विचार की दुनिया में जितना श्रम किया जाता है, उतने ही आनंद को आत्मा उपलब्ध होती है। विचार की दुनिया में जितना श्रम किया जाता है, उतना मनुष्य परमात्मा के निकट पहुंचता है। शरीर की दुनिया में जितना श्रम किया जाये, उतनी संपत्ति पैदा होती है। और विचार की दुनिया में जितना श्रम किया जाये, उतना सत्य पैदा होता है। बाहर की दुनिया में जितना श्रम किया जाये, उतनी समृद्धि पैदा होती है। और भीतर की दुनिया में जितना श्रम किया जाये, उतना सत्य पैदा होता है।

सत्य एकमात्र शक्ति है। और जो विश्वास करते हैं, उनके पास कोई शक्ति नहीं रह जाती, क्योंकि उनके पास सत्य ही नहीं है। उनके पास उधार बातें, शब्द हैं बारोड। बासे शब्दों से भरी हुई हमारी खोपड़ी है, इसलिए हम भटकते हैं, भरमते हैं, लेकिन हम कहीं पहुंचते नहीं है। देश की नैया ऐसे चक्कर काटती है जैसे कोल्हू के बैल की तरह। कोई किनारा नहीं मिलता कि हम कहां जायें।

यह स्थिति छोड़नी जरूरी है। और जैसे ही यह देश विचार करना शुरू करेगा, वैसे ही इस देश के भीतर पुरुषार्थ के अंकुर पैदा हो जायेंगे। जैसे ही विचार आयेगा, पुरुषार्थ की किरणें छा जायेंगी। जैसे ही विचार आयेगा, एक-एक आदमी को लगेगा कि बहुत कुछ करना जरूरी है, क्योंकि विचार करने की प्रेरणा बनता है। कहता है कि यह करो, यह हो सकता है। वह कहता है, यह करके देखो।

हिंदुस्तान में विज्ञान पैदा नहीं हुआ, क्योंकि विचार पैदा नहीं हुआ। विचार पैदा नहीं हुआ तो विज्ञान कैसे पैदा होता! पश्चिम के मुल्कों में विज्ञान पैदा हुआ, वह भी हमेशा से नहीं था, अभी तीन सौ वर्षों में पैदा हुआ। जब से आदमी ने वहां विचार करना शुरू किया, विज्ञान की धारा बह गयी। विज्ञान की धारा खुली पुरुषार्थ के प्राण से। इसीलिए उनका जवान, उनका आदमी चांद-तारों पर पैर रखने की योजना बना रहा है। और हम? हम इस जमीन से भी हट जाने की योजना बना रहे हैं!

एक पैर हमारा कब्र में है, एक पैर जमीन पर है कब कोई धक्का दे देगा, हम जल्दी से कब्र में समा जायेंगे। हम तैयारी कर रहे हैं कब्र में प्रवेश की। वे चांद-तारों पर, वे आकाश से दूर यात्री बनने जा रहे हैं। जो किसी मनुष्य ने कभी नहीं जाना, वे जानेंगे। वे इतिहास में जहां किन्हीं मनुष्यों के चरण नहीं पड़े, वहां उनके चरण पड़ेंगे। हमारे बेटे, हमारे बच्चे तरसेंगे बैठकर। जमीन पर रहने का हक भी खो देंगे। लेकिन हम चुपचाप बैठे हैं। हम कहेंगे, 'अरे, क्या करोगे चांद-तारों पर जाकर? क्या रखा है वहां? अपने गांव के हनुमान जी के मंदिर में बैठकर भजन-कीर्तन करो, इससे बहुत फायदा होगा! इससे बड़ी आत्मिक शांति मिलती है!' हम कहेंगे, 'क्या कर रहे हो तुम? किस दौड़-धूप में लगे हो?'

लेकिन परमात्मा उनके साथ है, जो बाहर और भीतर श्रम में लगे हैं। परमात्मा उनके साथ है, जो जीवन की चेतना को भविष्य की चेतना को विकास देने में लगे हैं। परमात्मा उनके साथ है, जो एवोल्यूशन को,

जो विकास को नये सोपानों पर पहुंचाने की कोशिश कर रहे हैं। परमात्मा उनके साथ है, जो भविष्य को जीतने की तैयारी में हैं। परमात्मा मरते लोगों के साथ कभी भी नहीं है।

हम राह की धूल बनकर खो जायेंगे। हम अभी भी राह के किनारे खड़े हो गये हैं, इसका ध्यान रहे। जो जीवन की धारा चल रही है, भारत उसमें राह के किनारे खड़ा हो गया है। जीवन की धारा के मुख्य अंग नहीं हैं हम। लेकिन हम किनारे पर खड़े होकर चिल्ला रहे हैं कि हम जगत-गुरु हैं! दुनिया को हम शिक्षा देंगे। दुनिया हमारी तरफ देख रही है मार्ग-दर्शन के लिए!

कौन देख रहा है तुम्हारी तरफ? राह के किनारे खड़े लोगों की तरफ कोई कभी देखता है? लेकिन तुम्हें लगता है, क्योंकि राह पर के लोग निकलते हैं, तो उनकी नजर पड़ जाती है तुम्हारे ऊपर खड़े हुए कि इसमें से सारे लोग हमारी तरफ नजर लगाये हुए हैं। वे आगे चले जाते हैं। कोई तुम्हारी तरफ नजर नहीं लगाये हुए है। हां, कोई-कोई झक्की उनमें पैदा हो जाते हैं, जो उधर आ जाते हैं। कोई बीटल आ जायेगा, कोई कोई आ जायेगा। हम कहेंगे, 'धन्यभाग, देखो भारत जगत-गुरु है।'

दो-चार इस पगलों को लाने से कोई भारत जगत-गुरु हो जायेगा? यहां से कोई आदमी चला जाता है पश्चिम में, कोई महर्षि, कोई-कोई और वहां दस-पच्चीस लोग उसके आसपास चक्कर काटने लगते हैं, तो हम समझते हैं, कोई भारत जगत-गुरु हो गया है। यह सवाल नहीं है। ऐसे कोई जगत-गुरु नहीं होता।

हम जगत की धारा से ही विच्छिन्न हो गये हैं। लेकिन अक्सर ऐसा होता है कि जिनके हाथ से सब खो जाता है, वे मन ही मन बड़ी-बड़ी कल्पनायें करके संतोष खोजने की कोशिश करते हैं। भिखारी रास्तों के किनारे बैठकर सोचते हैं कि हमारे बाप-दादे सम्राट थे। जरूर सोचते हैं। भिखारियों के पास जाइये, बराबर सोचते मिलेंगे। भिखारी और कुछ नहीं

सोचते। अपने पीछे का हिसाब लगाते हैं कि मैं यह था! और सपने में सभी भिखारी सम्राट हो जाते हैं। सपने में कोई भी भिखारी होने का सपना नहीं देखता, यह आपको पता है?

मैंने सुना है, एक झाड़ के नीचे बैठकर एक बिल्ली सपना देख रही है। एक कुत्ता वहां से निकलता था, उसने उसे जगाया और कहा कि 'क्या देख रही है? बड़ा रस ले रही थी! तेरे होंठों से लार टपक रही थी और तेरी मूछें तू साफ कर रही थी। मामला क्या था? क्या देख रही थी?'

उस बिल्ली ने कहा, 'नाहक मेरा सपना तोड़ दिया। मैं देख रही थी कि वर्षा हो रही है और चूहे टपक रहे हैं! एकदम चूहे चूहे हैं, पानी नहीं है। चूहों की वर्षा हो रही है। सब गड़बड़ कर दिया।'

उस कुत्ते ने कहा, 'नादान बिल्ली! सपना भी देखा, तो गलत देखा। मैं पुरखों से सुनता आया हूं कि कभी-कभी ऐसी वर्षा होती है, लेकिन चूहे नहीं बरसते हैं, हड्डियां बरसती हैं! चूहे तो कहीं लिखा ही नहीं है। किसी शास्त्र में, किसी पुराण में नहीं लिखा है कि चूहे बरसते हैं। हड्डियां बरसती हैं! हम भी कभी-कभी सपने देखते हैं, हड्डियां बरसती हैं, चूहे नहीं बरसते। सपना भी देखा, तो गलत सपना देखा!'

लेकिन बिल्ली, चूहे गिरने के सपने देख सकती है। कुत्ते, हड्डी गिरने के सपने देख सकती हैं। यह भारत जगत-गुरु होने के सपने देखता रहता है। जो हमारे पास नहीं है, उसी के सपने देखे जाते हैं। जो होता है, उसके कोई सपने नहीं देखता। जो आज हैं गुरु की हैसियत में, वे कहते नहीं फिरते और जो हम आज दीन-हीन हो गये हैं, तो हम कहते फिरते हैं। यह सब चिल्लाना हमारी कमजोरी, यह सब चिल्लाना हमारे हारे हुए होने का सबूत है। लेकिन कब बदलेगा यह भाग्य, कैसे बदलेगा यह भाग्य?

यह थोड़ी-सी बात मैंने कही। विचार की क्रांति चाहिए इस देश के प्राणों को झकझोर देने के लिए। सब विश्वास उखाड़कर फेंक देने जैसे हैं।

जीवन के प्रत्येक पहलू पर संदेह का द्वार खोला जाना चाहिए। जिंदगी के हर मसले को फिर से रिकन्सीडर, फिर से पुनर्विचार किया जाना चाहिए। जिंदगी की कोई चीज चुपचाप मान लेने योग्य नहीं है। हजारों-हजारों साल में जो कहा हो, उसको फिर उठाकर पूछना पड़ेगा। फिर प्रश्न, फिर इन्कवैरी, फिर क्वेश्चनिंग और हथौड़े की चोट पर हैमरिंग करनी पड़ेगी, एक-एक चीज को। जो टिक जायेगी कसौटी पर, उसको मान लेंगे; जो नहीं टिकेगी, उसको फेंक देंगे। चाहे वह किन्हीं महात्माओं ने कही हो, किन्हीं ऋषियों ने कही हो, किन्हीं मुनियों ने कही हो।

नहीं, वह विचार की और सत्य की कसौटी पर कसी जानी चाहिए। और अगर हम विचार के लिए हिम्मत कर लेते हैं, तो आगे दुर्भाग्य का कोई कारण नहीं है। आज तक हम अभागे थे; आगे भाग्य आ सकता है।

मैं आशा से भरा हूं, यह हो सकता है। और यह भी हो सकता है कि आज तक हमने विचार नहीं किया यह वरदान नहीं था, अभिशाप था। यह अभिशाप भी भविष्य में वरदान बन सकता है। जैसे किसी खेत पर बहुत दिन तक खेती-बाड़ी न की गयी हो, और वर्षों के बाद कोई चीज उसमें डाल दें तो फिर ऐसी फसल आये, जैसे कि किसी खेत में नहीं होती क्योंकि हजारों साल से उस खेत में बहुत ऊर्जा इकट्ठी हो गयी है, जो बीज को पकड़ ले, तो फूट जाये।

हिंदुस्तान का मस्तिष्क, हिंदुस्तान की प्रतिभा हजारों साल से बंजर पड़ी हुई है, उस पर खेती नहीं की गयी है। कौन जाने, अगर आनेवाले भविष्य में, आनेवाले बच्चों ने हिम्मत की और उन्होंने विचार के बीज बोये, तो यह भी हो सकता है कि पृथ्वी पर कोई देश इस देश की प्रतिभा का मुकाबला न कर सके, क्योंकि हजारों साल की ऊर्जा निष्प्राण पड़ी है। अगर वह एकदम से फूट जाये, तो इस खेत में जितने फूल उगेंगे, उतने शायद दुनिया के किसी देश में नहीं आ सकते। लेकिन हम करेंगे, तो ही हो सकता है।

ये थोड़ी-सी बातें मैंने कहीं। मेरी बातों को इतने प्रेम और शांति से सुना उससे बहुत-बहुत अनुगृहीत हूं और अंत में सबके भीतर बैठे परमात्मा को प्रणाम करता हूं, मेरे प्रणाम स्वीकार करें।

OOO

सात अमृत प्रवचनों का संकलन

'सेक्स जीवन में केंद्रीय तथ्य है।
आपकी निंदा से वह केंद्र से हट नहीं जाएगा'
— ओशो

'ओशो को सुनकर कुछ ऐसा लगता है, जैसे किसी पुराने युग की जानी–पहचानी सी वाणी आज नए युग की भाषा में बोली हो'
— प्रदीप अंशु, कवि व उपन्यासकर

'ओशो स्वच्छ–निर्मल जल का बहता हुआ झरना है, जिसके निकट आते ही आदमी को अपना अक्स दिखाई पड़ने लगता है। भीतर गहरे में एक हलचल होने लगती है, क्योंकि उसको पढ़कर पहली बार खुद अपनी ओर देखने का मौका मिलता है'
— शतदल, कवि व लेखक

कवर-डिज़ाइन : शाहबाज़
Photo by Bruno Luz on Unsplash

अध्यात्म

FSC

ISBN 978-8-121-62076-5
9 788121 620765
MRP ₹250 (incl. of all taxes)

www.penguin.co.in